현대소설과
기독교의 만남

현대소설과 기독교의 만남

이동하 저

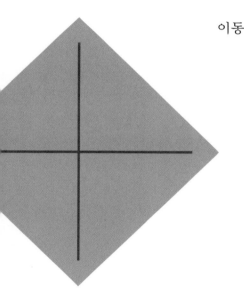

보고사
BOGOSA

책머리에

나에게는 현대소설과 기독교의 만남에 대한 탐색을 주제로 삼은 저서가 몇 권 있다. 지금까지 낸 이런 성격의 저서들 중 제일 나중의 것이 『한국소설과 예수 그리고 유다』라는 책이다. 그 책을 내던 당시 나는, 이제 이런 성격의 책을 내는 것은 나로서 마지막이 아닐까라는 느낌을 가졌었다. 현대소설과 기독교의 만남이라는 주제를 가지고 지난 30년 동안 어지간히 많은 글들을 써 온 셈이라, 이제는 정말 더 할 말이 없다는 생각이 들었던 것이다.

하지만 그런 느낌이나 생각은 정확한 것이 아니었다. 그 책을 낸 후에도, 이 주제로 글을 쓰고 싶다는 충동에 사로잡히게 되는 경험은 종종 나를 찾아왔다. 전에 못 보았던 작품을 새로 만나게 되는 바람에 그런 충동을 느끼게 되는 경우도 있었다. 익히 알던 작품과 관련하여 뭔가 새로운 착상이 떠오르는 것을 깨달으면서 그런 충동에 사로잡히게 되는 경우도 있었다. 그런가 하면, 소설에 대한 관심과 별개로, 『성서』 자체에 대해서, 혹은 기독교회에 대해서 뭔가 새롭게 하고 싶은 말이 떠오르는 경험도 가끔 생겼다. 이러한 경험들에 의거하여 조금씩 써진 글들을 모으고, 예전에 써 두었지만 지난번의 책에 미처 싣지 못했던 글 몇 편을 보태니, 또 한 권의 책을 엮을 만한 분량이 되었다.

이렇게 해서 출판된 책이 얼마만한 의의를 가질 수 있는 것인지는 잘 모르겠다. 다만 나로서는 부족한 대로 열심히 썼다는 고백을 할 수 있을 따름이다.

2018년 12월
이동하

차례

제1부

2000년 이후

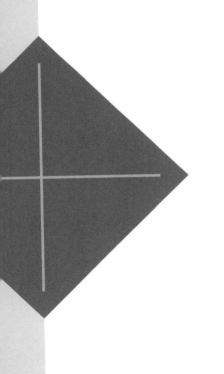

2000년 이후의
한국소설과 기독교[1]

머리말

20세기의 1백 년 동안 한국 역사가 전개되어 온 과정을 살펴보면, 거기서 기독교[2]가 상당히 큰 비중을 차지하고 있음을 확인할 수 있다. 20세기 초에는 아직 미미한 수준에 불과했던 기독교 신자들의 수는 그 1백 년 동안 놀랄 정도의 증가를 보여주었으며, 그처럼 신자들의 수가 늘어난 데 걸맞게, 한국의 정치, 사회, 경제, 문화 등 여러 영역에서 기독교 세력이 차지하는 비중도 괄목할 만한 신장을 거듭하였던 것이다. 이러한 성장의 일로(一路)를 걸어오면서 한국의 기독교는 많은 귀중한 공적을 이룩하는 한편 다양한 문제를 일으키기도 했다.

20세기의 한국 소설은 이러한 현상에 대해 적극적으로 대응해 온 것으로 판단된다. 상당히 많은 작가들이 기독교와 관련된 문제를 소

---

1 2016년 10월 29일 일본의 와세다대학에서 「조선 근·현대 문학의 여러 양상 – 종교·검열·일본어」라는 주제로 국제 심포지엄이 열린 바 있다. 이 논문은 그 심포지엄에서 발표된 것이다.
2 이 글에서 나는 천주교와 개신교를 포괄하는 의미로 '기독교'라는 단어를 사용하고자 한다.

설 속에 담아내면서 그것과 진지하게 씨름하는 모습을 보여 온 것
이다.

그 중에는 기독교 신앙을 가진 작가가 이 종교에 대한 옹호 혹은
선교의 목적을 가지고 쓴 작품들이 있다. 이런 작품군은 최병헌의
「성산명경」 이래로 꾸준히 이어지면서 하나의 뚜렷한 계보를 형성해
왔다. 이와 반대로 기독교 신앙 혹은 기독교도 집단에 대한 분명한 비
판·공격의 뜻을 내보인 작품들도 있다. 신채호의 「용과 용의 대격전」
이라든가 이기영의 「외교원과 전도부인」 같은 작품이 그런 예들이다.
하지만 가장 많은 수에 달하는 것은 종교 자체에 대한 분명한 찬성 혹
은 반대의 태도 표시를 유보하는 가운데 본격적으로 인간 탐구와 사
회 탐구의 작업을 수행하면서 신중하게 기독교 문제를 다룬 작품들이
다. 염상섭의 『삼대』, 서기원의 『조선백자마리아상』, 이청준의 『자유
의 문』을 비롯한 한국문학사 속의 많은 문제작들을 이러한 작품의 예
로 들 수 있다. 그런가 하면 신중한 자세를 견지하면서 단순한 인간
탐구·사회 탐구의 수준을 넘어 형이상학적인 구원론(救援論)의 차원
에까지 탐구의 촉수를 뻗치고 그러한 측면에서 성과를 거둔 경우도
있다. 김동리의 『사반의 십자가』가 그 대표적인 예에 해당한다.

그렇다면, 2000년 이후의 한국 소설은 기독교 문제에 대하여 얼마
만큼 적극적인 대응을 보여 왔고, 또 얼마만한 성과를 이룩한 것으로
평가될 수 있을까? 인류사가 2000년을 넘어 21세기로 진입한 지도 10
년을 넘기고 20년을 내다보게 된 것이 현재의 시점임을 감안해 보면,
이런 질문을 한 번쯤 제기해 보는 것은 충분히 의미 있는 일이라고 생
각된다.

이 글에서는 위와 같은 질문에 대한 답변을 마련하기 위한 작업의

일환으로, 2000년 이후에 발표된 한국의 소설들 중 황석영의 『손님』 (2001), 정찬의 『빌라도의 예수』(2004), 최보식의 『매혹』(2010), 김훈의 『흑산』(2011) 그리고 정찬의 또 다른 작품 『유랑자』(2012) 등 다섯 편의 장편소설을 대상으로 하여 간단한 검토를 시도해 보기로 한다.

기독교와 폭력성의 문제 - 『손님』

황석영은 북한에 들어갔을 당시 그쪽 당국의 안내를 받아 황해도 신천군에 있는 이른바 '미제 학살기념 박물관'을 방문하고 6.25 때 그곳에서 일어났던 일에 관한 설명을 들은 일이 있다. 북한 당국자의 설명에 의하면, "미제침략자들은 신천에서 살아 움직이는 모든 것은 재가루 속에 파묻으라고 지껄이면서 오십이일 동안에 신천군 주민의 사분의 일에 해당하는 삼만오천삼백팔십삼 명의 무고한 인민들을 가장 잔인하고 야수적인 방법으로 학살하는 천추에 용납 못할 귀축 같은 만행을 감행하였"[3]다고 한다. 그러나 황석영은 그런 설명이 거짓임을 간파하고, 별도의 조사 작업을 통해, 1950년 가을과 겨울 사이 그곳에서 일어났던 사태의 진상을 알아냈다. 사태의 진상은, 같은 한국인들끼리 좌와 우로 나뉘어 대립하면서 피로 피를 씻는 학살과 보복의 일대 참극을 만들어냈던 것이었다.

황석영은 자신이 알아낸 이러한 사태의 진상을 골간으로 삼고 거기에 자신의 상상력을 가미하여 2001년에 한 편의 장편소설을 완성했다. 그것이 『손님』이다. 이 작품은 발표되자마자 여러 비평가들의 상

---

3 황석영, 『손님』(창작과비평사, 2001), p.99.

찬을 불러 모았으며, 그해의 대산문학상 수상작으로 선정되기도 했다.

그런데 이러한 『손님』이라는 소설이 기독교와 대체 무슨 관계가 있는가? 이 물음에 대한 답은 소설의 첫 부분만 읽어 보아도 금방 알수 있다. 『손님』이라는 소설의 골간을 이루고 있는 '좌'와 '우'의 처참한 싸움에서 우익 진영을 구성하고 있는 집단이 바로 1950년 당시 신천군의 기독교인들인 것이다. 그뿐만이 아니다. 최소한 소설 속에 그려지고 있는 면모로 보면 그들이 좌익 진영보다도 더 잔인하고 야수적인 행태를 보여주고 있다는 사실을 간과할 수 없다.

이 소설에서 기독교인들이 좌익 진영의 사람들보다 더 잔인하고 야수적인 행태를 보여주는 것으로 그려진 데에는 작가인 황석영 개인의 이데올로기적 편향성이 작용한 것일까? 그럴 수도 있고 그렇지 않을수도 있다. 하지만 그 어느 쪽이 진실인가 하는 것과 별도로, 1950년당시의 상황에서 북한 지역의 기독교인들이 단순히 공산주의자들의 폭력에 의해 일방적으로 피해를 입는 처지에 놓여 있지 않았으며 스스로 적극적인 폭력의 주체가 되어 공산주의자들과 맹렬한 전투를 벌였다는 것 자체는 엄연한 역사적 사실임이 분명하다. 그런데 지금까지 이러한 사실은 일반적으로 거의 인식되지 않았다. 그러던 차에, 『손님』은 이러한 사실을 다수 독자들의 면전에 처음으로 뚜렷이 부각시켰다. 그리고 이와 같은 작업을 통해, 기독교와 폭력의 관계라는 주제에 대해 새롭게 생각해볼 수 있는 계기를 제공하였다. 이 정도만 가지고 보더라도, 2000년 이후의 한국 소설 속에 나타난 기독교의 문제를 다루고자 하는 사람이라면, 도저히 이 소설을 건너뛰고 지나갈 수없는 것임이 명백하다.

그렇다면 『손님』에서 다루어지고 있는 1950년의 신천군에서 좌익

에 맞서 싸우는 우익 진영의 주역으로 하필 기독교인들이 등장하게
된 것은 무엇 때문이었을까? 이것은 흥미로운 질문이지만, 여기서 그
점을 자세하게 논의할 여유는 없다. 워낙 다양한 요인들이 복합적으
로 작용하고 있기 때문이다. 그러나 이 자리에서도 한 가지 정도만은
분명하게 말해둘 수 있다. 처음부터 종교적 이념의 차원이 초점으로
부각된 것은 아니었다는 사실이 그것이다. 처음에 주로 문제가 된 것
은 어디까지나 현실적·경제적 요인들이었다. 그런데 주로 현실적·경
제적 요인에 근거한 대립이 점점 과격하고 극단적인 양상으로 치달아
가는 과정에서, 종교적 이념의 차원이, 이를테면 불꽃에 부어지는 기
름과 같은 역할을 담당했다. 그리고 한번 이러한 양상이 나타나기 시
작하자, 그것은 곧 무서운 독선과 광기로 발전한다.

자, 기도하갔습네다.
모두들 고개를 숙이고 요한이 나직한 목소리로 기도를 올렸다.
하나님 아부지 저이넌 성령으 적인 공산당으 압제럴 받으멘서 믿음
얼 지케왔습네다. 하나님께서넌 주 안에서 그 힘으 능력으로 강건하여
지고 마귀으 계책얼 능히 대적하기 위하여 하나님으 전신 갑옷얼 입으
라고 하셨습네다. 우리 싸움언 피와 살에 대한 것이 아니오 정사와 권세
와 이 어둠의 세상 주관자덜과 사탄이라넌 악령에 대한 싸움이라 하셨
습네다. 우리가 이 싸움에서 이길 수 있넌 유일한 방법언 하나님으 능력
얼 으지하고 이 전쟁얼 위해 하나님으 무기럴 사용하며 우리 자신얼 준
비시키는 것입네다. (…) 저이 가운데 미가엘 천사장이 임하사 여호수아
랑 다윗에 내려주셨던 지혜와 용기럴 내레주옵소서.
기도를 드리고 얼굴을 들자 청년들은 온몸이 성령의 불길에 휩싸이
는 것처럼 사탄에 대한 증오와 혐오감이 뜨겁게 달아올랐다.[4]

『손님』의 위에 인용된 대목 이후의 사건 전개 과정을 보면, 일단 "사탄에 대한 증오와 혐오감"으로 무장하게 된 소설 속의 우익 기독교인들은 "천추에 용납 못할 귀축 같은 만행을 감행"하는 데 조금의 망설임도 개입시키지 않는 모습을 보여준다. 이러한 그들의 독선과 광기에서 뿜어져 나오는 에너지는 독자들로 하여금 악마성을 느끼고 몸서리치게 할 정도에 이른다.

물론『손님』에 등장하는 모든 기독교인들이 이처럼 부정적인 존재로 형상화되어 있는 것은 아니다. 앞에서 나는 이 소설의 전개 양상 속에 작가인 황석영 개인의 이데올로기적 편향성이 작용하고 있을 가능성이라는 문제에 대해 언급한 바가 있지만, 그가『손님』속에 류요섭이나 안성만처럼 섬세하고 자기성찰의 능력을 가진 기독교인을 비중 있게 등장시킨 것을 보면, 어쨌든 그도 나름대로의 균형감각을 가지고 사태를 바라보고자 노력하기는 했음을 인지할 수 있다. 그렇기는 하나, 적어도 '행동'의 차원에서 볼 때, 이 소설 속에서 다수의 기독교인들이 저지르는 광기 어린 살육의 행태는 작품의 전면을 압도하고 있는 것으로 여겨지며, 그런 만큼 우리는 이 소설을 '기독교에 대한 비판적 문제제기의 성격을 지닌 작품'으로 자리매김하는 데 주저할 필요가 없는 것으로 생각된다.

『손님』이 지니고 있는 '기독교에 대한 비판적 문제제기의 성격을 지닌 작품'으로서의 면모는, 이 작품의 중요한 가치로 평가될 필요가 있다. 기독교는, 그것의 교리 자체라는 측면에서나, 또 그것이 역사 속에서 드러내 온 행태라는 측면에서나, 그것에 대한 비판적 문제제

---

4 위의 책, pp.203~204.

기가 활발하게, 다양하게, 지속적으로 이루어지기를 요청하는 존재임에 틀림없다. 그 가운데 가장 집요한 비판적 문제제기를 필요로 하는 것이 '폭력성'의 문제라는 것도 틀림없다. 『구약성서』의 전편에 일관되게 흐르고 있는 도저한 폭력성[5]이, 「마태복음」의 11장 20절에서 24절까지에 걸쳐 예수의 발언이라고 기록되어 있는 구절들[6]이, 그리고

---

5 『구약성서』에 나타나 있는 폭력성의 정도가 너무나 심하기 때문에, 나는 영국 역사가 존 B. 베리의 다음과 같은 말에 대해 동의를 표하지 않을 수 없다: "불행하게도 초기의 기독교도는, 저급한 문명 단계에 속하는 관념을 반영하고 있어서, 만행(蠻行)의 기록으로 가득 차 있는 유대 문서를 『성서』 속에 넣었던 것이다. 『구약』에 실려 있는 잔인하고 포학하고 괴팍한 명령과 실례들은, 『성서』의 계시를 맹신하는 경건한 독자라면 인정하지 않을 수 없게 마련이니, 그 때문에 인간 도덕을 타락시키는 데 얼마나 큰 해독을 끼쳤는지 알 수가 없다. 『성서』는 박해의 이론의 병기고였던 것이다. 『성서』는, 어떤 특정 시대의 사상과 관습을 신이 정한 것으로 신성화함으로써, 도덕적 진보와 지적 진보에 대한 방해물로 되었다는 것이 진상이다. 기독교는 먼 옛날의 책을 채택함으로써, 인류의 발전을 가로막는 무엇보다도 심술궂은 방해물을 내놓은 셈이었다"(『사상의 자유의 역사』(양병우 역, 박영사, 1975), p.45). 그리고 나는 독일 시인 클라분트의 다음과 같은 말에 대해서도 공감하지 않을 수가 없다: "여호와, 그것은 얼마나 놀라운 불륜의 신일 것인가? (…) 그는 복수의 신이다. (…) 이 신은 자비를 모른다. (…) 그는 관용이라는 것을 모른다. 『구약성경』은 본질적으로 종교의 교과서가 될 책이 아니다"(『세계문학신강(新講)』(곽복록 역, 을유문화사, 1966), p.63).

6 그 구절은 다음과 같다: "예수께서 기적을 가장 많이 행하신 동네에서 회개하지 않으므로 그 동네들을 꾸짖으셨다. '코라진아, 너는 화를 입으리라. 베싸이다야, 너도 화를 입으리라. 너희에게 베푼 기적들을 띠로와 시돈에서 보였더라면 그들은 벌써 베옷을 입고 재를 머리에 들쓰고 회개하였을 것이다. 그러니 잘 들어라. 심판 날에 띠로와 시돈이 너희보다 오히려 가벼운 벌을 받을 것이다. 너 가파르나움아! 네가 하늘에 오를 성싶으냐? 지옥에 떨어질 것이다. 너에게 베푼 기적들을 소돔에서 보였더라면 그 도시는 오늘까지 남아 있었을 것이다. 그러니 잘 들어라. 심판 날에 소돔 땅이 너보다 오히려 더 가벼운 벌을 받을 것이다.' 복음서에 예수의 발언이라고 기록되어 있는 이 구절들에 대한 회암 스님의 비판은 경청할 만하다. 회암 스님은 이렇게 말하고 있다: "열심히 설교해 주었는데 청중의 반응이 냉랭하다면 기분이 나빠지는 건 사실이다. 그러나 이와 같이 저주를 퍼부어 '씨도 안 남기고 다 죽여버리겠다'고 저주를 한다는 것은 일반 상식에서는 크게 어긋나는 일이다"(『말하지 않

「마가복음」 11장 12절에서 14절까지에 걸쳐 있는 대목[7]이나 「요한복음」 10장 8절[8] 같은 곳에 역시 예수의 발언이라고 기록되어 있는 구절들이[9], 유난히 극단적인 폭력성의 메시지를 담고 있는 것으로 제임스 힐먼에 의해 지적된 바 있는 「요한계시록」[10]이, 그리고 로마 황제 콘스탄티누스가 기독교를 국교로 공인한 313년 이후 현재까지 펼쳐져

을 수 없다』(논장, 1992), p.230). 여기서 내가 '복음서에 기록되어 있는 예수의 발언'이라는 표현 대신 '복음서에 예수의 발언이라고 기록되어 있는 구절들'이라는 표현을 사용하고 있는 데에 유의해 주기를 바란다. 그 구절들이 역사 속에 실제로 존재했던 예수라는 인물에 의해 실제로 행해진 발언이라고 믿을 근거는 아무 데도 없기 때문에 이러한 표현을 사용하였다.

7 "예수께서 시장하시던 참에 멀리서 잎이 무성한 무화과나무를 보시고 혹시 그 나무에 열매가 있나 하여 가까이 가 보셨으나 잎사귀밖에는 아무것도 없었다. 무화과 철이 아니었기 때문이다. 예수께서는 그 나무를 향하여 '이제부터 너는 영원히 열매를 맺지 못하여 아무도 너에게서 열매를 따 먹지 못할 것이다' 하고 저주하셨다." 이 대목에 대해 회암 스님은 다음과 같이 언급한다: "예루살렘 입성 실패의 화풀이를 무화과나무에게 한 것은 온유하지도 화평하지도 않을뿐더러 형제의 잘못을 일곱이 아니라 일곱 번에 일흔 번이라도 용서하라고 가르친 사람하고는 전연 다른 일면이다"(위의 책, p.233).

8 "나보다 먼저 온 사람은 모두 다 도둑이며 강도이다." 여기서 예수는 자기보다 앞서서 인류사 속에 등장한 정신적 지도자들을 모두 도둑 아니면 강도로 규정하는 것으로 기록되어 있다. 이런 규정에 따르면 예컨대 붓다, 노자, 공자, 소크라테스 등은 모두 도둑 혹은 강도라는 주장이 가능해진다.

9 우리는 예수에 대해 생각하거나 논의할 때 내가 여기서 언급한 구절들이나 그것과 궤를 같이 하는 구절들을 제대로 음미하면서 우리의 생각과 논의를 진행해야 마땅할 것이다. 이러한 구절들을 못 본 체하면서 산상수훈(山上垂訓)이라든가 「누가복음」 23장 34절("아버지, 저 사람들을 용서하여 주십시오! 그들은 자기가 하는 일을 모르고 있습니다") 같은 대목에 나타나 있는 예수상(像)만이 『성서』에 기록된 예수상의 전부인 것처럼 내세우는 것은 정당하지 않다.

10 제임스 힐먼, 『전쟁에 대한 끔찍한 사랑』(주민아 역, 도솔, 2008), pp.300~301. 참고로 밝히자면 위에서 『손님』의 한 대목으로 인용된 작중인물 류요한의 기도 가운데서 언급되고 있는 '미가엘 천사장'의 전거가 있는 곳도 「요한계시록」이다(12장 7절~9절).

온 이 종교의 역사 중 흑역사(黑歷史)에 해당하는 부분들이, 한결같이,
위의 문제에 대한 비판적 문제제기를 요구하고 있다.

이러한 요청에 대한 응답은 기독교 진영의 외부에서도 나와야 하지
만, 기독교 진영의 내부에서도 나와야 한다. 그리고 실제로 기독교 진
영은 그 내부에서 나온 이러한 응답의 예들을 많이 가지고 있다. 원로
신학자인 조찬선 목사에 의해 두 권 분량으로 써진『기독교 죄악사』
(평단문화사, 2000)라든가 독실한 가톨릭 신자인 게리 윌스에 의해 써
진『교황의 죄』(박준영 역, 중심, 2005) 등은 지금 우리 주변에서 쉽게
구할 수 있는 이러한 응답의 인상적인 성과들이다.

그런데 기독교에 대한 비판적 문제제기를 탁월하게 수행할 수 있는
대표적인 직종 가운데 하나가 사실은 소설가라는 직종이다. 외부로부
터의 문제제기이거나 내부로부터의 문제제기이거나를 막론하고 그러
하다. 그러나 적어도 한국의 경우, 지금까지 이러한 가능성을 실제 작
품으로 펼쳐 보인 소설가는 많지 않았으며, 그 중에서도 문학적으로
높은 수준에 도달한 작품을 가지고 그러한 작업을 행한 소설가는 더
욱 드물었다. 이와 같은 현실 속에서 황석영은『손님』이라는 작품을
내놓음으로써 바로 그런 드문 소설가의 하나로 스스로를 자리매김한
것이다.[11]

---

11 기독교 신앙을 가진 사람들이 폭력의 피해자가 아니라 비(非)신자들을 대상으로 한
   폭력 행사의 주체라는 위치에 서서 역사의 한 페이지를 채운 사례를 소재로 하여
   주목할 만한 문학적 성취를 이룬 작품이라는 점에서『손님』은 현기영의 장편『변방
   에 우짖는 새』(1983)와 흥미로운 동질성을 보여준다.『변방에 우짖는 새』는 이재수
   의 난(1901)이라는 이름으로 알려진 제주도에서의 천주교도 대(對) 비천주교도 충돌
   사건을 다룬 소설이다.

예수를 등장시킨 새로운 소설 - 『빌라도의 예수』

예수라는 인물은 여러 나라의 많은 소설가들에게 마르지 않는 영감의 샘으로 기능해 왔다. 그런 만큼, 예수를 주인공으로 삼거나 아니면 적어도 주요 작중인물 가운데 하나로 등장시킨 소설들이 그동안 동서양을 넘나들면서 거듭 써져 온 것은 자연스러운 현상으로 이해될 수 있다. 얼핏 생각나는 외국 작품의 예를 장편으로 한정해서 몇 편만 들어 보더라도, 『최후의 유혹』(니코스 카잔차키스), 『사해 부근에서』(엔도 슈사쿠), 『기적의 시간』(보리슬라프 페키치), 『예수복음』(주제 사라마구), 『신이 된 남자』(제랄드 메사디에), 『사십 일』(짐 크레이스) 등등이 있다. 그리고 이 목록은 한참 더 이어질 수도 있을 것이다.

한국의 소설가들 가운데서도 예수에게 각별한 관심을 가지고 그를 소설 속에 등장시킨 사람은 여럿이다. 그 중 대표적인 인물은 「목공 요셉」, 『사반의 십자가』, 「부활」 등 일련의 작품들에서 예수를 지속적으로 등장시켰던 김동리이지만, 그 밖에도 여러 중요한 작가들이 있다. 「이 잔을」의 김동인, 「그」의 황순원, 「아겔다마」의 박상륭 등이 예수를 등장시킨 단편을 썼고, 백도기는 장편 『가룟 유다에 대한 증언』과 단편 「본시오 빌라도의 수기」에서 두 차례 직접 예수를 다루었다. 그런가 하면 이문열은 처음에 중편으로 썼다가 나중에 장편으로 개작한 『사람의 아들』에서 예수와 관련하여 상당히 야심적인 소설적 형상화의 작업을 보여주었다.

그런데 2004년에 이르러, 이러한 작가들의 명단에 새로운 한 사람이 추가된다. 이 해에 장편 『빌라도의 예수』를 출간한 정찬이 그 작가이다. 자신의 여섯 번째 장편으로 간행된 이 작품에서 정찬은 기왕에 나왔던 동서양의 그 어떤 예수 등장 소설과도 겹치지 않는 자신만의 독특한 개성을 확보하면서 깊이 있는 문학공간을 보여주는 데 성공하였다.[12]

『빌라도의 예수』에서 정찬이 동서양의 그 어떤 예수 등장 소설과도 겹치지 않는 자신만의 독특한 개성을 확보했다고 이야기될 수 있는 근거는 무엇일까? 이 물음에 답하기 위해서는 『빌라도의 예수』에 나타나 있는 정찬의 예수 및 기독교에 대한 관점을 짚어보는 것이 필요하다. 그것은 대략 다음과 같은 몇 가지 항목으로 요약될 수 있다.

(1) 예수는 평범한 부모에게서 태어났으며, 거기에는 어떤 기적도 개입되어 있지 않다.

(2) 예수는 남다른 심리 치료의 능력을 가지고 있었으나 그것 이외

---

12 개인적인 이야기를 하자면, 지금까지 나는 『빌라도의 예수』와 관련된 글을 여섯 편이나 쓴 바가 있다. 그 중 다섯 편은 이 작품만을 대상으로 해서 쓴 글이고, 한 편은 정찬 소설에 나타난 기독교의 문제를 종합적으로 다룬 글이다. 우선, 이 작품을 처음 읽었을 때, 내면에서 솟아오르는 이런저런 생각들을 상당한 흥분 속에서 미처 정리되지 않은 상태로 기록하다 보니 네 편의 짧은 글을 단기간에 집중적으로 쓰게 되었다(이 네 편의 글은 나의 책 『한국 현대소설과 종교의 관련 양상』(푸른사상, 2005)에 수록되어 있다. 그 글들의 제목은 다음과 같다: 「복음서의 빌라도, 필로와 요세푸스의 빌라도, 정찬의 빌라도」, 「『빌라도의 예수』에서 예수를 다룬 방식」, 「쿠스너의 야웨와 정찬의 예수」, 「『구약성서』의 실체와 『빌라도의 예수』」). 그 후 「정찬 소설과 기독교의 관련 양상」이라는 제목으로 한 편의 논문을 써서 『현대소설연구』 43호에 게재할 기회가 생겼는데, 여기서 자연스럽게 『빌라도의 예수』를 한 번 더 논할 수 있었다. 그런데 이 논문을 쓰면서 정찬의 여러 작품들을 두루 검토하던 중 유독 『빌라도의 예수』에 대해서는 논의를 좀 더 자세하게 해야만 하겠다는 생각이 들어, 별도의 글을 또 한 편 쓰고, 「정찬이 고쳐 쓴 복음서-『빌라도의 예수』라는 제목을 붙였다(『현대소설연구』에 게재된 논문과 「정찬이 고쳐 쓴 복음서-『빌라도의 예수』」는 나의 책 『한국소설과 예수 그리고 유다』(역락, 2011)에 수록되어 있다). 돌이켜보면, 이 소설을 제외한 그 어떤 작품에 대해서도 내가 여섯 번씩이나 새롭게 달려들어서 글을 쓴 기억은 없다. 그리고 보면 이 작품과 나의 인연은 어지간히 깊은 셈이다.

에는 능력 면에서 특별한 점이 없었다.

(3) 생전의 예수에게서 가장 강렬하게 드러났던 것은 성전(聖殿)의 부패한 권력에 맞서 싸운 자유의 투사라는 면모이다.

(4) 예수는 십자가에 매달려 처형되었으며 그 후에 육신으로 부활한 일은 없다.

(5) 예수가 죽고 난 후 사울이 자기 자신의 논리를 가지고 기독교라는 새 종교를 만들었다. 이런 새로운 종교가 자기의 이름을 내세우면서 시작되리라는 것을 예수는 몰랐다. 모르는 채로 죽었다. 그 점은 소설의 본문 속에서 사울의 발언이라는 형태로 다음과 같이 이야기된다.

> "그것이 우주적 드라마의 시작인 것을 아무도 몰랐던 것은 세계가 고요했기 때문입니다. 하늘이 어두워지지 않았고, 땅도 갈라지지 않았습니다. 희생 제물조차 몰랐습니다. 오직 한 사람만 알고 있었습니다. 밀고자였습니다."[13]

여기서 말하는 '희생 제물'은 예수이고, '밀고자'는 명확하게 언급되지는 않지만 사울 자신을 가리키는 것으로 암시된다. 그리고 '우주적 드라마의 시작'이란 기독교의 출현을 말한다.

(6) 사울이 새로운 종교를 만들면서 특별히 부각시킨 것은 두 가지였다. 그 하나는 '괴로워하는 사람들에게 무한한 위로를 주는 존재로서의 예수'라는 이미지였고, 다른 하나는 예수의 부활이라는 교리였다.

---

13 정찬, 『빌라도의 예수』(랜덤하우스중앙, 2004), p.401.

(7) 그런데 이 중 '부활'의 교리는 오시리스나 디오니소스의 이야기를 비롯한 다양한 신화의 형태로 지중해 세계에 이미 널리 퍼져 있었던 것을 사울이 가져와서 거기에 '역사적 사실'의 허울을 입힌 것으로 시사된다.

정찬은 이상과 같은 일곱 가지 항목으로 요약될 수 있는 관점을 가지고 소설을 전개하였다. 이렇게 하면서 그는 예수 당시 로마 제국의 유대 총독으로 재직했던 빌라도를 명목상의 주인공으로 내세워 놓고 그를 편리한 소설적 장치로 활용하는 한편, 액자소설의 형식을 비롯한 다양한 미학적 기법을 또 적절하게 구사하였다. 그렇게 한 결과 『빌라도의 예수』는 한 편의 예술작품으로서도 성공적인 수준에 도달한 것으로 판단되거니와, 그보다 더 중요한 것은 역시 그가 이 소설 속에서 예수 혹은 기독교 문제와 관련하여 제시한 관점이다.

이 작품에 나타나 있는 정찬의 예수 혹은 기독교 문제에 대한 관점을 놓고서는, 당연히, 다양한 찬반의 논의가 가능할 것이다. 하지만 그 관점에 대해 찬성하는 입장에 서건, 반대하는 입장에 서건, 혹은 부분 찬성 부분 반대의 입장에 서건, 누구도 부정하기 어려운 사실이 두 가지 있다. 그 관점이 고도의 비판적 지성으로 무장한 많은 현대인들로부터 긍정적인 반응을 끌어낼 만한 것이라는 사실이 그 하나이고, 그 관점은 고도의 비판적 지성으로 무장한 많은 현대인들로부터 가해지는 공격 앞에서 난감한 처지를 면하지 못하고 있는 기독교 진영의 사람들에게도 하나의 출구 혹은 진로를 제공해 줄 가능성을 품고 있다는 사실이 그 둘이다.

물론 이 작품에 나타나 있는 정찬의 관점이 반드시 독창적인 것이라고 할 수는 없다. 개성적인 것이라고 할 수도 없다. 현대 기독교 신학자, 종교학자, 사상가들의 저술을 다양하게 찾아보면, 위에서 일곱 가지 항목으로 요약된 내용과 동일하거나 유사한 견해를 여기저기서 발견할 수 있는 것이다.[14]

---

14 이 점에 관한 다양한 실례를 알고 싶은 사람은 우선 나의 글 「정찬이 고쳐 쓴 복음서 - 『빌라도의 예수』」의 내용을 참고하면 도움이 될 것이다. 여기서는, 그 글에서 인용되었던 여러 텍스트들 가운데 둘 정도만 다시 인용해 둔다. "예수가 십자가에서 처형당한 게 사실이라고 인정하더라도, 십자가에서 처형당한 죄인은 그대로 매달아 두는 것이 원칙이었다. 이때 십자가의 높이는 2미터를 넘지 않았기 때문에 십자가에서 처형당한 죄인은 맹금류와 늑대들의 밥이 되기 쉬웠고, 야수들에 물어뜯긴 몸은 결국 공동의 묘혈에 던져졌다. 그렇게 죽은 죄인이 무덤에 묻힌다는 것은 생각할 수도 없는 일이었다. (모든 복음서들의 기록은 - 인용자 보충) 이 부분에서도 날조의 냄새가 풍긴다"(미셸 옹프레, 『무신학의 탄생』(강주헌 역, 모티브, 2006), p.185). "바울로는 사랑할 수도 미워할 수도 없는 사람이다. 예수의 이름을 세상에 널리 알리는 데 일등 공인(功人)인가 하면 예수의 가르침을 세상에 바로 알리는 데 일등 반인(叛人)이기 때문이다. 문제는 지금의 기독교가 예수의 이름을 빌린 바울로의 교의(敎義)이지 예수의 정교(正敎)가 아니라는 데 있다. 기독교에 있어서 이것을 바로잡는 일보다 더 긴급하고 중대한 문제가 어디에 있겠는가? (…) '예수는 주님이시라고 입으로 고백하고 또 하느님께서 예수를 죽은 자들 가운데서 다시 살리셨다는 것을 마음으로 믿는 사람은 구원을 받을 것입니다. 곧 마음으로 믿어서 하느님과의 올바른 관계에 놓이게 되고 입으로 고백하여 구원을 얻게 됩니다'(「로마서」, 10: 9~10). 바울로가 한 이 말로 인하여 2천 년 동안 그리스도교가 오도되어 온 것이다. (…) 류영모는 누구보다 성경을 깊게 읽은 사람인데 이러한 말을 하였다. '성경에는 무엇인지 말이 많습니다. 솔직히 말하면 이 사람도 처음에는 거짓말을 듣고 속았습니다. 예수의 십자가 보혈이 이 몸을 사하는지는 모르겠습니다. 나와는 상관이 없습니다'(류영모, 『다석강의』). 수리철학자이면서 과정신학자로도 알려진 화이트헤드는 주저 없이 이렇게 말하였다. '예수의 가르침을 그 누구보다도 왜곡하고 피폐하게 만든 장본인이 나는 바울로라고 생각합니다. 예수의 다른 제자들이 바울로를 어떻게 생각했는지 궁금합니다. 모르긴 해도 그들은 필시 바울로를 받아들일 수 없었을 것입니다. 바울로의 교리화한 그리스도교 교의신학만큼 비(非) 예수 그리스도인적인 것을 상상할 수가 없을 것입니다. 예수 그리스도도 필시 바울로를 이해할 수 없을 것입니다'(알프레드 화이트헤드, 『화이트헤드와의 대화』). (…) 하루를 믿어도 예수의 가르침을 바로 알아보자는 생각이 있다면 정신을 차리고 최면에서 깨어야 한다. 그래서 우리가 다 함께 잃어버린 예수를 찾아보자는 것이다"(박영호, 『잃어버린 예수』(교양인, 2007), pp.17~18).

그러나 이러한 견해를 다른 것 아닌 '소설'의 언어로 표현하는 작업을 이만큼 종합적으로, 그러면서도 요령 있게 압축해서, 무리 없이 해낸 예는, 『빌라도의 예수』 이전에는 없었다. 바로 이런 점에서 『빌라도의 예수』는 기왕에 나왔던 동서양의 그 어떤 예수 등장 소설과도 겹치지 않는 개성을 확보하는 데 성공한 작품으로 평가될 수 있는 것이다.

앞에서 나는 『최후의 유혹』에서부터 『사람의 아들』에까지 이르는 다수의 소설 작품 제목을 열거한 바 있거니와, 그 작품들 중 어느 것도, '종합적인 인식을 보여주면서 동시에 요령 있는 압축을 제대로 해낸다'는 측면에서만은, 『빌라도의 예수』만한 성과를 거두지 못하였다. 이런 측면이 아닌 다른 측면에서야 『빌라도의 예수』보다 윗길에 놓이는 경우가 여럿 있겠지만 말이다.

천주교 박해와 순교의 이야기(1) - 『매혹』

18세기 말에서 19세기 후반기에까지 걸친 기간 동안, 조선에서는 천주교를 믿는 사람들이 정부로부터 모진 박해를 받았다. 천주교도들에게는 참으로 힘든 고난의 세월이었다. 많은 순교자들이 나왔다. 순교자들의 신분은 병조판서를 지냈던 이가환과 같은 최고위층의 양반에서부터 중인, 평민, 천민에 이르기까지 두루 걸쳐 있었다.

그런데, 그 시대에 펼쳐졌던 박해와 순교의 드라마를 오늘에 와서 돌이켜보면, 허망하다는 느낌을 금할 수가 없다. 조선의 정부가 사형 선고를 남발하면서까지 천주교를 박해했던 가장 중요한 이유는 당시의 로마 교황청이 '어느 나라의 천주교도이건 천주교도라면 절대로

유교식 제사를 지내지 말라'는 방침을 고수했고 조선의 천주교도들이
그것에 순종한 때문이었는데, 바로 이런 교황청의 방침이란 단지 18
세기와 19세기의 일부 한정된 기간 동안만 지속된 것에 불과하였고,
20세기로 넘어오면서는 완전히 폐기되고 말았기 때문이다. 교황청이
18~19세기에 걸친 기간 동안 일시적인 변덕으로 '유교식 제사 엄금'
이라는 방침을 고집하는 일이 없었더라면 그처럼 처참한 박해와 순교
의 드라마는 생겨날 까닭이 없었다는 이야기이다. 물론 그 시대의 조
선 지배층이 불교나 무교(巫敎)와 같은 유교 이외의 신앙 형태를 멸시
하고 천대하는 입장에 서 있었던 만큼 천주교도들도 지배층으로부터
멸시당하고 천대받는 처지가 되었을 수는 있지만, 그렇게까지 혹독한
박해를 당할 이유는 없었던 것이다.[15]

　그러나 어쨌든 실제로 전개된 역사는 수많은 박해와 순교의 기록을
남기는 방향으로 나아가고 말았거니와, 이러한 역사는 대략 네 가지
점에서 소설의 소재로 채택되기에 적절한 면모를 갖추고 있다. 첫째
로 그것이 담고 있는 숨 가쁜 추적, 체포, 심문, 처벌의 과정은 쉽게
소설적인 긴박감의 효과를 창출할 수 있는 것이다. 둘째로 그것은 인
간의 존엄성이나 윤리성이라는 주제와 관련된 진지한 탐구에로 곧장
이어질 수 있다. 셋째로 그것은 세계관 혹은 신앙의 대립을 기저에 깔
고 전개된 것이기에 그것을 제대로 다루면 작품에 형이상학적 깊이를
부여하는 일도 불가능하지 않다. 넷째로 그것을 당대의 사회 현실에
대한 소설적 형상화와 잘 연결시키면 우수한 사회소설을 창작하는 성
과도 기대할 수 있다.

15　이동하, 『한국소설 속의 신앙과 이성』(역락, 2007), pp.29~38 참조.

이처럼 여러 가지 점에서 소설의 소재로 채택되기에 좋은 면모를 갖추고 있는 만큼, 천주교 박해와 순교의 이야기는 이미 여러 작가들에 의해 반복적으로 다루어졌다. 그런 선례들 중에서 특히 오래 기억될 만한 작품으로는 서기원의 『조선백자마리아상』(1979)과 한무숙의 『만남』(1986)을 들 수 있다. 이 두 장편은, 전자가 비(非)신자의 소설인 반면 후자는 천주교 신자의 소설이라는 점에서, 그리고 전자가 냉철한 이지적 성향의 소설인 반면 후자는 감성에 무게 중심을 둔 소설이라는 점에서 흥미로운 대조를 보이고 있다.

그런데 2010년에 이르러, 천주교 박해의 역사에서 소재를 구한 또 하나의 주목할 만한 장편소설이 나왔다. 최보식의 『매혹』이 그 소설이다.

최보식은 『조선일보』에 오래 재직해 온 중견 기자이며, 특히 인터뷰 전문 기자로 유명하다. 그의 인터뷰 기사들은 그가 인터뷰 대상의 독특한 면모를 포착하여 부각시키는 데 남다른 재능을 가진 기자임을 입증해 주는 것으로 정평이 있다. 이런 그가 개인적인 사정으로 일시 신문사를 떠나 있게 되었을 때, 그 빈 시간을 활용하여 쓴 소설이 『매혹』이다. 그러니까 이 작품은 문학 창작을 전문으로 하지 않는 사람이 평생 처음 발표한 소설에 해당한다. 그런데 이런 경우에 따라붙기 쉬운 어설픔이나 서투름이 『매혹』에는 보이지 않는다. 오랫동안 소설 창작에 종사해 온 사람의 작품에 못지않게 잘 다듬어져 있는 소설이 『매혹』이다.

그런데 위에서 나는, 천주교 박해와 순교의 역사는 대략 네 가지 점에서 소설의 소재로 채택되기에 적절한 면모를 갖추고 있다는 이야기를 한 바 있다. 그 네 가지 항목을 가지고 『매혹』이라는 소설을 점검

해 보면 어떤 평가가 나올까? 이제 그 점을 조금 논의해 보기로 하자.

우선, 그 소재가 담고 있는 추적, 체포, 심문, 처벌의 과정은 쉽게 소설적 긴박감의 효과를 창출할 수 있다고 했는데, 『매혹』의 작가는 이 점에 대해 그다지 큰 비중을 두지 않은 것으로 보인다. 소설의 많은 부분을 늙은 정약용의 회상이 아니면 이미 죽어서 저승 사람이 된 이벽의 회상에 의지하여 진행하는 방식으로 처리한 것은 그가 소설적 긴박감의 효과 같은 것에 대체로 무심했음을 입증한다. 그의 주된 관심사가 다른 곳에 있었기 때문에 이렇게 했을 것이다.

다음으로, 천주교 박해와 순교라는 소재는 인간의 존엄성이나 윤리성이라는 주제와 관련된 진지한 탐구에로 곧장 이어질 수 있다고 했는데, 바로 이 점에서 『매혹』은 빛을 발한다. 그리고 이 빛은 정약용을 다루는 부분보다도 이벽을 다루는 부분에서 더욱 환한 것으로 나타난다. 다만 이러한 탐구의 시선에 의해 포착된 공간이 이벽이나 정약용처럼 엘리트 지식인 집단에 속하는 사람들의 영역만으로 한정되고 더 넓게 확장되지 못한 점은 『매혹』의 한계라고 할 것이다.

『매혹』에 그려진 이벽의 형상과 관련해서 조금만 더 논의를 추가해 두기로 한다. 널리 알려져 있다시피, 우리로 하여금 정약용의 인물됨과 생애를 알 수 있게 해 주는 자료는 상당히 풍부하다. 반면 이벽에 대한 자료는 희소하다. 최보식 자신이 후기에서 말하고 있듯 "이벽에 대한 기록은 단편적인 몇 줄을 빼고는 거의 남아 있지 않"[16]은 형편인 것이다. 그러나 최보식은 이처럼 빈약한 자료를 가지고 이벽이라는 인물의 초상을 인상적으로 형상화해 내는 데 성공하였다. 어떻게 보

---

16 최보식, 『매혹』(휴먼&북스, 2010), p.355.

면 자료가 빈약했기 때문에, 즉 작가의 상상력의 자유로운 활동을 제약하고 간섭하는 기존 자료의 압력이 미약했기 때문에 이벽의 초상이 더욱 인상적인 것으로 만들어질 수 있었다는 판단도 가능할 법하다. 소설 속에서 생생하게 살아 있는 인물로 그려지기에는 자료가 너무 많아서 문제라고 할 수 있는 정약용의 형상화가 결국 이벽의 형상화에 못 미치는 수준에서 멈추고 만 것도 그러고 보면 자연스러운 귀결이었다고 보아야 할 것 같다. 아무튼, 열정의 사람으로 시작하여, 질주하는 사람, 큰소리치는 사람, 절망하는 사람, 다시 일어서는 사람, 방황하는 사람, 그리고 마지막으로 기진하여 쓰러지는 사람에 이르기까지 숱한 변화의 단계를 거쳐 가면서, 또 한편으로 분명한 일관성을 유지하는 인물이 『매혹』 속의 이벽이다. 이런 이벽의 모습은 오래 잊혀지지 않는 소설 속 작중인물의 목록에 들 수 있을 만큼의 실감을 획득한 것으로 평가된다. 최보식이 이벽을 형상화하면서 이만한 성과를 거둘 수 있었던 것은 그가 인터뷰 전문가로 쌓아 온 인간에 대한 통찰의 능력을 소설의 공간에 적용한 결과 자연스럽게 창출될 수 있었던 것이 아닐까라는 생각을 해볼 수도 있을 것이다.

　다시 본래의 논의로 돌아가서 이야기를 계속하기로 하자. 앞에서 셋째 항목으로, 세계관 혹은 신앙의 대립이라는 문제를 제대로 다루면 작품에 형이상학적 깊이를 부여하는 일도 불가능하지 않다고 했는데, 『매혹』의 작가는 이러한 측면에 대해서도 어느 정도 유의한 것으로 보인다. 이벽을 한쪽 극단에, 안정복이나 이벽의 부친과 같은 인물을 반대쪽 극단에 놓고 그 양극단 사이에 정약용을 비롯한 여러 부동(浮動)하는 지식인들을 배치하면서 이 세 진영 사이에서 전개되는 세계관 혹은 신앙 차원의 투쟁, 갈등, 경쟁을 비중 있게 다룬 것이 그 점을 입증한다. 『매혹』보다 앞서 나온 이 분야의 대표적 소설들 중 『조선백자마리아상』은 이런 측면에 대해 비교적 냉담한 무관심으로 일관했고 『만남』은 작가 자신의 천주교 신앙을 지나치게 전면화하는 바람에 균형감각을 상실하는 사태를 초래했다. 그런데 『매혹』은 이러한 측면에서 이들 양자를 넘어서고 있는 셈이다. 물론 이 소설에서도 그 형이상학적 깊이라는 것이 '심오하다'는 평가를 가능하게 할 만한 수준까지 나아가고 있지는 못하지만, 기왕의 소설들에 비해 일단의 전진을 이룬 것은 인정받아도 무방할 것으로 생각된다.

넷째로, 그 소재를 당대의 사회 현실에 대한 소설적 형상화와 잘 연결시키면 우수한 사회소설을 창작하는 성과도 기대할 수 있다고 했는데, 최보식은 소설적 긴박감의 효과에 대해서 그랬던 바와 마찬가지로 이 점에 대해 별로 큰 비중을 두지 않은 것으로 판단된다. 소설 속에서 다루어지고 있는 이른바 '을사추조적발사건(乙巳秋曹摘發事件)' 당시 양반과 중인에 대한 처분에서 신분에 따른 차별이 적용되었던 사실을 서술하는 대목 같은 데서 작가의 사회적 관심이 얼핏 엿보이기는 하나, 그것이 적극적으로 탐구되지는 않는다. 작가의 사회적 관심이 약하게밖에 나타나지 않기 때문에, 이 소설에서 이야기되고 있는 천주교 박해나 순교와 같은 사건들은 18세기 말에서 19세기까지에 걸친 기간 동안 조선이라는 나라에서 구체적인 사회적 맥락을 동반하며 일어났던 역사의 한 부분이라기보다는 다분히 추상적이고 관념적인 공간에서 벌어지는 일들인 것 같은 인상을 강하게 준다.

지금까지, 천주교 박해와 순교의 역사가 소설의 소재로 활용될 경우에 생각할 수 있는 네 가지 항목에 비추어 『매혹』이라는 소설을 검토해 보았다. 그렇게 한 결과, 이 작품은 나름대로의 장처(長處)를 가지고 있는가 하면 나름대로의 한계점 역시 가지고 있는 소설임을 알수 있었다. 그리고 장처와 한계점의 양면 모두에서 이 작품이 『조선백자마리아상』이나 『만남』과 구별되는 나름대로의 독자적 위상을 확보한 소설이라는 점도, 이제까지의 논의를 통해 어느 정도 드러났을 것으로 생각된다.

천주교 박해와 순교의 이야기(2) - 『흑산』

최보식이 『매혹』을 출간한 지 1년 후, 『매혹』과 마찬가지로 18세기 말에서부터 19세기까지에 걸쳐 전개된 조선 왕조의 천주교 박해로부터 소재를 구해 온 장편소설이 이번에는 김훈에 의해 발표되었다. 『흑산』이 그 작품이다.

천주교는, 그것이 역사적으로 전개된 대부분의 기간 동안 세계 곳곳에서 권력자의 지위를 향유해 왔으며 그러한 지위를 누리거나 강화하는 과정에서 다른 신앙을 가진 사람들을 박해한 경우도 적지 않았다. 하지만 드물게는, 일본, 조선 그리고 몇몇 현대 공산 국가들의 예에서 보듯, 다른 신앙 혹은 신조를 가진 권력자의 횡포에 의해 박해당하는 위치에 놓이기도 했다. 그런데 흥미로운 것은, 이 드문 피박해(被迫害)의 경험으로부터 많은 소설이 동서양의 여러 나라에 걸쳐 탄생했다는 점이다. 그레이엄 그린의 『권력과 영광』과 엔도 슈사쿠의 『침묵』은 그 중에서도 특히 이름 높은 고전의 반열에 오른 소설들이다. 그리고 한국에서는 여러 편의 소설이 나온 중에 특히 『조선백자마리아상』과 『만남』이 기억에 값하는 성과로 기록되었고, 이제 또 『매혹』에 이어 『흑산』까지 나온 것이다.

『흑산』을 쓴 김훈은 최보식과 마찬가지로 신문기자의 경력을 가진 사람이면서, 주지하다시피, 오늘날 한국 소설문학의 수준을 대표하는 작가의 하나로 공인받고 있는 존재이기도 하다. 그는 특히 현대 사회를 배경으로 한 작품보다는 역사소설의 영역에서 더욱 주목받는 성과를 창출해 온 것으로 알려져 있는 터이다. 이런 그가 다름 아닌 천주교 박해의 역사에서 소재를 구한 작품을 자신의 네 번째 장편 역사소설로 들고 나온 것이다.

이 소설의 제목이 『흑산』으로 정해진 것은 일차적으로는 소설의 주요 인물 가운데 한 사람인 정약전이 천주교와 관련된 죄목으로 유배되어 생을 마친 곳이 흑산도였다는 역사적 사실에 연유할 것이다. 그러나 이 소설을 실제로 읽어 보면 정약전이 주요 인물 가운데 한 사람임에는 틀림없지만 단일한 주인공은 아님을 곧 알 수 있다. 소설 속에서 정약전에 못지않은 무게를 지닌 역사적 실존 인물로 황사영이 등장하고 있으며, 순수하게 작가에 의해 창작된 허구적 인물들 가운데 마노리나 박차돌과 같은 인물도 각각 무시할 수 없는 비중을 차지하고 있는 것이다. 그런데 이 인물들 가운데 어느 누구도 흑산도와는 관계가 없다.

사정이 이러함에도 불구하고 『흑산』이라는 제목은 역시 잘 붙여진 제목임에 틀림없다는 생각이 든다. '흑산', 즉 '검은 산'이라는 말 자체에서 전달되어 오는 다분히 어둡고 황량하며 무거운 분위기야말로 이 작품 전체의 느낌을 효과적으로 압축하고 있는 것이기 때문이다. 아마도 그런 점을 의식했기에 작가도 '흑산도'라는 단어에서 '도'자를 뺀 '흑산' 두 글자를 가지고 제목을 삼았던 것이리라.

그러면 이 『흑산』이라는 작품을 구체적으로 검토해 볼 경우, 어떤 이야기가 가능할까? 이 물음에 대한 답을 제시하기 위해서는, 앞에서 내가 『매혹』을 검토하면서 썼던 방법을 『흑산』과 관련해서도 마찬가지로 사용해 보는 것이 무난할 듯하다. 『매혹』을 논하는 자리에서 나는 천주교 박해와 순교의 역사를 소설로 다룬 작품을 살펴볼 경우 네 가지 항목을 기준으로 작업을 수행하는 것이 적절하다는 말을 한 바 있는데 그 기준을 『흑산』에 대해서도 적용해 볼 수 있는 것이다.

맨 먼저, 박해와 순교라는 소재가 자연스레 동반하게 마련인 추적, 체포, 심문, 처벌의 과정을 통해 소설적 긴박감의 효과를 창출할 수 있다는 가능성의 측면을 놓고 보면, 『흑산』은 『매혹』과 사뭇 대조적인 모습을 보여준다. 『매혹』이 이런 측면을 거의 무시해 버렸던 반면, 『흑산』은 이런 측면에 많은 관심을 기울였으며 상당한 성과를 거두고 있는 것이다. 사실 조선 시대에 펼쳐졌던 천주교 박해와 순교의 전개 과정은 그 발단에서부터 결말에 이르기까지 꽤 구체적으로 밝혀져 있는 터인데, 이처럼 그 결말까지 잘 알려져 있는 사건을 가지고 새삼 소설적 긴박감의 효과를 만들어낸다는 것은 쉬운 일이 아닐 법하다. 하지만 김훈은 소설 진행의 완급을 적절히 조정하고 독자들의 감성을 흔들어 놓기에 충분한 에피소드를 다양하게 만들어 배치함으로써, 그 어려운 작업을 성공적으로 수행하였다.

그 다음으로, 박해와 순교라는 소재에 대한 천착에서부터 인간의 존엄성이나 윤리성이라는 주제와 관련된 진지한 탐구로 나아갈 가능성이 『흑산』에서 얼마만큼 살아나고 있는가 하는 점을 생각해 보자. 앞에서 나는 『매혹』이 이러한 가능성을 잘 살리고 있는 편임을 말한 바 있다. 그러나 앞에서도 지적했듯 『매혹』의 경우 이러한 가능성을 잘 살리기는 했지만, 거기에는 한 가지 중요한 한계가 있었다. 인간의 존엄성 혹은 윤리성에 대한 탐구가 엘리트 지식인 그룹에 속하는 사람들만을 대상으로 삼았다는 점이 그것이다. 그런데 『흑산』은 이러한 한계를 뛰어넘는다. 『흑산』에서 김훈은 정약전과 황사영을 비롯한 그 시대의 여러 엘리트 지식인을 대상으로 하여 인간의 존엄성과 윤리성에 대한 탐구를 치열하게 수행해 가는 한편, 박차돌, 마노리, 오동희, 강사녀, 길갈녀, 아리 등등 그 자신이 창조해낸 중인, 평민, 천민 출신의 여러 등장인물들을 통해서도 동일한 작업을 행한다. 그리고 전자 쪽의 작업에서도 독자들에게 절실한 감명을 안겨주지만, 후자 쪽의 작업에서 더욱 깊고 울림이 큰 성과를 거둔다. 아마도 『흑산』을 읽은 독자라면 믿음의 길에서 배교(背敎)의 길로 옮겨갔다가 끝내 어둠 속으로 사라진 박차돌을 절대로 잊을 수 없을 것이며 마노리를 비롯하여 위에서 이름이 열거된 여러 평민·천민 신분의 인물들도 잊을 수 없을 것이다. 그리고 오동희가 만들었다고 소설 속에서 이야기되고 있는 다음과 같은 기도문에 깃들인 아픔을 잊을 수 없을 것이며, 고난 앞에서 나약하기만 한 인간이 자신의 존엄성을 어떻게 하면 입증하게 되는가 하는 문제를 놓고 이 기도문과 더불어 오래 고심하는 시간을 갖지 않을 수 없을 것이다.

주여, 우리를 매 맞지 않게 하옵소서. 우리를 매 맞아 죽지 않게 하옵소서. 주여, 우리를 굶어 죽지 않게 하소서.
주여, 우리 어미 아비 자식이 한데 모여 살게 하소서.
주여, 겁 많은 우리를 주님의 나라로 부르지 마시고 우리들의 마을에 주님의 나라를 세우소서.
주여, 주를 배반한 자들을 모두 부르시고 거두시어 당신의 품에 안으

소서.

　주여, 우리 죄를 묻지 마옵시고 다만 사하여 주소서.

　주여, 우리를 불쌍히 여기소서.[17]

　그런데 김훈은, 세 번째 기준으로 내가 제시했던 과제, 즉 세계관 혹은 신앙의 대립이라는 문제를 다루면서 작품에 형이상학적 깊이를 부여한다는 과제와 관련해서는, 별다른 열의를 보여주지 않고 있는 것으로 판단된다. 소설 속에서 천주교 신앙을 가진 엘리트 지식인의 대표자로 설정되어 있는 황사영이 그 천주교 신앙에 대해 말하는 내용을 보면 다음과 같이 소박한 수준을 넘지 않는다.

　　세상에는 근본이 있다. 그것은 선(善)이라는 것이다. 이 세상에는 임금보다 더 높은 심판자가 있다. 그래서 다스림은 선해야 하고, 선하지 않은 다스림은 지금 당장 멸해야 한다. 너의 이웃을 사랑하라. 죄를 뉘우쳐라. 참된 뉘우침으로 삶을 깨끗이 하라. 높은 심판자 앞에서 인간은 누구나 귀하고 누구나 천하지 않다. 그러므로 사람을 때리지 말고, 그 생명에 해악을 가하지 마라.[18]

　물론 위의 발언은 황사영이 일자무식의 천민인 마노리에게 천주교를 처음으로 가르치는 대목에서 제시되고 있는 것인 만큼 소박한 수준을 넘지 않는 것이 당연하며, 그 반대의 방향으로 언설이 전개되었더라면 오히려 부자연스러울 것이라는 반론이 가능하다. 하지만 소설 속에서 모처럼 천주교 신앙의 내용에 대해 언급하는 자리를 굳이 상

17　김훈, 『흑산』(학고재, 2011), pp.58~59.

18　위의 책, p.174.

황의 맥락으로 볼 때 소박한 수준을 넘어서기 어렵게끔 되어 있는 곳에다 마련해 둔 작가의 조치 자체가 의도적인 것이라고 본다면, 역시 작가는 이 문제에 대하여 처음부터 열의를 가지지 않았다고 판단하는 것이 정확할 듯하다. 이 점은 아마 김훈 자신의 내면에 깃들여 있는 세계관 차원에서의 깊은 회의주의와 관련이 있을 것이다.

마지막으로, 소재의 적절한 활용이 탁월한 사회소설의 창작으로 나아갈 수 있는 가능성은 『흑산』에서 어떤 양상으로 나타났는가? 이 물음에 대해서는, 작가인 김훈이 이러한 가능성에 깊이 유의하였으며 그 결과는 인상적인 성과로 결실을 맺었다고 답할 수 있다. 『흑산』이 사회소설의 영역에서 인상적인 성과를 올릴 수 있는 소지는 이 소설의 작자가 엘리트 지식인들의 세계에만 자신의 시야를 한정하지 않고 다양한 중인, 평민, 천민들을 등장시키면서 그들의 희망과 아픔을 깊이 천착해 들어가고자 마음먹었던 그 순간에 이미 마련되었다고 할 수 있을 것 같다. 실제로, 참으로 안타깝게도, 조선 왕조 시대에 이 땅에 존재했던 사회는 여러 가지 면에서 심각한 폭력성과 야만성을 지니고 있었다고 볼 수밖에 없는 것이었거니와,[19] 이런 사회에서 중인으로, 평민으로, 천민으로 살아가야 했던 사람들의 삶과 죽음을 사회사적 시각에서 밀도 있게 그려내는 것은 현대의 한국 소설가에게 주어진 중요한 책무 가운데 하나가 아닐 수 없다. 김훈은 『흑산』에서 그 책무를 성실하게 수행하였다. 물론 김훈의 소설이라면 으레 그렇듯

---

19 이 점을 상세히 논증한 책으로 조윤민의 『두 얼굴의 조선사』(글항아리, 2016)를 언급할 수 있다. 이 책은 '군자의 얼굴을 한 야만의 오백 년'이라는 부제를 달고 있다. 그리고 복거일의 『역사가 말하게 하라』(다시헌, 2013), pp.103~121도 이 문제와 관련하여 참고할 만하다.

이 작품에서도 우선 돋보이는 것은 사회소설과는 잘 어울리지 않을 듯한 시적 문체의 화려한 행진이지만 그 점 때문에 이 작품의 사회소설로서의 가치가 실제로 손상되는 것은 아니다.

환생이라는 장치와 사랑의 에너지 - 『유랑자』

『유랑자』는 정찬이 2012년에 발표한 장편소설이다. 2012년은 그가 『빌라도의 예수』를 출간한 지 8년이 지난 시점에 해당한다. 일찍이 『빌라도의 예수』에서 예수 및 기독교의 문제와 관련된 본격적인 탐구를 행했던 정찬은 그 작품으로부터 8년이 지난 시점에서 다시 한 번 이 주제와 정면으로 맞붙어 대결하는 패기를 보여주었다. 그리고 이번의 『유랑자』라는 작품에서 그가 이룩한 성과는 그 8년의 세월이 그에게 뜻깊은 성장의 기간이었음을 증명했다. 우리가 이런 평가를 내릴 수 있는 것은, 『빌라도의 예수』를 통해 이미 독자들에게 깊은 인상을 남겼던 진지한 문제의식을 그대로 유지하면서 『빌라도의 예수』를 쓰던 시절보다 더욱 커진 사고의 스케일과 다채로워진 인식의 수준을 보여준 작품이 『유랑자』라고 판단되기 때문이다.

『유랑자』는 작가 자신이 살아가고 있는 21세기, 제1차 십자군 전쟁이 벌어졌던 11세기, 그리고 예수가 생존했던 것으로 알려져 있는 1세기 등 세 개의 시대를 시간적 배경으로 삼고 전개되는, 다소 복잡한 구조를 가진 소설이다. 이 소설에 대한 논의를 진행하기 위해서는 작품의 내용을 소개해 두는 것이 필요하다고 판단된다. 아래에 『유랑자』의 경개를 간단히 적어 보고자 한다.

21세기의 이야기에서 화자로 등장하는 인물은 폴란드계 유대인인 아버지와 한국인인 어머니 사이에서 태어난 미국 국적의 혼혈아이다. 그의 어머니는 그가 네 살 났을 때 신병(神病)을 앓고 무당이 되면서 그를 떠나 한국으로 돌아간다. 성장한 후 그는 전쟁 전문 기자가 되어 세계 각지의 전쟁터를 찾아다닌다. 2003년, 미·영 연합군이 이라크를 침공하여 전쟁이 일어났을 때에도 그는 바그다드를 찾아가 취재를 하게 되는데, 거기서 중상을 입은 이브라힘이라는 아랍인 남자를 만나, 그의 전생담(前生譚)을 듣는다. 이브라힘은 11세기 말 제1차 십자군 전쟁 당시 자신과 화자가 깊은 인연으로 만나 서로 얽힌 바 있으며 그 종국은 전생의 화자가 전생의 자신을 살해하는 것이었음을 화자에게 이야기해 주고 나서 죽는다. 그로부터 다시 여러 해가 지난 후, 화자는 어머니와 연락이 닿아 몇 차례 한국을 방문하고, 어머니가 세상을 떠나자 그 장례식에도 참석하게 된다.

11세기의 이야기는 이브라힘이 화자에게 들려준 전생담으로 이루어진다. 전생의 이브라힘은 이슬람교를 믿는 이집트인으로, 역사 기록의 직책을 맡고 있는 지식인이었다. 전생의 화자는 십자군에 참가한 기독교 측의 사제였다. 제1차 십자군 전쟁 당시 기독교 측이 이슬람교인들을 상대로 해서 행한 대량 학살은 잔혹의 극치를 보여준 것이었다. 전생의 이브라힘은 침략군을 피해서 도망할 수 있었으나 역사 기록에 대한 사명감 때문에 목숨을 걸고 예루살렘에 남았다가 전생의 화자와 만나게 된다. 그런데 전생의 화자는 전생의 이브라힘으로부터 그가 고백하는, 예수 시대를 배경으로 한 전생담을 듣고 경악을 금치 못한다. 전생의 화자는 그가 들려준 이야기 속에 나오는 예수의 행로를 그와 동행하여 샅샅이 답사한 후, 그를 살해한다.

1세기의 이야기는 전생의 이브라힘이 전생의 화자에게 들려준 고백을 내용으로 하고 있다. 자신이 그 전생에는 여성이었는데 예수를 지극히 사모하여 그를 따라다녔다는 것, 자신이 예수의 아이를 임신하여 낳았으며 나중에는 손자와 손녀까지 보았다는 것, 예수의 죽음도 자신이 목격했는데 기독교 측의 『성서』에 기록되어 있는 부활은 없었다는 것 등이 그 내용의 핵심을 이룬다. 11세기에 기독교 사제의 신분을 지녔던 전생의 화자는, 전생의 이브라힘으로부터 들은 고백의 내용이 이처럼 『성서』의 허위성을 폭로하는 것이었기에, 『성서』를 지키기 위해, 전생의 이브라힘을 살해할 수밖에 없었던 것이다.

지금까지 『유랑자』의 경개를 약술해 보았거니와, 위의 경개에서도 충분히 드러난 바와 같이, 천 년 혹은 이천 년의 시간적 거리를 두고 떨어져 있는 세 개의 이야기선(線)이 하나의 소설 속에서 무리 없이 연결되어 통일된 의미의 장(場)을 형성할 수 있도록 만든 비결은 환생이라는 장치의 활용에 있다. 1세기의 한 유대 여인이 11세기의 이집트인으로, 다시 21세기의 아랍인으로 환생한다. 그런가 하면 11세기의 한 유럽인 사제가 21세기의 전쟁 전문 기자로 환생한다. 이런 식으로 환생이라는 장치를 활용하면 1세기와 11세기를, 그리고 21세기를 연결시키는 것이 조금도 무리가 아니게 된다.

돌이켜보면, 한국의 현대 소설가가 환생이라는 개념을 소설 속에 도입하여 활용한 경우는 과거에도 있었다. 김동리의 단편 「눈 내리는 저녁때」, 양귀자의 장편 『천년의 사랑』 등이 금방 떠오르는 예다. 하지만 이 작품들에서 환생 개념을 도입한 것은 그다지 성공적인 시도로 평가받지 못했다. 이에 비하면 『유랑자』는 환생이라는 장치를 적절하게 구사함으로써 상당한 효과를 거둔 것으로 판단된다. 그 장치의 적절한 구사를 통해, 자칫하면 혼란스럽고 지리멸렬해질 수 있는 작품의 내용이 자연스럽게 고차원적인 질서와 통합성을 확보하게 되었다.

그런데『유랑자』를 진지하게 읽는 독자라면 누구나, 환생이라는 개념과 관련된 독자 나름의 사유를 이런 식으로 소설적 효과라는 측면에만 한정시킬 수 없다는 느낌을 가지게 될 것이다. 작품 속에서 그처럼 탁월한 소설적 효과를 발하면서 생생한 모습으로 부각되어 있는 이 '환생'이라는 것 자체를 과연 믿을 수 있는가, 없는가, 믿는다면 어느 정도까지 믿을 수 있는가, 라는 의문에 사로잡히지 않고는 배길 수가 없게 된다는 말이다.

그러면『유랑자』를 쓴 작가인 정찬 자신은 환생에 대해 어떤 생각을 가지고 있는가? 이 물음에 대해 그는 책 끝에 붙인「작가의 말」에서 다음과 같은 말로 답을 주고 있다.

저는 환생을 믿는 사람이 아닙니다. 그렇다고 부정하지도 않습니다. 저에게는 믿을 수도, 믿지 않을 수도 없는 것이 환생입니다.[20]

정찬이 이런 식으로 말하게 된 심정은 충분히 이해된다. 또 공감도 된다. 사실 환생이라는 것을 믿기란 쉽지 않다. 하지만 환생의 존재를 증명해 주는 듯 보이는 수많은 자료들[21]을 대하고 나서도 끝까지 환생

---

20 정찬,『유랑자』(문학동네, 2012), p.342.
21 이런 자료들을 쉽게 찾아볼 수 있는 책으로 에드거 케이시,『나는 잠자는 예언자』(신선해 역, 사과나무, 2007); 짐 터커,『어떤 아이들의 전생 기억에 관하여』(박인수 역, 김영사, 2015); 박진여,『당신, 전생에서 읽어드립니다』(김영사, 2015) 등을 금방 열거할 수 있다.

을 믿지 않는 것 역시 어려운 일이다. 그러니 정찬은 "저는 환생을 믿는 사람이 아닙니다. 그렇다고 부정하지도 않습니다"라고 말할 수밖에 없었을 것이고, 우리는 그 말에 공감할 수밖에 없는 것이다.

문제는 거기에서 그치지 않는다. 불교 측에 문의해 보면, 그들은 윤회 즉 환생을 이야기하면서 동시에 무아(無我)를 말한다. 그렇게 함으로써 불교인들은 환생에 대한 단순 긍정과 단순 부정을 동시에 넘어선다. 그런가 하면 기독교의 경우 환생에 대한 믿음은 일찍부터 공식적인 교회 권력에 의해 이단으로 간주되어 금지당하였으나 그 교회의 권력자들조차도 미처 지우지 못한 흔적들이 그들의 『성서』 여기저기에 남아 있어서 종종 혼란을 야기하고 있다.

환생이라는 개념과 관련된 사정은 이처럼 난감하고 당혹스러운 면모를 가지고 있지만, 그런 가운데서 어쨌든 정찬은 『유랑자』에 환생이라는 장치를 적극적으로 도입하고 그것을 효과적으로 활용했으며, 그 결과 미학적 품격을 갖춘 한 편의 소설을 완성할 수 있었다. 그렇게 한 것만으로도 정찬은 뜻깊은 일을 해냈다고 할 만하다. 그렇다면 『유랑자』를 읽는 우리 역시 앞서 얘기한 환생에 대한 의문, 즉 그것을 믿을 수 있는가, 없는가, 믿는다면 어느 정도까지 믿을 수 있는가라는 의문을 당장에 해결하려고 너무 성급하게 조바심치지 말고 일단 이 소설 자체의 문면을 따라가면서 그 문면으로부터 전달되어 오는 품격을 음미하는 데 집중하는 편이 바람직할 듯하다.

이런 일에 집중하다 보면 우리는 저도 모르는 사이 '영원'이라는 것에 대하여, 영원 속에서의 인간의 '운명'이라는 것에 대하여, 운명을 구성하고 있는 '삶'과 '죽음'의 본질이라는 것에 대하여 성찰해 보는 시간을 갖지 않을 수 없게 된다. 그리고 이런 성찰의 시간은 그것 자체로서 우리에게 우리의 내면이 상당한 정도로 정화되는 경험을 선사한다. 이와 같은 종류의 경험이야말로 우리가 문학을 통해 얻을 수 있는 가장 귀중한 소득에 속하는 것일지 모른다.

그런데 지금까지 말한 바와 같은 사항을 전제하면서, 『유랑자』의 세계를 구성하고 있는 세 개의 시간대에서 실제로 벌어지는 사건들을 좀 더 구체적으로 짚어나가다 보면, 우리는 그것이 온통 잔인성, 폭력성, 광기 같은 것의 기록으로 가득 차 있음을 보고 전율하지 않을 수 없게 된다. 첫 번째 시간대에 해당하는 예수 시대의 경우, 이야기의 무대인 유대 지역을 지배하고 있는 것은 타락한 유대교 지배 집단의 권력욕과 그들이 전가(傳家)의 보도(寶刀)처럼 휘두르는 갖가지 기괴한 율법에 의해 저질러지는 인간 말살의 행태들이었다. 두 번째 시간대에 해당하는 십자군 전쟁 당시의 경우, 차마 말로 표현하기 어려울 만큼 잔인한 학살극이 바로 예수에 대한 신앙을 깃발처럼 내건 자들에 의해 끝도 없이 자행된다. 특히 이 부분에서 작가가 제시하고 있는 내용들은 대부분 엄밀한 고증을 거쳐 확인된 사실(史實)에 부합하는 것이며 우리들로 하여금 일찍이 조찬선의 『기독교 죄악사』로부터 받았던 충격을 다시 한 번 떠올리게 하는 것이기도 하다. 세 번째 시간대에 해당하는 21세기의 경우, 기독교 신앙을 앞세운 미국의 부시 정권이나 유대교 신앙을 앞세운 이스라엘 정부에 의해 역시 대량 살상극이 벌어진다.

이처럼 세 개의 시간대 전체에 걸쳐 예외 없이 전개되는 잔인성·폭력성·광기의 드라마 앞에서, 최소한의 양식을 가진 이라면 누구라도 깊은 고통을 느끼지 않을 수 없을 것이다. 그렇다면 이러한 고통으로부터 벗어날 수 있는 출구는 없는 것일까? 『유랑자』의 작가는 이러한 질문을 던지고 집요하게 그것을 밀고 나간다. 그리고 진지한 작가라면 대부분 그러하듯 결코 안이한 해답을 제시하지 않는다. 다만 1세기의 이야기 속에 등장하는 예수를 통해 조심스러운 암시를 내놓을 뿐이다. 그 예수는 기적에 의해 태어나지도 않았고, 오병이어(五餅二魚)의 이적 같은 것을 보여준 일도 없으며, 죽은 후에 부활하지도 않은 예수이다. 다만 한없는 사랑의 에너지, 그것만을 가지고 세상의 모든 폭력과 악에 맞서는 예수이다. 그러한 예수의 모습이 소설 속에서 가장 인상적으로 부각되는 곳은, 유대인들의 세계에서 부정(不淨)의 극한치를 보여주는 존재로 규정되어 배척당하는 나환자의 시신을 직접 나서서 씻겨주는 장면이다. 그 일부를 아래에 인용해 보기로 한다.

　　예수는 향유를 섞은 물에 시신의 머리를 먼저 감겼다. 나는 가만히 그의 모습을 보았다. 아들의 머리를 감기는 아버지의 모습처럼 보이는가 하면, 갓난아이의 머리를 감기는 어머니의 모습처럼 보이기도 했고, 연인의 머리를 감기는 여인의 모습처럼 보이기도 했다.
　　(…) 머리를 다 감긴 예수는 향물을 적신 수건으로 시신의 얼굴과 몸을 씻기 시작했다. 그는 사람들에게 말하곤 했다. 지금 나는 너희와 함께 있다, 고. 그는 함께 있기 위해 상대를 자신에게로 끌어당기지 않았다. 상대에게 다가가 상대와 일체가 됨으로써 함께 있었다. 그와 상대가 구별이 되지 않았다.
　　시신을 씻을 때도 마찬가지였다. 예수는 시신과 일체가 되어 있었다. 예수와 시신이 구별되지 않았다. 그가 나병환자의 시신을 씻는 것이 아니라 자신의 몸을 씻는 것 같았다. 주위의 모든 풍경이 사라지고 자신의 몸을 씻듯 시신을 씻는 그의 모습만 보였다. 시신을 살아 있는 사람처럼 느낀다 해도 조금도 이상하지 않았다.[22]

이러한 장면에서 확인되는 놀라운 사랑의 에너지는 우리에게 감동을 안겨주는 것이 아닐 수 없다. 우리는 이처럼 감동적인 사랑의 에너지를 일찍이 정찬의 첫 번째 장편소설 『세상의 저녁』에 등장하는 주인공 황인후에게서 보았고 이번에 『유랑자』에 이르러 소설 속의 인물로서의 예수에게서 다시 보게 된 셈이거니와, 아마도 정찬은 너무나도 막막하게 느껴지는 세상의 잔인함, 폭력성 그리고 광기 앞에서, 이와 같은 사랑의 에너지를 지닌 인물을 창조하지 않고서는 견딜 수 없었던 것이 아닐까. 그 점을 우리는 충분히 이해할 수 있을 것 같다. 그리고 작가에게 공감할 수 있을 것 같다.

하지만, 이러한 이해와 공감의 반대 방향에서, 다음과 같은 복거일의 말이 문득 떠오르는 것을 우리는 또한 막을 수 없는 것이 사실이다.

> 사랑엔 주는 자가 그것을 받는 자에게 자신의 뜻을 강제하도록 만드는 힘이 도사리고 있다. 그래서 사랑은 본질적으로 자기중심적이다. (…) 종교적 신념에서 나온 너그러운 사랑이나 사회적 이념에서 나온 높은 사랑일지라도, 강제가 도사려 있기는 마찬가지다. 중세 서양에서 '마녀 사냥'에 나선 종교 재판관들은 불쌍한 노파들을 고문하고 처형하면서 자신들은 그녀들의 영혼들에 대한 사랑에서 그런 일들을 한다고 믿었다. 근대에 이념을 뚜렷이 밝힌 혁명들이 일어나면서, '인류의 이름으로'나 '인민의 이름으로'라는 구호 아래 얼마나 많은 사람들이 박해를 받았는가.
>
> 자신의 취향에 맞지 않는 특질들을 다른 사람들이 가질 권리를 인정할 때, 우리는 비로소 상징적 특질로 추상화된 존재들 너머에 있는 구체

---

22 정찬, 『유랑자』, pp.286~287.

적 사람들을 읽어낼 수 있다. 그래서 사회를 이루고 살아가는 데서 정말
로 중요한 것은 사랑하기 어려운 사람들의 권리를 인정하는 너그러움이
다.[23]

이 문제에 대한 최종적인 결론을 내리는 것은 이 자리에서는 일단
유보해 두기로 하자. 그 대신 두 가지 항목에 대한 언급을 간단히 덧
붙이면서 『유랑자』에 대한 논의를 마무리하기로 한다.

첫 번째로 이야기할 사항은, 『유랑자』에는 예수와 여성 사이의 사
랑에 대한 이야기가 나온다는 점이다. 그 사랑은 육체관계까지를 포
함한 사랑이다. 이런 예수의 사랑 이야기를 담고 있다는 점에서 『유랑
자』는 카잔차키스의 장편 『최후의 유혹』, 사라마구의 장편 『예수복음』
등과 공통된다. 장차 누군가가 이들 여러 작품과 『유랑자』의 비교 고
찰을 시도해 보아도 좋을 것이다. 또 『유랑자』를 D. H. 로렌스의 흥미
로운 단편 「죽은 사람」과 비교해 보는 작업도 고려할 만하다. 그런가
하면 윌리엄 E. 핍스가 『예수의 섹슈얼리티』(신은희 역, 이룸, 2006)라
는 책에서 논의한 내용을 가지고 와서 『유랑자』의 예수 이야기에 대
입해 보는 것도 의미 있는 작업이 되리라고 여겨진다.[24]

두 번째로 이야기할 사항은, 『유랑자』가 화자의 어머니 및 그의 신
딸에 해당하는 강희라는 여성 등 두 사람을 통해 한국 무교(巫敎)의 정

---

23 복거일, 『소수를 위한 변명』(문학과지성사, 1997), pp.17~18.
24 윌리엄 E. 핍스는 미국 장로교회의 목사이며 대학에서 종교철학을 가르치는 교수이
기도 하다. 그에 의하면 예수 시대 유대 사회의 풍속이나 윤리감각으로 볼 때 예수
가 여성과 결혼을 하지 않고 끝까지 독신으로 살았을 가능성은 매우 낮다고 한다.
예수의 결혼에 대한 기록이 복음서에 없는 것은 예수가 실제로 결혼을 하지 않았기
때문이 아니라 복음서 기자들에게 그런 문제가 중요한 것으로 여겨지지 않았기 때
문이라고 그는 주장한다.

신과 의식(儀式)을 상세하게 그려 보이고 있다는 점이다. 본래 한국의 현대 소설가들 중에서는 김동리, 이청준, 한승원 등이 무교에 대한 탐구와 형상화의 작업을 꾸준히 시도해 온 터인데, 정찬은 『유랑자』에서 그것을 적극적으로 계승하고 있다. 또 그것은 상당히 인상적인 문학적 성취를 동반하고 있다. 『유랑자』는 이러한 점에서도 주목을 받을 만하다고 생각된다.

맺는 말

이 글에서 나는 '2000년 이후의 한국 소설이 기독교 문제에 대하여 얼마만큼 적극적인 대응을 보여 왔고 또 얼마만한 성과를 이룩한 것으로 평가될 수 있을까?'라는 질문에 대한 답을 찾는 데 일조하고자 하는 뜻을 가지고 『손님』, 『빌라도의 예수』, 『매혹』, 『흑산』, 『유랑자』 등 다섯 편의 소설을 간략하게 검토해 보았다. 그렇게 하는 과정에서, 논의의 대상으로 선택된 다섯 편의 소설들은 모두 수준 높은 노작(勞作)으로 평가받을 만한 면모를 지니고 있음이 확인되었다. 그 작품들은 소재도 각각 다르고 문제에 임하는 작가들의 입장도 각각 다르지만, 기독교와 관련된 여러 가지 문제들을 진지한 탐구의 대상으로 설정하고 그 문제들과 치열하게 대결하는 작가의식을 보여주었다는 점에서는 공통된다. 그리고 이 글의 성격상 여기에서는 자세히 다루지 못했지만, 상당히 인상적인 예술적 성취의 경지를 보여주었다는 점에서도 모두 공통된다.

이러한 평가를 받을 만한 작품을 2000년 이후의 한국 소설 가운데

서 더 찾아보면, 이문열의 『호모 엑세쿠탄스』(2006)와 이승우의 『지상
의 노래』(2012)를 다시 더 추가할 수 있다. 그 두 작품에 대한 구체적
인 논의는 여러 가지 사정으로 인해 이 글에서 시도되지 못했으나, 그
작품들의 성과가 이 글에서 검토된 여러 작품들의 그것과 동일하거나
유사한 수준에 도달해 있다는 점에는 의문의 여지가 없다.[25]

그런가 하면, 문제의식의 밀도나 예술적 성취의 수준에서는 지금까
지 열거된 작품들보다 떨어지지만 나름대로의 열정을 가지고 기독교
문제와 씨름했다는 점에서는 일단 주목받을 자격을 갖고 있는 일군의
소설들이 또한 존재한다. 주원규의 『망루』(2010), 류상태의 『신의 눈
물』(2013), 유현종의 『사도 바울』(2016), 백시종의 『오옴하르 음악회』
(2016) 등이 그 대표적인 예에 해당한다. 그리고 이런 작품들의 목록
은 한참 더 열거될 수도 있다.

이 정도라면, 2000년 이후 한국의 소설계는 기독교 문제에 대하여
상당히 적극적인 대응을 보여 왔고 그 성과 또한 만만치 않다는 결론
을 내리는 데 주저할 필요가 없을 것으로 생각된다. 그리고 이러한 성
과는 양적인 면에서나 질적인 면에서나, 20세기의 1백 년 동안 이 분
야에서 한국 소설이 이룬 성과의 평균 수준을 상회하는 것으로 보아
도 좋을 듯싶다.

그런데 여기서 시선을 잠시 돌려 21세기 한국의 기독교계를 살펴보
면, 그쪽의 상황이 간단하지 않음을 알 수 있다. 특히 개신교계의 경

---

25 이 작품들 중 『호모 엑세쿠탄스』에 대하여 나는 「이문열의 소설과 기독교」라는 논
문에서 상세하게 검토한 바 있다. 『현대문학연구』 28집(2009.8)에 이 논문이 실려
있는데, 그것은 분량상의 문제 때문에 본래 썼던 원고의 절반 정도로 축약된 것이
다. 내가 쓴 원고의 전문(全文)은 『한국소설과 예수 그리고 유다』에 수록되어 있다.

우 어려운 문제가 산적해 있으며, 그 일각에서는 심각한 위기의식도 나타나고 있는 형편이다.[26] 위기의식이 거론되기에 이른 주된 이유는 교회의 세속화와 영성(靈性)의 침체라는 말로 요약될 수 있다. 이것을 다시 한 마디로 줄여 표현하자면, 결국 정신의 치열성이 둔화된 데에 위기의 원인이 있는 것이다. 이러한 상황에서, 기독교 문제와 관련하여 주목할 만한 작품을 발표한 여러 소설가들에 의하여 제기된 다양한 질문과 탐구의 성과들은, 기독교계의 인사들이 제대로 음미하고 참고하기만 한다면, 한국 기독교의 의미 있는 거듭남을 위해서도 뭔가 기여하는 바가 있을 것으로 생각된다.

---

26 이학준의 『한국 교회, 패러다임을 바꿔야 산다』(새물결플러스, 2011)는 이러한 위기의식 아래 새로운 진로를 힘들게 모색하고 있는 기독교계의 모습을 보여주는 대표적인 저작이다. 이 책의 제1장은 아예 「한국 개신교, 역사상 최대의 위기 앞에 서다」라는 제목을 달고 있다. 이와 비슷하게 오늘날의 개신교계에 대해 경고음을 보내고 있는 저서는 상당히 많다. 그 중 『한국 교회는 예수를 배반했다』(삼인, 2005)는, 그 저자가 소설 『신의 눈물』을 발표한 전직 목사 류상태라는 점에서 각별한 관심의 대상이 될 만하다.

샘물교회 단기선교단 피랍사건과
한국 사회의 문제

— 현길언의 『비정한 도시』

샘물교회 단기선교단 피랍사건의 소설화

2007년 여름, 아프가니스탄에서는 정부군과 탈레반 무장세력 사이에서 내전이 전개되고 있었다. 이곳으로 경기도 성남시 분당구에 있는 샘물교회에서 단기선교단을 파견하였다. 배형규 목사와 19명의 신도로 구성된 선교단은 그해 7월 14일 아프가니스탄에 도착, 그전부터 현지에서 활동해 오던 선교사 3명과 합류하였다. 그들은 22일이면 출국할 예정이었다. 그런데 불행하게도 19일에 23명 전원이 탈레반 무장세력에게 납치, 감금되었다. 탈레반은 아프가니스탄에 주둔해 있는 한국 군대가 철수하고 아프가니스탄 정부에 의해 수감되어 있는 탈레반 대원들이 석방되면 23명을 풀어주겠다고 했다. 이것은 물론 한국 정부나 아프가니스탄 정부가 들어줄 수 없는 요구였다. 절충책을 찾기 위한 협상이 시작되었으나 잘 진전되지 않았다. 그런 가운데 23명의 인질 중 두 명이 탈레반에 의해 살해당했다. 그 중 한 명은 배형규 목사였다. 협상은 8월 말까지 끈 끝에 드디어 타결되었다. 인질 전원이 최종적으로 석방된 것은 8월 30일이었다. 어떤 조건으로 협상이

타결되었는지는 공표되지 않았다. 아마 한국 정부로부터 탈레반에게
로 상당한 액수의 금전이 건네졌으리라는 추측이 유력하다.

이러한 사건이 발생하고 나서 8년이 지난 2015년에, 현길언이 이
사건을 소재로 한 장편소설을 발표하였다. 『비정한 도시』가 그 작품
이다. 현길언은 이 작품 뒤에 붙여 놓은 「작가의 말」에서, 자신이 어
떤 의도로 이 소설을 썼는지 명확하게 밝혀 놓고 있다. 「작가의 말」은
다음과 같은 문장으로 시작한다.

> 그해 여름, 우리는 이 사회가 얼마나 비정한가를, 보이지 않는 폭력
> 앞에서 교회가 얼마나 이기적인가를 확인했다.[27]

이렇게 시작한 후 여러 단락에 걸쳐 이어지고 있는 「작가의 말」을
몇 가지로 항목화하여 정리해 보면 대략 다음과 같은 내용이 된다.

(1) 샘물교회 단기선교단에 참가한 사람들은 순수한 선의를 가지고
봉사활동에 나섰던 것뿐이다.

(2) 그런데 단기선교단 피랍 사건이 발생하자, 다수 한국인들의 여
론은 기독교도들의 해외 선교에 대한 비난으로 끓어올랐다. 순수한
선의를 가지고 봉사활동에 나섰다가 난데없는 죽음의 위협에 직면하
여 떨고 있을 선교단원들에 대한 이해나 연민은 거의 찾아볼 수 없었
다. 요컨대 그 선교단원들은 잘난 척 교만한 행동을 하다가 자업자득
의 재난을 당한 것일 따름이라는 논리가 한국 사회를 지배하였다.

(3) 민간인들을 납치하여 죽음의 공포 속으로 몰아넣고 실제로 두

---

27 현길언, 『비정한 도시』(홍성사, 2015), p.349.

사람을 살해한 탈레반의 폭력성을 규탄하는 것이야말로 인간으로서의 근본적 도리일 것인데 이 점은 경시되고 기독교도들에게 비난이 집중되었다.

(4) 이것은 한국 사회가 얼마나 비정한가를 생생하게 증명한 것이다.

(5) 한편 한국 교회는 이 같은 여론에 질려 침묵을 지키거나 오히려 사과 성명을 발표하는 등 비겁한 태도로 일관하였다.

(6) 작가 자신은 이러한 한국 사회의 비정함과 한국 교회의 비겁함에 맞서서 단기선교단 사람들의 진실을 증언하고 그들에 대한 세상의 이해를 구하려는 목적에서 『비정한 도시』라는 소설을 썼다.

현길언은 「작가의 말」에서 제시한 위와 같은 창작 의도를 실제의 작품 속에서 그대로 관철시켰다. 등장인물들을 설정하는 데 있어서나, 사건을 전개하는 데 있어서나, 서술자의 개입 정도와 그 구체적인 내용을 정하는 데 있어서나, 그것이 위와 같은 창작 의도를 구현한다는 목표에 적합한가 그렇지 않은가라는 것을 절대적인 기준으로 삼고 자신의 소설 쓰기를 진행하였다. 그렇게 한 결과 『비정한 도시』는 소설이면서 동시에 작가의 주장을 입증하기 위한 논문과도 같은 작품이 되었다. 그렇기 때문에 이 작품을 읽는 독자에게는 작가의 주장 앞에서 독자 나름의 논리적·도덕적 판단을 내리는 것이 우선적으로 요구된다.

이러한 요구를 받게 되는 독자의 한 사람으로서 나 자신이 그 요구에 대응하여 할 수 있는 이야기는 어떤 것인가? 이것 역시 항목화해서 제시하는 편이 좋을 듯하다.

(1) 샘물교회 단기선교단에 참가한 사람들이 소설에서 묘사되고 있듯 순수한 선의를 가지고 봉사활동에 나섰던 것뿐인지, 아니면 기독

교의 선교라는 과제와 관련해서 무모한 객기나 오만한 시혜의식을 가
지고 그 활동에 임했던 것인지를 확인할 수 있는 자료가 나에게는 이
소설 말고 달리 없다. 그렇기 때문에 나로서는 이 문제에 대해서 분명
한 판단을 유보할 수밖에 없다. 아마 단기선교단 구성원들 사이에서
도 이 문제와 관련해서는 다양한 개인적 편차가 존재하지 않았을까
하는 정도의 짐작을 조심스럽게 해볼 수 있을 뿐이다.

  (2) 그 당시 한국 교회의 태도가 비겁한 것이었는지에 대해서도 나
로서는 단정적인 의견을 말하기 어렵다. 역시 자료의 부족 때문이다.

  (3) 그렇다 하더라도, 사건 당시 한국 사회가 보여준 반응이 비정한
것이었다는 작가의 주장에는 충분히 동의할 수 있다. 단기선교단이
순수한 선의만을 가지고 의료봉사와 같은 일반적 봉사활동을 하고자
나섰던 것이라면 다시 말할 필요조차 없거니와, 그렇지 않고 기독교
의 선교라는 과제와 관련해서 무모한 객기 혹은 오만한 시혜의식을
가지고 나섰던 것이 사실이라 할지라도, 어쨌든 그들은 아프가니스탄
사람들에게 도움이 되는 일을 하고자 하는 뜻을 품고서 비무장으로,
무보수로 먼 길을 떠났던 것이 아닌가? 이런 사람들이 학살의 공포에
직면하여 떨고 있는 상황에서, 다수 한국인들의 반응이 그들에게 냉
혹한 비난을 퍼붓는 것으로 나타났다는 사실은, 한국 사회가 참으로
비정한 사회라는 판단을 내리지 않을 수 없게 만든다.

  (4) 당시 한국 사회 내부의 논의에서 탈레반의 폭력성에 대한 비판
이 제대로 이루어지지 않았다는 점을 작가가 지적한 것에 대해서도
나는 동의한다. 그러면서 나는, 다수의 한국인들이 탈레반의 폭력성
에 대해서 별로 비판할 마음을 내지 않았던 것은 그 다수 한국인들 자
신의 내면에 탈레반 못지않은 폭력성이 잠재해 있기 때문이 아닌가

하는 추측을 덧붙일 수 있다고 생각한다.

왜 한국 사회는 비정한가?

　말이 나온 김에, 한국 사회의 비정함에 대해 내가 평소에 품어 온 생각을 조금 더 개진해 보겠다.

　샘물교회 단기선교단 피랍 사건을 떠나서 일반론적으로 판단해 보더라도, 지금 우리가 살고 있는 이 한국 사회가 유난히 비정한 사회라는 사실에는 의심의 여지가 없다. 이것은, 북한 인권 문제에 대하여 지난 수십 년 동안 지식인을 포함한 우리 사회의 대다수 구성원들이 일관되게 보여 온 돌처럼 차가운 태도 하나만 상기해 보아도 금방 결론이 내려지는 사항이다.

　왜 한국 사회는 이토록 비정한 성격을 지속적으로 보여 온 것일까? 이 물음에 대한 답은 여러 가지로 나올 수 있으리라. 그 중 하나로 나는, 조선시대부터 최근까지의 기간에 걸쳐 이 땅의 사람들이 공유해 온 역사적 경험의 특징을 들고 싶다.

　조선시대의 경우, 이 땅에서 살다 간 사람들이 공유했던 역사적 경험의 특징에서 핵심을 이루는 것은, 세계사적으로도 비슷한 예가 드물 정도로 무자비한 노예제도를 조선 사회가 수백 년 동안 운영해 왔다는 사실이다. 이런 사실이 사람들의 심성에 어떤 영향을 미치게 되는가에 관해서는, 복거일이 그의 소설 『보이지 않는 손』 속에서 작중인물의 발언이라는 형식을 통하여 제시해 보인 다음과 같은 귀중한 통찰이 참고가 된다.

"노예사회는 변화를 두려워하죠. 그리고 사회의 결이 아주 거칠어요. 노예들을 부리려면, 사람은 육체적으로나 이념적으로나 무자비해져야 합니다. 그래서 노예제도가 오래 존속한 사회는 어쩔 수 없이 야만적 특질들을 지니게 되죠."[28]

조선 사회가 노예제도를 오래 존속시켜 온 결과로 갖게 된 '야만적 특질'이 어느 정도에까지 도달했는가를 생생하게 보여주는 것이 신소설들이라고 생각된다. 신소설은 1906년에 그 첫 작품이 나온 후 약 20년 동안에 걸쳐 꾸준히 창작되었는데, 노예제도가 우리나라에서 법적으로 폐지된 것이 1894년이고 그것의 실질적인 청산은 그 후 다시 수십 년의 세월이 흐르는 동안 서서히 이루어졌다는 사실을 감안하면, 신소설이 창작된 시대는 노예제도와 관련된 우리 사회의 야만적 특질이 정점을 찍고 전환점으로 들어서기 시작하던 시기에 해당하는 셈이다. 이러한 시대에 나온 신소설 가운데 상당수의 작품들은, 야만적 특질이 보편화된 세상의 풍경이 얼마나 끔찍할 수 있는가를 적나라하게 보여준다.

그 풍경 속에서 출몰하는 수많은 등장인물들로부터 두루 확인되는 가장 뚜렷한 성격상의 특징 가운데 하나가 '비정함'이다. 신소설 가운데 상당수의 작품들은, 비정한 인간들이 집단적으로 등장하여 서로 미워하고 학대하고 살해하고 복수하는 지옥도를 보여주는 소설이라고 해도 과언이 아니다. 이런 지옥도를 보여주는 소설들이 특정한 작가의 예술적 개성을 반영한 소수의 작품으로 그치는 것이 아니라 아예 한 시대 소설문학의 대다수를 차지하는 양상으로 나타난 것은 아마 세계

28 복거일, 『보이지 않는 손』(문학과지성사, 2006), p.97.

문학사 전체를 통해서 보아도 상당히 희귀한 현상이 아닐까 싶다.

수많은 신소설 속에 그려져 있는 이와 같은 지옥도는 그 소설들이 창작된 시대의 사회적·심리적 현실을 별다른 변형 없이 충실하게 반영하고 있는 것으로 판단된다. 아마도 그 시대의 '현실'이 그런 소설의 편재(遍在) 현상을 낳은 원인으로 작용하였을 것이다. 그 시대의 현실을 만들어낸 원인이 노예제도 하나에만 있는 것은 물론 아니겠지만, 그것이 원인의 아주 중요한 부분으로 작용하였다는 사실은 누구도 부정할 수 없다.

신소설과 관련된 이야기는 이 정도로 하고, 다시 본래의 논의로 돌아가 보자. 세계사적으로도 비슷한 예가 드물 정도로 무자비한 노예제도를 수백 년 동안 운영해 온 조선 시대가 마감되고 나자 곧바로 닥쳐온 것은 식민지 시대였다. 식민지 시대의 역사적 경험이 우리나라 사람들의 심성에 미친 영향이 어떤 것인지를 상세하게 연구한 유선영의 저서 『식민지 트라우마』의 마지막 부분을 보면 다음과 같은 언급이 나온다.

> '한 방울의 인간적 모욕'이 정치적 소외와 경제적 착취 이상의 폭력 효과를 내는 것이 식민지 사회이다. 인간으로서 존엄성을 훼손당한, 자신의 정신과 감정을 훼손당한 채 권위에 복종하게 되는 심리적 메커니즘이 식민주의를 완성시키는 것이다. 이런 상황에서 가장 문제적인 것은 식민지민은 진정으로 자신이 무엇을 원하는지 알 수 없게 된다는 것이다.[29]

위와 같은 말을 통해서 쉽게 그 편린을 간취해볼 수 있는 식민지

---

29 유선영, 『식민지 트라우마』(푸른역사, 2017), p.325.

시대의 역사적 경험이라는 것은, 식민지가 되기 이전부터 이 땅의 사람들 사이에 편만해 있던 '비정함'을 강화하는 방향으로 작용하였을 것인가, 약화시키는 방향으로 작용하였을 것인가? 이 물음에 대한 답은, 이런 물음을 제기하는 것 자체가 어리석은 행위로 간주될 수도 있을 정도로, 명백한 것이다. 그리고 식민지 시대가 끝나고 난 다음에는 수백만 명의 생명을 빼앗아 간 동족상잔(同族相殘)의 비극, 6.25가 이어져서, 다시 한 번 우리 사회의 비정함을 강화시키는 인자로 작용하게 된다.

지금까지의 간단한 논의를 통해, '조선시대부터 최근까지의 기간에 걸쳐 이 땅의 사람들이 공유해 온 역사적 경험의 특징'과 '우리 사회의 유난히도 비정한 면모'가 어떤 식으로 상호 연결되어 있는가 하는 점은 어느 정도 드러났으리라고 믿어진다. 그렇다면 이런 논의의 연장선상에서, 우리 사회를 비정하지 않은 사회로 바꾸어 나가기 위해 우리에게 요구되는 과제가 어떤 것인지도 말해볼 수 있을 것이다. 지금까지 우리가 논의해 온 내용에 비추어볼 때, 그 과제는 한 가지밖에 있을 수 없다. 노예제도라든가, 식민지인으로서의 삶이라든가, 동족상잔으로서의 전쟁이라든가 하는 것들과 정반대의 자리에 놓이는, 건강하고 자유롭고 평화로운 일들의 기록으로 채워진 새로운 역사를 이제부터 만들어 나가는 것이 바로 그 과제이다.

하지만 말이 쉽지, 실제로 어떻게 이런 역사를 만들어 나간단 말인가? 여기서 우리는 막다른 골목에 부딪힌 느낌을 가질 수밖에 없다. 하지만 절망만 하고 있을 수는 없지 않은가? 애써 긍정적으로 생각해 보면, 문제의 원인과 앞으로의 과제에 대해 각각 어느 정도씩이나마 파악하게 된 것 자체가 '일보의 전진'에 해당하는 성과일 수 있다.

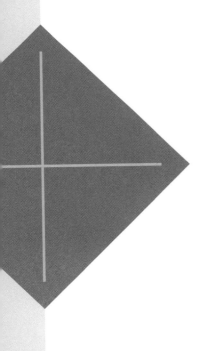

제2부

김동리와 황순원

김동리 소설과
기독교의 관련 양상

김동리 소설에 대한 관심

　김동리는 1935년 「화랑의 후예」가 『조선중앙일보』 신춘문예에 당선된 것을 계기로 문단에 등장한 이후 1979년 마지막 단편 「만자동경(曼字銅鏡)」을 발표하기까지 만 44년 동안 – 1982년에 장편 『사반의 십자가』를 대대적으로 개작하는 작업을 수행한 것까지 포함한다면 만 47년 동안 – 우리 소설 문학의 현장을 지키며 왕성한 창작 활동을 전개해왔다. 그 긴 기간 김동리가 발표한 작품은 소설에만 한정되지 않으며 시, 수필, 평론 등의 영역까지도 두루 아우르지만, 양적인 측면에서나 질적인 측면에서나 그 무게중심은 항상 압도적으로 소설 쪽에 있어왔다고 말하지 않을 수 없다.

　이러한 김동리의 소설 문학은 그 최초의 출발 단계에서부터 마지막 단계에 이르기까지, 그리고 더 나아가서는 그의 문학 활동이 종결된 이후에까지도, 일관되게 높은 관심의 대상이 되어왔다. 그의 소설 문학에 주어진 그 '높은 관심'의 구체적인 성격은 시대의 추이에 따라서 일정한 변모를 보여 왔지만, 그리고 그 관심의 결과로 써진 글들을 읽어보면 그 속에는 찬사와 비난이 두루 포함되어 있다는 사실을 알 수 있지만, 어쨌든 그가 '높은 관심의 대상'이라는 위치에서 멀어진 적은 아직까지 별로 없었던 것으로 보인다. 이것은 그만큼 그의 소설 세계가 강렬한 개성을 지니고 있으며 또한 풍부한 문제성을 함축하고 있다는 사실을 증명하는 것에 다름 아닐 터이다.

김동리의 문학적 이력 가운데 가장 이른 단계에 해당하는 해방 이전의 시기를 보면, 그의 작품 세계는 '원시적 생명의 탐구', '한국적 전통에 대한 새로운 접근' 등의 개념으로 집약할 수 있는 새로운 문학의 흐름을 개척한 그 시기 신세대의 작업 가운데 특히 소설 부문에서 가장 풍부한 성과를 창출한 사례로 인정받았던 것으로 보인다. 그랬던 만큼 그의 작품들은 등단 초기부터 상당한 주목을 모으기에 모자람이 없었던 셈이다. 그가 당시 신세대를 대표하여 이른바 세대 논쟁의 일선에 나서게 된 데에도 그 심층에는 이러한 사정이 작용하고 있었던 것으로 보인다.

그러다가 해방 직후의 시기로 넘어오면서 김동리의 문학 활동은 좌/우익의 대결장에서 우익 측의 입장을 대표하는 것으로 자리매김되며, 그의 소설 작품들도 이 같은 작가의 위상에 걸맞은 것으로 채워진다. 자연히 그의 문학에 주어지는 '관심'의 성격 역시 그가 문학적 우익의 대표자라는 사실과 뗄 수 없는 관계로 맺어지는 양상을 보인다. 좌익 측의 논자에게서는 비난의 화살이 집중되는 반면 우익 측의 논자에게서는 일방적인 찬탄의 대상으로 부각되는 현상이 나타나는 것이다.

그 후, 분단이 고착되고, 남북한이 각각 독자적인 정치 체제를 확립하기에 이르면서, 김동리의 문학은 남한 문학계의 주류 속에 자리를 잡게 된다. 이른바 순수문학의 간판을 내건 이 주류파는 얼마 동안 남한의 문학계에서 거의 독점적인 권위를 누리게 되거니와 그 핵심에 김동리의 소설이 있었던 것이다. 하지만 독점적인 권위의 시대는 길지 않았다. 1950년대 후반에는 전후 세대의 도전이, 1960년대에는 참여파의 도전이, 1970년대부터는 민중-민족문학 진영의 도전이 서로 자리를 바꿔가며 연이어 밀려닥치게 되는 것이다. 그런데, 이들 도전하는 세력과 그 도전에 맞서는 세력이 자웅을 겨루는 논쟁의 현장에는, 언제나 김동리가 '도전에 맞서는 세력'의 맹장으로 그 모습을 나타내곤 했다. 또한 그의 소설 창작도, 비록 양적으로는 젊은 시절에 비해 다소 줄어든 감이 있지만, 그런 가운데서도 그 작품들의 구체적인 면모에서는, 이러한 그의 활동과 연관되어, 줄기차게 '강렬한 개성'과 '풍부한 문제성'을 유지하였다. 당연히 그의 문학은 여전히 좋은 의미로든 나쁜 의미로든 높은 관심의 대상이 될 수밖에 없었다.

그렇다면, 작가가 그의 창작 경력을 마감하고 뒤이어 이 세상을 떠난 지도 한참이 지난 오늘의 상황은 어떠한가? 오늘의 시점에서도 여전히 그의 소설 세계는 높은 관심의 대상으로 남아 있다. 이것은 우선 그의 소설들 가운데 상당수가 시대의 변화를 뛰어넘어 수많은 독자들의 주목을 끌어당길 만한 힘을 지니고 있다는 사실에 연유할 것이다. 그리고 이와 더불어, 우리 시대의 한 가지 특수한 사정이 여기에 힘을 보태고 있다는 점도 간과할 수 없다. 그 특수한 사정이란, 근대, 반근대, 탈근대 등의 개념을 둘러싼 모색과 토론이 오늘날 수많은 문학인들의 관심을 모으고 있다는 사정이다. 김동리의 소설 세계는 근대, 반근대, 탈근대 등의 개념을 둘러싼 모색과 토론의 현장에서 활발하게 논의될 만한 요소들을 상당히 풍부하게 지니고 있는 것이다.

김동리 소설이 갖고 있는 문학적 덕목들

김동리의 성공적인 작품들을 읽어보면, 그 작품들은 몇 가지 뚜렷한 문학적 덕목들을 갖추고 있음을 확인할 수 있다.

우선 그 작품들은 예외 없이 탁월한 문체의 매력을 과시한다. 엄밀한 묘사적 정확성과 풍부한 서정적 환기력을 아울러 갖춘 김동리 문체의 매력은 「무녀도」와 「역마」 같은 작품의 곳곳에서 특히 매혹적인 아름다움을 뿜어내고 있거니와 그 밖의 많은 작품들에서도 일관되게 높은 수준을 유지한다. 그런가 하면 빈틈없는 구성의 묘미라는 측면에서도 김동리의 성공적인 작품들은 소설미학의 전범(典範)으로 인정받을 만한 경지에 도달해 있거나 적어도 접근해 있다. 또한 '인상적인 인물상을 창조한다'는 과제를 수행하는 데도 김동리의 성공적인 작품들은 곧잘 전범의 수준을 보여주곤 한다. 이런 모든 점들을 '뚜렷한 문학적 덕목'으로 인정하는 데 우리는 인색할 필요가 없다.

그러나 만약 김동리의 성공적인 작품들에서 발견되는 덕목이 방금 얘기된 것들 정도만으로 그쳤다면 그 작품들은 문학사적으로 그렇게 큰 비중을 차지하지 못했을 것이다. 그런데 다행스럽게도 김동리의 성공적인 작품들에는 방금 언급한 덕목들과 나란히, 또 다른 중요한 덕목이 존재한다. 그것은 바로 인간에 대한 작가의 깊이 있는 통찰이 그 작품들에서 빛나고 있다는 점이다. 그 통찰의 초점은 인간의 사회적·일상적인 측면에 맞추어져 있을 때도 없지 않지만 더 많은 경우 인간의 근원적·본능적 측면에 맞추어져 있으며 이 후자의 영역에서 그 통찰의 광채도 더욱 선명하게 살아나는 경향이 있다. 김동리의 성공적인 소설들이 '신비롭다'는 말로 표현되어야 적절할 것 같은 종류의 인상을 종종 강렬하게 전달하곤 한다는 사실이나, 그 소설들에 대

한 연구의 상당 부분이 정신분석의 방법 또는 신화학의 방법을 동원
하여 이루어지곤 한다는 사실은 모두 이런 점과 밀접한 관련을 맺고
있다.

김동리는 그의 성공적인 작품들에 이러한 덕목들을 부여하면서, 그
작품들을 통하여, 한국적 전통 세계에 대한 탐구를 집중적으로, 또는
부분적으로 수행했다. 그런데 이러한 탐구를 수행하면서 김동리가 보
여주는 한국적 전통 세계에 대한 시각은 사랑과 혐오의 공존 또는 상
호 갈등이라는 면모를 지닌다. 즉 결코 단선적인 것이 아니고, 복합적
인 것이다. 그렇기 때문에 그것은 소박하지 않으며, 깊이가 있다. 김
동리의 문학이 오늘날 근대, 반근대, 탈근대 등의 개념을 둘러싼 모색
과 토론의 현장에서 각별한 주목의 대상으로 부각될 수 있는 이유의
일부는 바로 여기에 있다. 그리고 한 가지 덧붙여서 말해둘 것은, 이
때 김동리가 보여주는 공존 또는 상호 갈등이 '긴장된' 공존 또는 상호
갈등이라는 점이다. 김동리 문학이 독자들의 마음속에 남기는 파문의
크기는 대체로 보아 그 긴장의 강도에 비례한다고 말할 수 있다.

김동리와 기독교의 관계

김동리 문학의 일반적 성격과 의의에 대하여 지금까지 말해 온 내
용을 전제하면서, 이제부터는, 그의 문학을 생각할 때 특별한 관심을
기울일 만한 측면 가운데 하나로, 김동리 문학과 기독교의 관련 양상
이라는 문제에 초점을 맞추어 약간의 언급을 시도해 보고자 한다.

김동리의 문학세계를 초기에서부터 말기에 이르기까지 전체적으로

놓고 검토해 보면, 그가 평생에 걸쳐 기독교를 자신의 중요한 맞수로 상정하고 그것과 대결하는 일에 노력을 기울여 왔다는 사실을 확인할 수 있다.

그런데, 이처럼 김동리가 일생을 두고 대결의 상대로 삼은 기독교란 결코 막연한 의미에서의 '기독교 그것 자체'가 아니라, '김동리 자신의 눈에 구체적으로 비쳐진 기독교'였다. '김동리 자신의 눈에 구체적으로 비쳐진 기독교'라는 말을 좀 더 상세하게 풀이하면, '20세기 초·중반기의 한국사회에 널리 퍼졌고 김동리의 눈에도 자주 띄었던 특수하고 구체적인 신앙형태로서의 기독교'가 된다. 이러한 의미에서의 기독교는, 한마디로 표현하면, '보수적 기독교'라고 할 수 있다. 그것은, 사회 현실의 구체적인 문제들에 대해서는 큰 관심이 없고, 그 대신 축사(逐邪)의 문제와 구복(求福)의 문제에 대해서 관심이 많은 기독교이다.

이러한 특징을 가지고 있는 보수적 기독교는, 그것과 정반대되는 자리에 서 있는 진보적 기독교와 비교해 보면, 김동리로 하여금 반발을 느끼게 할 만한 요소를 상대적으로 적게 가진 것이었다고 할 수 있다. 해방신학, 참여신학, 정치신학, 민중신학 등등의 여러 계파를 두루 포괄하고 있는 진보적 기독교는 어느 모로 보나 김동리의 입장과는 빙탄불상용(氷炭不相容)의 관계로 맞설 수밖에 없는 것이었지만, 보수적 기독교는 사회 현실의 구체적인 문제에 대하여 큰 관심이 없다는 점으로 보나 축사·구복의 문제에 대하여 관심이 많다는 점으로 보나 김동리와는 아주 마음이 잘 맞는 동지가 될 수 있었던 것이다.

그렇다면 왜 김동리는 이처럼 자기와 공통점이 많은 보수적 기독교를 정말 자신의 동지로 삼지 않고, 오히려 그것과 맞서는 자세를 취하게 되었을까? 그것은 다음과 같은 세 가지 이유로 설명될 수 있다.

(1) 김동리는 열렬한 민족주의자였다. 그런데 김동리가 보기에, 한국의 보수적 기독교인들 중 상당수는, 민족주의의 중요성과 정당성에 대하여 충분한 인식을 갖고 있지 못한 것처럼 여겨졌다. 김동리가 보기에 그들은 타계신앙(他界信仰)을 철두철미하게 밀어붙인 나머지 드디어는 절대로 무시해서는 안 될 현실세계의 가장 소중한 범주, 즉 민족이라는 범주까지도 무시하기에 이른 것으로 판단되었던 것이다. 김동리는 이 점에 있어서는 보수적 기독교인들의 태도를 결코 용납할 수가 없었다.

(2) 김동리는 20세기 한국의 문학인들 중에서 전통지향성의 계보를 대표하는 존재이다. 전통지향성이란 주지하는 바와 같이 모더니티 지향성에 대립하는 개념이다. 그리고 20세기 내내 이 땅에서 모더니티 지향성이라는 말은 곧 서양지향성과 대동소이한 뜻을 가지는 낱말로 인식되어 왔던 만큼, 모더니티 지향성에 대립되는 개념은 자연히 서양지향성에도 대립되는 개념이 될 수밖에 없었다. 그런데 20세기의 한국에서 기독교는 '서양적인 것'을 가장 뚜렷이 대표하는 존재의 하나였다고 해도 지나치지 않다. 보수적 기독교이건, 진보적 기독교이건 이 점에서는 완전히 동일하였다. 서양적인 것의 대표 중 하나로서 이 땅에 상륙한 기독교는 서양의 위력과 모더니티의 후광을 등에 업고 급속도로 세력을 퍼뜨려 나가는 과정에서 한국의 전통적인 세계를 상당 부분 파괴·굴절·축소시켰다. 20세기 한국의 문학인들 중에서 전통지향성의 계보를 대표하는 작가가 이러한 추세를 앞에 놓고 어떠한 입장을 취하게 되었을까 하는 것은 굳이 「무녀도」라는 작품을 펼쳐보면서 확인하지 않더라도 저절로 짐작이 가는 바 있다.

(3) 김동리는 유교와 무교(巫教)를 두 개의 젖줄로 삼고 자라난 동양적 합리주의자였다. 이러한 그의 입장에서 보면, 보수적 기독교인들이 자기들 신앙의 핵심적 근거로 내세우는 예수의 부활 및 승천의 기적이라는 것은 도무지 말이 되지 않는 것이었다. 무교에 대해 깊은 관심과 애정을 가진 사람으로서 그는 예수의 기이한 치병(治病)·축사 행위들에 대해서는 이해와 공감을 표시할 수 있었지만, 부활이니 승천이니 하는 것들은 그가 이해하고 공감할 수 있는 범위를 완전히 뛰어넘고 있었던 것이다. 바로 이 점에서 김동리는 보수적 기독교의 입장과 날카롭게 대립하지 않을 수 없었다.

이상과 같은 세 가지 이유 때문에 김동리는 결국 보수적 기독교를 자신의 동지로 삼지 못하고 오히려 그것과 대립하는 자리에 서지 않을 수 없었다. 이것은 피할 수가 없는 일이었다. 그러면, 이러한 사실로 말미암아, 내가 앞에서 언급하였던 김동리와 보수적 기독교 사이의 공통점은 그 의미를 전적으로 상실하고 말았던가? 그렇지는 않았다. 그렇게 될 수가 없는 일이었다. 궁극에 있어서는 김동리가 보수적 기독교의 입장과 대립하는 자리에 서게 되고 말았다 해도, 그와 보수적 기독교 사이의 공통점은 그것대로 여전히 살아남아 있었던 것이다.

그리고 보면 김동리와 보수적 기독교 사이의 관계는, 실제에 있어서 상당히 복합적인 양상을 지닌 것이었다고 할 수 있다. 즉 그것은 궁극적으로 대립의 관계라고 규정될 수밖에 없지만, 그 대립의 내면에서는 의외로 강한 친화력이 작용하고 있는, 그런 관계였던 것이다.

김동리가 일생을 두고 보수적 기독교라는 것에 대하여 깊은 관심을 유지하면서 특별히 끈질긴 대결의 자세로 임하게 되었던 것은, 알고 보면 그와 보수적 기독교 사이의 관계가 이처럼 복합적인 양상을 지닌 것이었기 때문이다. 그리고 이러한 대결의 현장에서 생성되어 나온 그의 여러 작품들이 대체로 높은 수준의 긴장미를 띨 수 있었던 것도, 그와 보수적 기독교 사이의 관계가 이처럼 복합적인 양상을 지닌 것이었기 때문이다.

창조적 상상력의 성과

김동리가 기독교에 대한 자신의 대결 의식을 뚜렷이 드러낸 최초의 작품은 널리 알려진 대로 1936년에 발표한 단편 「무녀도」라고 할 수 있다. 이 작품에서 김동리는 한국에 들어온 기독교와 맞서서 대결하다가 인상적인 최후를 맞이하는 무녀 모화를 주인공으로 내세워, 자신이 지닌 문제의식의 강도와 문학적 역량의 높이를 한꺼번에 증명하는 성과를 이룩하였다.

「무녀도」에서 이처럼 성공적인 시도를 행해 보인 김동리는 그 후 「무녀도」를 꾸준히 개작한 끝에 후기의 역작인 장편 『을화』(1978)로까지 나아가는 궤적을 그리면서, 또 다른 한편으로는, 복음서와 관련된 소재들을 직접 가져다가 소설화하는 작업을 지속적으로 시도한다. 그러한 작업의 결과로 창출된 작품들을 발표된 순서대로 적어 보면 다음과 같다: 「마리아의 회태(懷胎)」(1955.2), 『사반의 십자가』(1955.11~1957.4), 「목공 요셉」(1957.7), 「부활」(1962.11). 김동리는 이 중 『사반의 십자가』를 1982년에 본격적으로 개작하는데, 『사반의 십자가』의 내용 가운데서도 특히 복음서와 직접적인 관련을 갖고 있는 부분이 크게 수정된다 (그러므로 복음서의 내용과 관련하여 『사반의 십자가』를 논할 때에는 이 작품의 원작본과 개작본을 따로 구별해서 취급할 필요가 있다).

위에서 열거된 작품들을 검토해 보면, 그 모든 작품들은 뚜렷한 공통적 면모들을 가지고 있다. 그 공통적 면모는 복음서와 관련된 소재들을 작품화한다는 과제를 수행함에 있어서 김동리가 보여준 창작태도상의 일관성에서 연유한다.

복음서와 관련된 소재들을 작품화할 때마다 김동리가 일관되게 보여준 창작태도는 다음과 같다. "기본적으로는 복음서의 내용을 존중하면서, 거기에 다양한 허구를 섞어 넣는다. 그러한 허구는 반드시, 김동리가 전개하는 이야기의 현실성을 강화시켜 주는 방향으로 작용할 수 있는 것들로 한다. 그렇게 함으로써, 원래의 복음서 내용이 가지고 있는 현실초월적인 성격을 희석시킨다."

그러나, 방금 위에서 '복음서와 관련된 소재들을 작품화할 때마다 김동리가 일관되게 보여준 창작태도'라는 표현을 썼지만, 좀 더 자세하게 살펴보면, 그 작품들 상호간에도 사실은 미묘한 차이가 발견된다. 그것은 원래의 복음서 내용이 가지고 있는 현실초월적인 성격을 희석시키는 작업을 수행하면서 보여주는 '대담성'이 후기로 갈수록 점점 강화되어 간다는 사실에서 연유하는 차이이다.

위에 열거된 작품들 가운데 첫 번째의 자리에 놓이는 「마리아의 회태」의 경우는, 극도의 조심성이 지배적인 사례로 간주될 만하다. 아주 사소한 수정 두 가지와 첨가 두 가지 정도를 제외하면, 복음서의 기록을 조심스럽게 따르는 가운데에서 「마리아의 회태」라는 작품을 한 편의 현대적인 소설로 만들기 위해 불가피하게 요청되는 범위 내에서의 부연, 구체화, 이야기 순서 바꾸기 정도라는 선을 넘지 않고 있는 것이다.

그러다가 두 번째 차례에 놓이는 원작본 『사반의 십자가』에 오면,

양상이 바뀐다. 「마리아의 회태」의 경우와는 달리 복음서의 내용에 대한 과감한 수정, 변경, 추가 등을 서슴지 않는 대담성이 나타나기 시작하는 것이다. 그렇기는 하지만, 보다 심층적인 차원에서 보면, 그 대담성이라는 것은 아직 상당히 제한된 정도로 그친다. 예수가 생전에 행한 기적들을 다룰 때에는 원래의 복음서 내용이 가지고 있는 현실초월적 성격을 거의 그대로 수용해 버리고 있으며, 복음서에 언급된 기적의 결정판이라고 할 수 있는 예수의 부활을 다룰 때에도, 다음과 같이 모호한 표현을 사용함으로써, '아직 대담성에 한계가 있는' 모습을 고스란히 드러내 보이고 있는 것이다.

그리고 보면 그것은 그가 평소에 예언한 바와 같이 부활을 했기 때문인지도 몰랐다.
이것을 처음 그렇게 믿기 시작한 것은 앞에 나온 세 사람의 여자와 베드로와 요한들이다. 그들뿐 아니라 다른 사람들도 믿을 만한 일이다. 그는 사실상 오늘에도 살아 있지 않는가.[1]

이처럼 아직도 상당한 수준의 조심성을 보여주던 김동리의 태도가, 「목공 요셉」에 이르면 상당히 대담한 것으로 바뀐다. 그리고 「부활」에 오면 그 대담성이 더욱 강화된다.

이처럼 세월이 지나감에 따라 점점 더 대담성을 강화시켜 가다 보면, 나중에 가서는, 그렇게 대담하지 못했던 과거의 자기 자신에 대하여 작지 않은 불만과 아쉬움을 갖게 되는 사태가 발생할 수 있다. 김동리가 원작본 『사반의 십자가』를 완성한 지 25년이 지난 시점에서

1 『한국 3대작가전집』 8(삼성출판사, 1970), p.283.

원작본보다 엄청나게 대담한 면모를 과시해 보인 개작본 『사반의 십자가』를 새삼스럽게 내놓기에 이른 데에는 이러한 사정이 작용한 것으로 판단된다.

「마리아의 회태」에서부터 원작본 『사반의 십자가』, 그리고 「목공 요셉」과 「부활」을 거쳐 개작본 『사반의 십자가』에까지 이르는 일련의 작품들은 이처럼 작가 자신이 꾸준하게 '대담성'을 강화시켜 간 자취를 선명하게 보여주고 있다. 그런데, 이 일련의 작품들 중 '대담성'의 정도가 가장 약한 것으로 판단되는 「마리아의 회태」 하나 정도를 제외하고 보면, 그 모두가, 성서무오설(聖書無誤說) 혹은 축자영감설(逐字靈感說)을 신봉하는 극단적 보수파의 기독교인들이 볼 경우에는 못마땅한 표정을 지으며 분개할 수밖에 없는 내용들로 가득 차 있는 것이었다.

그런데 이처럼 극단적 보수파의 기독교인들이 볼 경우에는 못마땅한 표정을 지으며 분개할 수밖에 없는 내용들이 그 작품들을 가득 채우고 있다는 바로 그 사실이, 극단적 보수파의 기독교인이 아닌 사람의 입장에서 그 작품들을 볼 경우에는 그 작품들이야말로 하나같이 소중한 창조적 상상력의 성과를 보여주는 존재들로 - 복음서에 바탕을 두었으되 복음서의 자력권(磁力圈)에서 벗어나 당당한 독자성을 획득한 존재들로 - 평가될 수 있도록 만드는 결과를 낳는다.

나 자신, '극단적 보수파의 기독교인'이 아닌 사람들 가운데 하나로서, 원작본 『사반의 십자가』를 포함한 그 일련의 작품들에 대하여 일찍부터 그러한 적극적 평가를 내려 온 터이다. 그리고 그 일련의 작품들에 대하여 이러한 적극적 평가를 내려 온 나의 마음속에는 늘 그 작품들에 담겨 있는 '소중한 창조적 상상력'에 대한 애정과 그 작품들이 획득한 '당당한 독자성'에 대한 존경심이 동반되어 온 터이기도 하다.

『사반의 십자가』의 문학사적 의의

 김동리가 기독교와의 대결 의식에 바탕을 두고 창작한 소설들은 모두 진지한 작가의식의 소산으로서 주목에 값하는 것들이지만, 그 중에서도 특히 장편소설 『사반의 십자가』는 한국의 소설사 전체를 통해서 보더라도 매우 큰 비중을 갖는 소설이라고 말하지 않을 수 없다. 이 작품이 갖는 의의는 다양한 각도에서 지적될 수 있지만, 여기서는 그 중 한 가지만을 언급해 두기로 한다. 그것은 이 작품이 기독교를 문제삼되 예수를 직접 등장시켜 정면으로 다룬 작품군(作品群)의 선두에 서는 존재로서 확고한 문학사적 위치를 점하고 있다는 사실이다. 대표적인 사례로서, 이문열의 『사람의 아들』이라든가 백도기의 『가룟 유다에 대한 증언』 같은 소설은, 그 소설들의 작자가 『사반의 십자가』를 얼마나 깊이 의식했었는가에 상관없이, 『사반의 십자가』로부터 형성된 하나의 계열체에 일단 귀속된다고 단정하지 않을 수 없다.
 이러한 사실을 유념하면서 다시 시야를 외국에까지 넓혀 이곳저곳을 관찰해 가다 보면, 금방 우리의 시선을 끄는 일군의 작품들이 있다. 『바라바』(라게르크비스트), 『최후의 유혹』(카잔차키스), 『사해 부근에서』(엔도 슈사쿠), 『예수복음』(사라마구) 같은 작품들이다. 이들은 모두 예수를 직접 등장시켜 정면으로 다루면서 기독교와 관련된 독자적 문제의식을 부각시킨 작품으로서 하나같이 세계문학 속에 당당한 위치를 차지하고 있는 것들이다. 『사반의 십자가』를 비롯한 김동리의 여러 소설들은 이들과 나란히 놓고 보아도 손색이 없는 독자적 문제의식과 소설적 성취도를 구비하고 있는 존재로서, 그나름의 세계문학사적 가치를 충분히 인정받을 만한 자격을 가진 것으로 생각된다.

————

(김동리기념사업회 편, 『김동리 문학의 원점과 그 변주』, 계간문예, 2006)

형이상학의 차원과 실감의 차원,
그리고 한국인의 문제

─황순원의 『움직이는 성』

들어가는 말

황순원 선생의 장편소설 『움직이는 성』을 여러분과 함께 생각해 보는 시간을 가지게 된 것을 기쁘게 생각합니다.

『움직이는 성』을 이미 읽어본 학생들은 모두 실감하겠지만, 사실 이 소설은 그다지 난해한 작품이 아닙니다. 실험적인 성격이 두드러지는 작품도 아니고, 역사적인 전후 맥락에 대한 사전 지식이 크게 필요한 작품도 아닙니다.

그러니 만큼, 이 자리를 통해서 『움직이는 성』에 대한 세세한 해설 수준의 강의를 할 필요는 없을 것 같습니다. 나로서는 학생들 스스로 작품을 읽고 음미하면서 각자 주체적인 독서를 통한 분석을 시도해 보도록 맡겨 두는 것이 적절한 태도일 수 있다고 생각합니다. 그렇게 생각하기 때문에, 여기서는 작품에 대한 해설을 시도하는 대신 조금 다른 각도에서 이야기를 전개해 나가도록 해 보겠습니다.

내 생각에, 여기 모인 학생들은 모두 황순원이라는 작가의 이름을 잘 알고 있으리라 믿습니다. 그러나 『움직이는 성』이라는 작품을 잘 알고 있거나 읽어본 학생들은 많지 않을 것으로 짐작되는데, 어떤지요?

하지만 나는 이 작품이 매우 큰 가치를 지니고 있으며, 수많은 학생들에게 널리 읽기를 권장할 만하다고 생각합니다. 물론 나의 이런 판단이 절대적인 것일 수는 없습니다. 그렇기는 하나, 오랜 기간에 걸쳐 이루어져 온 내 나름대로의 광범위한 독서와 숙고에 의해서 내려진 판단인 만큼, 나의 이런 판단을 한 번 참고해 보라고 학생들에게 권유하는 일 정도는 허용될 수 있다고 생각합니다. 내가 이번 강의의 텍스트로 『움직이는 성』을 선택한 것은 이런 생각에 연유한 것입니다. 그리고 이제부터 진행될 강의에서는, 도대체 어떤 이유로 나는 이 작품이 매우 큰 가치를 지니고 있다는 판단을 내리고 있는가 하는 점을 설명하는 데에 초점을 맞추어 보고자 합니다.

나의 독서 경험과 『움직이는 성』

이야기를 실감 있게 전개하도록 하기 위해, 나 자신의 젊은 시절의 독서 경험을 회고하면서 논의의 실마리를 풀어나갈까 합니다. 개인적인 체험의 회상이 되겠습니다만, 보편적인 문제를 설명하는 데에도 얼마쯤 기여할 수 있는 내용이 되리라고 생각합니다. 조금 지루할 수도 있겠으나, 이 또한 하나의 '참고'로 삼을 수 있다고 생각하면서 들어 주기를 바랍니다.

오늘날의 젊은이들에게는 속상하는 이야기로 들릴지 모르겠는데요, 내가 고등학교를 다니던 시절에는 대학입시 준비의 압박이 지금과는 비교할 수 없을 만큼 적었습니다. 나도 그랬지만, 대부분의 학생들이 졸업하기 전까지 학원이라는 데를 다녀본 적이 없습니다. 학원은 오로지 재수생들만이 다니는 곳이었습니다. 그리고 고등학교 2학년까지는 학교 수업의 기본을 대충 따라가는 정도만 해도 충분했습니다. 그랬기 때문에 2학년 때까지는 다들 각자의 기호에 따라 다양한 자율적 활동의 시간을 향유할 수 있었는데, 나의 경우에는 그 시간의 많은 부분을 책읽기로 채웠습니다. 『세계문학전집』에 포함된 작품들을 중심으로, 외국 소설을 많이 읽었습니다. 한국 소설은 거의 읽지 않았어요.

그때 읽은 많은 외국 소설들 가운데서 나를 가장 강렬하게 사로잡은 것은 도스토예프스키의 작품들이었습니다. 특히 그의 작가생활 후반기의 4대 걸작-『죄와 벌』, 『백치』, 『악령』, 『카라마조프 가(家)의 형제들』-은 나에게 바이블에 준하는 무게를 가지고 다가왔던 것으로 기억합니다. 도스토예프스키 소설 이외의 것으로는 말로의 『인간조건』이라든가 카뮈의 『페스트』 같은 작품들이 깊은 감명을 주었지요.

이런 작품들은 하나같이 심오한 형이상학적 문제들에 대한 치열한 탐구의 궤적을 보여주고 있었습니다. 삶과 죽음의 근원적 지점에는 무엇이 놓여 있는가? 신과 인간의 관계는 어떻게 설정되어야 하는가? 실존적 고독의 상황은 인간에게 운명적인 것인가? 인간의 궁극적 구원은 어떻게 성취될 수 있는가? 자유의 본질은 무엇인가?-인류가 이런 일련의 무섭도록 절실한 물음들과 맞부딪쳐 씨름하면서 획득한 최고 수준의 성과가 위와 같은 소설들 속에 담겨 있는 것으로 보였습니다. 그리고 위에서 언급된 소설들은 하나같이 미학적으로도 탁월한 수준을 보여주고 있었으며, 그 점 역시 나를 매혹하는 요인으로 작용하였습니다.

나는 1973년에 대학에 들어갔는데, 대학에 들어간 후로는 한국 소
설을 많이 읽게 되었습니다. 한국 소설들에는 외국 소설과 다른, '실
감'의 매력이 있었습니다. 번역체가 아닌, 지극히 자연스러운 문장들
의 아름다움, 친밀감을 불러일으키는 구체적인 생활의 면면들ㅡ그런
것들이 다 좋았습니다. 그리고 한국 현대사를 이해하는 데 큰 도움을
받을 수 있었다는 것도 한국 소설을 읽으면서 얻은 중요한 소득이었
습니다.

그러나 한국 소설들을 재미있게 읽으면서도 한편으로는 늘 마음이
허전했습니다. 고등학교 시절 감명 받은 외국 소설들에서 느꼈던 형
이상학적 차원의 절실성과 깊이가 대부분의 한국 소설들에는 결핍되
어 있었기 때문입니다. 이것은 한국 소설의 중요한 약점이라고 생각
하지 않을 수 없었습니다. 내가 느끼기에, 대부분의 한국 소설은 넓은
의미에서의 세태소설이나 풍속소설에 해당하는 것으로 여겨졌습니
다. 세태소설이나 풍속소설도 물론 중요하지요. 하지만 그런 것들은
인류가 창조해낸 정신의 최고 경지로부터 상당히 멀리 떨어진 곳에
위치하는 존재임을 부정할 수 없다고 생각되었습니다.

이런 가운데서 그나마 나에게 일말의 위안을 준 몇 편의 작품이 있
기는 했습니다. 김동리 선생의 『사반의 십자가』라든가 최인훈 선생의
『회색인』, 『서유기』 같은 작품들이 그런 것들이었습니다. 하지만 이
작품들은 한국 소설 일반의 장점으로 나에게 다가왔던 '실감'을 불러
일으키는 데 한계가 있었습니다. 『사반의 십자가』는 예수 시대의 유
대 지방을 무대로 한 이국적인 이야기로서 실감과는 거리가 먼 것일
수밖에 없었지요. 그리고 최인훈 선생의 작품들에 대해서는, 관념적
인 사유가 구체적인 삶의 이야기 속에 잘 녹아 있지 못하다는 점에서

도스토예프스키의 걸작들이나 『인간조건』, 『페스트』 같은 작품들에
못 미친다는 평가를 내리는 것이 불가피했습니다.

그런 한편으로, 대학 시절에 나는 한 가지 깨달음을 얻게 되었는데,
그것은 서양의 탁월한 소설작품들이 아무리 위대한 것이라 해도 그것
은 서양 사람의 고민을 담은 것이며 한국 사람이 거기에 공감하는 데
에는 한계가 있을 수밖에 없다는 깨달음이었습니다. 도스토예프스키
든 말로든 카뮈든, 아마도 그들 스스로는 자신이 전인류의 고민을 대
표하는 자리에서 사색을 하고 소설을 쓴다고 생각했겠지만, 그들이
실제로 대표한 것은 서양 사람의 고민이었지 전인류의 고민이 아니었
으며, 당연히 한국 사람의 고민도 아니었던 것입니다.

한 가지 덧붙여 말해 두자면, 나에게 이런 사실을 강하게 일깨워준
것이 바로 최인훈 선생의 소설들이었습니다. 물론 최인훈 선생의 소
설들이 아니었더라도 나는 언젠가 그와 같은 깨달음에 도달했을 것이
라고 믿습니다만, 최인훈 선생의 소설들을 만남으로써 그러한 깨달음
이 나에게 오는 시간이 빨라진 것은 사실이며, 그 점에서 나는 지금도
최인훈 선생에게 고마운 마음을 가지고 있습니다.

그런데, 이렇게 되고 보니, 나의 소설 읽기는 상당히 난감한 처지에
놓이게 되고 말았습니다. 대부분의 한국 소설들로부터는 형이상학적
차원의 결여로부터 오는 아쉬움을 계속 경험해야 했고, 외국의 위대
한 소설들로부터는 고등학교 시절에 미처 생각하지 못했던 거리감을
느끼며 한국인으로서의 나 자신을 새삼 돌아보아야 하게 되었으니까
요. 바로 이런 시점에 내가 새로운 감동과 더불어 만나게 된 작품이
『움직이는 성』이었습니다.

알고 보면 내가 『움직이는 성』을 처음 만나게 된 시점은 상당히 늦

은 것이었습니다. 황순원 선생은 이 작품을 1968년에서 1972년까지에 걸쳐 단속적으로 『현대문학』에 연재하여 완결했고, 1973년에는 삼중 당에서 단행본으로 출간을 했던 것인데, 나는 1980년에야 비로소 이 작품을 읽게 되었던 것이니까요.

일이 그렇게 된 것은, 삼중당에서 나온 책을 구하기 어려워서 거의 체념하고 있던 터에, 1980년에 문학과지성사에서 『황순원전집』을 기획하여 간행하면서 『움직이는 성』도 포함을 시켰고, 그 덕분에 나도 처음으로 이 작품을 접할 수 있게 되었던 사정에 기인합니다.

이처럼 늦은 시점에 이르러서야 나의 시야에 들어온 『움직이는 성』은, 하지만 그 늦음을 보상하고도 남을 만큼 깊은 감동을 나에게 주었습니다.

우선 『움직이는 성』은 그동안 내가 읽었던 어떤 한국 소설과 비교해도 못하지 않은 정도로 강한 '실감'의 매력을 가지고 나에게 다가왔습니다. 황순원 선생의 소설들이 지닌 문장의 자연스러운 아름다움과 품위에 대해서는 오래 전부터 정평이 나 있는 터입니다만 『움직이는 성』 역시 그러한 측면에서 한국 소설의 높은 봉우리에 해당하는 수준을 든든하게 확보하고 있었습니다. 또한 '친밀감을 불러일으키는 구체적인 생활의 면면들'이라는 요소를 기준으로 해서 볼 때에도 『움직이는 성』은 뛰어난 매력을 발산하는 작품이었습니다. 이 작품의 시간적인 배경은 1967년으로 되어 있는데, 1967년 무렵의 한국인들이 영위하던 삶의 다양한 현장들이 이 작품 속에는 정밀하고 생동감 넘치게 재현되고 있어서, 나에게 푸근한 친밀감을 안겨주었습니다. 그리고 그것은 자연스럽게, 나로 하여금 1960년대를 중심으로 한 시기의 한국 현대사를 보다 잘 이해하도록 도와주는 효과를 동반하였습니다.

그런가 하면『움직이는 성』은 형이상학적 문제를 한국 소설 가운데
서는 특별히 높은 차원에서 다룬 작품으로 인정되기에 모자람이 없었
습니다. 이 작품에서는 윤성호의 이야기를 중심으로 해서, 신과 인간
의 관계 문제, 인간의 원죄성과 속죄의 문제, 참다운 신앙과 거짓 신
앙의 문제 등이 치열하게 탐구되고 있는데, 내가 아는 한, 이런 문제
들을『움직이는 성』만큼 심도 있게 다룬 한국 소설은 이 작품 이전에
는『사반의 십자가』정도를 제외하고는 한 번도 써진 적이 없습니다.
그리고 이 작품에서는 또한 함준태의 이야기를 중심으로 해서 인간의
실존적 고독과 소외 및 그 극복의 문제가 탐구되고 있는데 이러한 주
제를 성공적으로 다룬 이 작품 이전의 한국 소설로는 황순원 선생 본
인의 이전 작품인『나무들 비탈에 서다』와『일월』, 박경리 선생의 몇
몇 작품들을 거론할 수 있지만 어쨌든 이 작품은 그러한 여러 선행 작
품들보다 반드시 더 우수하지는 않더라도 최소한 동급에 놓이는 수준
을 확보하는 데 성공하였습니다. 마지막으로 윤성호 중심의 이야기와
함준태 중심의 이야기를 통합해서 살필 경우 확인되는 테마를 '궁극
적 구원의 가능성과 그 방법'이라 규정할 수 있다고 본다면 그러한 테
마를 붙잡고 씨름한 한국 소설 작품으로서 이 작품은 단연 최정상의
경지를 보인 것이었습니다. 그리고 이 작품이 보여준 그러한 경지는
『사반의 십자가』처럼 이국적인 이야기를 통해서 얻은 것도 아니요,
『회색인』이나『서유기』처럼 관념적인 사유가 구체적인 삶의 이야기
속에 잘 용해되지 못한 모습을 보인 것도 아니기에, 더욱 소중한 것이
라고 생각되었습니다.

'유랑민 근성'의 문제

이러한『움직이는 성』은 형이상학적 차원을 뛰어나게 다루고 있는 도스토예프스키나 말로나 카뮈의 소설이 한국인인 나에게 줄 수 없는 것을 주는 작품이기도 하였습니다. 이 말은『움직이는 성』이 한국인에게 절실한 문제를 탐구하고 있다는 말로 바꾸어 표현될 수도 있겠습니다.

『움직이는 성』에서 탐구되고 있는 '한국인에게 절실한 문제'는 구체적으로 무엇일까요? 나는 그것을 다음의 두 가지 질문이라는 형태로 요약할 수 있다고 생각합니다.

(1) 한국인은 왜 형이상학적 차원의 문제에 대해 일반적으로 관심이 적은가?

(2) 많은 한국인들의 삶은 왜 천박하고, 혼탁하며, 쉽게 열광주의에 빠지는 양상을 보이는가?

위의 두 가지 질문은 사실 하나로 통합되어 제기될 수도 있는 질문입니다. 형이상학적 차원의 문제에 대한 관심이 일반적으로 미약하다는 사실과 천박하고 혼탁하며 쉽게 열광주의에 빠지는 삶을 영위하는 사람이 많다는 사실은 동전의 양면과도 같이 불가분의 관계로 맺어져 있는 현상일 터이기 때문입니다.

이런 질문은 사실 한국인인 우리들로서는 자괴감 없이 제기할 수 없는 질문입니다. 하지만 이것은 또 한편으로는 우리가 천박함과 혼탁함과 열광주의에 빠지기 쉬운 경향을 제대로 극복하기 위해서는 회피하지 않고 정면으로 맞부딪쳐야 하는 질문이기도 합니다. 황순원 선생은『움직이는 성』에서 바로 이런 질문을 정면으로 제기하고, 그 질문에 대한 답을 찾아내며, 그 답의 발견을 통해 극복의 길까지 확보하고자 노력하는 모습을 모범적으로 보여주고 있습니다.

가만히 생각해 보면, 앞에서 내가 대학에 들어와 한국 소설을 두루 찾아 읽으면서 아쉬움을 느낀 바 있다고 말했던 한국 소설문학의 일반적 특징, 즉 형이상학적 차원의 절실성과 깊이가 일반적으로 결여되어 있다는 특징도, 『움직이는 성』에서 제기되고 있는 두 가지 질문 중 첫 번째 것과 무관하지 않을 터입니다. 바로 그렇기 때문에 『움직이는 성』에서 황순원 선생이 보여준 노력의 의미는 더욱 절실한 것으로 우리에게 다가온다고 말할 수도 있겠습니다.

위에서 나는 『움직이는 성』에서 탐구되고 있는 '한국인에게 절실한 문제'를 두 가지 질문이라는 형태로 요약해 보았습니다. 그렇다면 이 질문에 대한 답은 작품 속에서 어떤 모습으로 제시되고 있을까요? 작중인물 가운데 함준태에 의해 여러 번 반복적으로 개진되고 있는 '유랑민 근성'이라는 것에 대한 상념 속에 그 답이 나와 있습니다. 두 군데 정도 직접 인용을 해 보겠습니다.

(1) "근데 말야, 우리나라 사람한테 유독 신이 잘 붙는데, 그 원인이 뭐라구 봐?"

"글쎄…… 그건 정착성이 없는 데서 오는 게 아닐까. 말하자면 우리 민족이 북방에서 흘러들어올 때 지니구 있었던 유랑민근성을 버리지 못한 데서 오는 게 아닐까. 우리 민족이 반도에 자리를 잡구 나서두 진정한 의미에서 정치적으루나 정신적으루 정착해본 일이 있어? 물론 다른 민족두 처음부터 한곳에 정착된 건 아니지만 말야. 그렇지만 어디 우리나라처럼 외세의 침략이 그치지 않은 데다가 나라를 다스리는 사람들의 폭넓은 영구적인 자주성이 결여된 나란 없거든. (…) 그 근성이 현재까지두 이어져있다구 봐. 결국 우린 아직두 유랑민근성을 못 벗어나구 있는 셈이지."[2]

(2) "제 친구 하나가 경주에 가있는데, 그친구 말이, 첨성대 둘레에다 장미를 심었더니 며칠 안 가서 다 파가버리드래요. 그리구 계림의 나무들이 하두 늙어 외국에서 나무를 들여다 심었더니 이것 또한 1년두 되기 전에 모주리 떠갔대지 뭡니까. 이렇게 옛것을 사랑할 줄 모르구 내일을 생각할 줄 모르는 족속이 어떻게 영원을 바랄 자격이 있습니까?"

"그래두 우리나라에 불교가 성했던 적이 있잖습니까. 절들이 별처럼 널려져있구, 탑들이 기러기 행렬처럼 연이어 섰었다는 기록이 있을 만큼 말입니다."

"그게 왜 쇠퇴했겠어요. 조선조 때의 배불사상 때문만은 아닐 겁니다. 그건 우리나라 사람에게 진실루 불교를 받아들일 만한 요소가 결핍돼있기 때문일 겁니다. 이세상 권력이나 실리에서 초월해야 할 불교를 우리가 그러한 것들과 손을 잡게 했으니 말입니다. 결국 우리 민족은 미래에 대한 비전보다는 눈앞의 이해관계에만 급급한 심성을 갖구 있는 거죠. 게다가 권력이나 금력에 대한 아부심까지 겸한……. 기독교계두 예외는 아니잖아요."[3]

위의 두 인용문 가운데 (1)은 함준태가 그의 친구 송민구와 나누는 대화의 한 대목이고, (2)는 함준태가 윤성호와 나누는 대화의 일부분입니다. 어느 경우에나, 대화 속에 나타나 있는 함준태의 생각은 일관되게 선명합니다. 그리고 이러한 함준태의 생각은 곧 작가인 황순원 선생 자신의 생각과 일치하는 것이기도 합니다.

앞서 제시되었던 두 가지 질문에 대한 답을 이처럼 '유랑민 근성'이라는 개념으로부터 찾고자 한 함준태의 입장 - 그리고 더 나아가, 작가인 황순원 선생 자신의 입장 - 을 우리는 어떻게 평가할 수 있을까

2 황순원, 『움직이는 성』(재판, 문학과지성사, 1989), p.123.

3 위의 책, p.197.

요? 일단, 이 '유랑민 근성'이라는 개념을 정리된 체계적 개념이라고 보기 어렵다는 점은 지적되어야 할 것 같습니다. 그리고 사람에 따라서는 아마도 다양한 근거에 입각하여 논리 정연한 반론을 제시할 수도 있을 것입니다.

솔직하게 말하자면, 내가 아는 한, '유랑민 근성'이라는 개념을 중심으로 한 함준태의 여러 발언들에 대해 지금까지 가장 길고 본격적인 반론을 제시한 사람은 나 자신입니다. 나는 1987년에 발표한 「소설과 종교」라는 글[4] 속에서 내 나름의 긴 반론을 펼친 바 있는데, 그것이 '논리 정연한' 반론이라고 평가받을 만한 것인지는 모르지만 어쨌든 논리적인 반론의 형태를 갖추고자 노력했던 것은 사실입니다.

하지만 나는 그 반론을 시도하던 당시에도 '유랑민 근성'이라는 개념을 통하여 작가가 전달하고자 했던 고민과 문제의식 자체에 대해서는 깊이 공감하는 입장이었습니다. 그리고 작가의 고민과 문제의식에 대한 나의 이러한 공감은, 그 글을 쓴 지 30년이 지난 오늘의 시점에서는, 그 당시보다 더욱 강화되어 있습니다. 지금 나는, 작가의 고민과 문제의식에 담겨 있는 진실의 무게를, 한편으로는, 2010년대 현재의 우리 현실에서 정말 아프게 느낍니다. 그리고 다른 한편으로는, 내 나름의 오랜 공부를 통하여 누누이 확인해 온 한국 역사의 실상에서 역시 아프게 느낍니다.

2010년대 현재의 우리 현실은 어떻습니까? 아, 형이상학적 차원의 문제에 대한 이 끔찍한 수준의 무관심, 이 천박함, 이 혼탁함, 이 경망스러운 열광주의의 흘러넘침. 이런 진창과도 같은 현실 앞에서 하루

---

4 이 글은 나의 책 『한국소설과 기독교』(국학자료원, 2003) 속에 수록되어 있습니다.

에도 몇 번씩 새삼스럽게 놀라고 새삼스럽게 좌절하는 경험을 연속적으로 하면서 나는 살고 있습니다.

『움직이는 성』은 앞에서도 언급했듯 1967년의 현실을 다루고 있는 소설입니다만, 이 소설 속에 나타나 있는 '진창'의 수준은 그로부터 50년이 지난 지금까지 조금도 나아지지 않았습니다. 그리고 지나온 한국의 역사를 되돌아보면, 아득한 신라 시대나 고려 시대는 몰라도, 최소한 조선 개국 이래 지금까지의 수백 년 동안은 그 대부분의 기간 동안 이 땅에 거주했던 대부분의 사람들이 진창의 세월을 살아왔다는 점에 예외가 없었습니다.

지나치게 비관적인 사고라고 느껴지나요? 결코 지나치게 비관적인 사고가 아닙니다. 나르시시즘과 허위의식의 베일을 걷어내고 2010년대 한국의 현실을 있는 그대로 직시한다면, 그리고 우물 안 개구리 수준의 사유로부터 탈피하여 지난 수백 년 동안의 한국 역사를 세계사적인 기준에서 바라본다면 도저히 부정할 수 없는 진실입니다. 그 진실을 정면으로 대할 때 우리는 위에 인용된 대목 속에 나오는 함준태의 "이렇게 옛것을 사랑할 줄 모르구 내일을 생각할 줄 모르는 족속이 어떻게 영원을 바랄 자격이 있습니까?"라는 탄식에 대해 이의를 붙일 여지를 찾을 수 없습니다.

그런데 위의 인용 (1)에서 그 일부를 제시했던 함준태와 송민구의 대화를 조금 더 따라가 보면, 그 대화는 결국 다음과 같은 송민구의 질문과 함준태의 대답으로 끝이 납니다.

"걸핏하면 유랑민근성 어쩌구저쩌구 하는데, 그러면 대체 어떡허면 좋다는 거야?"

"나두 몰라. 우선 내용두 없이 우리 자신을 미화시키지 말구 철저히 우리 자신의 현재를 자각하는 데서부터 시작해야 할 거야. 유랑민의 자각! 우리 누구나 할것없이 말야."[5]

위에 인용된 함준태의 말에 깃들여 있는 근본적 자세에 대해 나는 깊이 동감하게 됩니다. 자기 미화로 치닫기 쉬운 나르시시즘과 허위의식의 유혹을 최대한 배제하고 우리의 현재를, 우리의 역사를 있는 그대로 직시할 때에만 극복 과정의 출발은 비로소 가능해질 것입니다.

이야기가 여기까지 진행된 김에, 우리의 역사를 있는 그대로 직시해야 한다는 과제를 이행하는 데 각별한 도움을 줄 만한 책 네 권의 목록을 여러분에게 제시하고자 합니다. 그 네 권의 책은 계승범 씨의 『우리가 아는 선비는 없다』(역사의 아침, 2011), 문소영 씨의 『못난 조선』(나남출판, 2013), 조윤민 씨의 『두 얼굴의 조선사』(글항아리, 2016), 김용만 씨의 『조선이 가지 않은 길』(창해, 2017)입니다. 모두 진지한 고민과 강렬한 사명의식에 입각하여 씌어진, 참으로 좋은 책들입니다. 여러분이 이 책들 가운데 적어도 한두 권 정도는 반드시 읽어 보기를 간곡히 희망합니다.

그리고 한 가지만 더 소개하지요. 두 권으로 되어 있는 이영훈 선생의 『한국경제사』(일조각, 2016)를 언급해 두고 싶군요. 이 책은 위에서 소개한 책들보다 분량도 많고 전문성도 훨씬 높아서 비전공자의 경우 읽어내기가 쉽지는 않지만, 우리 역사의 전체상(全體像)에 대해 지금까지 우리 학계가 이룩한 연구의 최고 수준을 대표하는 저술이기 때문에, 여러분 가운데 누군가가 만약 이 책을 독파한다면 거기서 얻는

---

5 황순원, 앞의 책, p.126.

소득은 이루 말할 수 없이 많을 것입니다.

이 책의 제1권은 원시시대부터 조선 말까지를 다루고 있고, 제2권은 일제 시대와 해방 후를 다루고 있습니다. 21세기를 살고 있는 우리들에게 강한 흥미와 실감으로 다가오는 것은 아무래도 제2권이지요. 그러나 지금 내가 이야기하고 있는 '우리 역사의 문제점을 제대로 이해해야 한다'는 과제와 관련해서 볼 경우 특히 풍부한 시사를 제공해 주는 것은 제1권 가운데 조선 시대를 다루고 있는 부분입니다. 이 부분을 정독해 보면, 위에서 내가 말했던 '진창'의 실상, 그 원인, 그 성격, 그 심각성의 정도 같은 것들이 정말 생생하게 이해됩니다. 그리고 이런 이해는 자연스럽게, 지금부터라도 진정한 극복의 과정을 제대로 시작해야 하겠다는 다짐을 불러오게 됩니다.

이제는 본래의 줄기로 돌아가, 유랑민 근성이라는 개념과 관련된 논의를 마무리하기로 하지요. 앞에서 나는 유랑민 근성이라는 개념을 정리된 체계적 개념이라고 보기 어렵다는 말을 했고, 나 자신이 이 개념을 놓고 긴 반론을 제기한 적이 있다는 사실도 말했습니다만, 사실 소설이라는 게 원래 정리된 체계적 개념을 제시하기에는 적당하지 않은 장르가 아닐까요? 그러나 작가가 지닌 역량 여하에 따라, 직관적으로, 강렬하게 문제를 제기하는 힘이 소설에는 있습니다. 소설이 지닌 이 힘은 철학이나 다른 학문이 따라오기 어려운 부분이기도 합니다. 『움직이는 성』에서 황순원 선생이 유랑민 근성이라는 개념을 가지고 한국의 현실과 역사에 대한 문제 제기를 한 것은 이런 점에서 의미 있는 시도이며 소설의 역할을 제대로 수행한 경우에 해당한다고 판단됩니다. 그것은 분명 우리 모두에게 중차대한 문제를, 직관적으로, 강렬한 언어로 제기해 보인 것이었으니까요.

윤성호가 선택한 길

황순원 선생은『움직이는 성』에서 유랑민 근성이라는 개념을 통하여 제기된 문제를 극복해 나갈 단초로 함준태가 말하는 '유랑민의 자각'을 이야기하는 한편, 또 다른 중요 등장인물인 윤성호의 삶을 통해 보다 근본적인 방안을 모색해 보여줍니다.

윤성호는 어린 시절부터 독실한 기독교의 신앙을 지니고 살아온 인물입니다. 그는 대학의 국문과를 졸업한 후 다시 신학대학에 편입하여 목회자의 길을 걷고자 하며, 결국 목사 안수를 받습니다. 대형 교회의 목사가 되어 출세할 수 있는 기회가 그에게 주어졌으나 그는 그것을 사양하고 온갖 시련을 감당하면서 빈민촌의 개척 교회를 이끌어 나갑니다. 황순원 선생이 윤성호로 하여금 이런 길을 고수하게 한 것은 많은 한국 교회 인사들에 대해 은연중에 반성을 촉구하는 설정으로서 의의를 갖는 것이기도 하지요.

그런데 윤성호는 오래 전 학생 시절에 존경하고 따르던 목사가 납북되어 간 후 남은 그 부인 홍여사에 대한 연민이 사랑으로 발전한 나머지 세상에서 인정받을 수 없는 죄의 비밀을 간직하게 된 바 있습니다. 소설 속의 시점에서 홍여사는 고인이 되었습니다만 그가 남긴 노트가 폭로되는 바람에 윤성호는 교회 당국으로부터 심판을 받고 목사직으로부터 물러나게 됩니다. 하지만 그는 목사직을 포기한 후에도 빈민촌의 세계를 떠나지 않고 헌신적인 봉사자의 삶을 계속합니다. 전과 달라진 것이 있다면, 기독교 전도를 하지 않고 오로지 봉사에만 전념하게 되었다는 점입니다.

『움직이는 성』의 마지막 부분에서 제시되는 이러한 윤성호의 삶의 선택은 얼핏 보기에『카라마조프 가의 형제들』의 결미 부분에 나오는 알료샤 카라마조프의 길을 연상하게 해 줍니다. 그런가 하면 『페스트』
에 등장하는 인물들이 이야기하는 '신 없는 성자'의 개념을 떠올리도
록 만들기도 합니다.

아무튼 윤성호가 선택하여 나아가는 삶의 길을 보면서 우리는 다양
한 평가를 내릴 수 있을 것입니다. 기왕에 나와 있는 여러 논자들의
글을 읽어보면 상당히 소극적인 평가가 발견되기도 합니다. 너무 낭
만적이다, 다소 안이하다 등등. 실제로 내가 보기에도 『움직이는 성』
의 마지막 부분에 묘사되어 있는 윤성호의 삶은 그 강렬미의 수준에
있어서 다소의 아쉬움을 남기는 것이 사실입니다.

그렇기는 하지만, 『움직이는 성』에서 제시된 한국인의 문제점 극복
이라는 과제가 웬만해서는 아예 실현가능성 자체를 상정하기도 엄두
가 나지 않을 만큼 엄청나게 어려운 것임을 감안할 때, 윤성호가 보여
주는 삶의 자세를 통해 전해지는 시사점에 대해서 우리 모두는 좀 더
긍정적이고 적극적인 평가를 내리는 편이 타당하다고 나는 생각합
니다.

이러한 생각을 나는 지금으로부터 34년 전에 쓴 「한국소설과 '구원'
의 문제」라는 글[6] 속에서 진작에 개진한 바 있습니다. 그 글의 해당
부분 두 군데를 참고로 인용해 보겠습니다.

> 어떤 논자는 "성호가 군고구마 장사를 하는 것이 뼈아픈 가난의 절실
> 함과 연결되지 않고 마치 한겨울밤의 낭만적 아르바이트처럼 묘사되어
> 있다"고 비난하였는데,[7] 부유한 사업가를 아버지로 둔 성호가 여러 가지

---

6 이 글은 『현대문학』 1983년 5월호에 처음 발표되었으며, 그 후 나의 첫 평론집인
   『집 없는 시대의 문학』에 재수록되었습니다.

가능성 가운데서 왜 하필 군고구마 장사의 길을 선택하였는가라는 문제가 작가에 의하여 만족할 만큼 해명되어 있지 않은 것은 사실이지만 아무리 그렇더라도 성호의 어려운 결단을 '낭만적 아르바이트'에 불과한 것으로 몰아붙이는 행위는 악의적인 중상이라는 평가를 면치 못할 것이다. 작가는 분명히 준태가 제기했던 문제에 대한 응답으로서 성호가 행하는 조용한 사랑의 실천을 들고 나온 것이며 그것은 또한 편견 없이 작품을 대하는 독자들로부터 공감을 불러일으키는 데 무리 없이 성공하고 있다.[8]

　판자촌에서 살아가는 성호의 모습을 보면서 우리가 받게 되는 감명의 가장 큰 원천은 그의 삶이 전적으로 타인을 위한 헌신으로 가득 차 있다는 사실에서 온다. 그의 모든 행동은 결코 낭만적인 아르바이트가 아니라 가난한 이웃을 향한 애정으로 충만한 것이며 그런 만큼 지금 당장에는 결코 대단한 것으로 보이지 않을지 몰라도 앞날에 있어서는 무한한 가능성을 잠재시키고 있는 것이다.[9]

『움직이는 성』, 그리고 그 이후

　지금까지 나는 『움직이는 성』이 한국의 작가에 의해 써진 소설로서 '실감'이라는 장점 혹은 매력을 확보하고 있음과 동시에, 형이상학적 차원까지도 탁월한 수준에서 아우르는 모습을 보여주었고, 도스토예프스키와 같은 서양 작가들의 작품과 달리 한국인인 우리에게 절실한

7　이러한 비난은 오생근 선생이 『문학과 지성』 1973년 가을호에 발표한 「병적 주관성의 한계」라는 글 속에 나와 있습니다.

8　이동하, 『집 없는 시대의 문학』(정음사, 1985), p.91.

9　위의 책, p.93.

'한국의 문제'를 제기하고 그 답을 성실하게 탐구한 소설이기도 하다
는 점을 이야기해 온 셈입니다.

그리고 여기에 다시 한 가지 덧붙여 언급해 두어야 할 것은, 이 작
품이 이룩한 미학적인 측면에서의 성취 역시 뛰어난 것이라는 사실입
니다. 문장의 매력은 앞에서 이미 말한 바 있지만, 인물 형상화의 우
수성, 구성의 치밀성, 상징적 장치의 적절한 운용 등 다양한 장점들이
그와 함께 구비되어 있으며, 그 결과 이 작품은 순전한 소설 미학의
입장에서만 보더라도 명작으로 일컬어지기에 부족함이 없는 작품이
되고 있습니다.

물론 이 작품의 미학적 성취에 대해 조금 다르게 생각하는 입장도
얼마든지 가능할 것입니다. 특히 박용규 씨가 그의 박사학위 논문에
서 제기한 문제는 중요한 의미를 지니고 있는 것으로 여겨집니다. 그
가 밝힌 바에 따르면 황순원 선생은 『현대문학』에 연재했던 『움직이
는 성』의 원고를 다듬어 단행본으로 출간하는 과정에서 원래 분량의
3분지 1 이상을 삭제했다고 합니다. 그렇게 했기 때문에 "원본에 있었
던 다양한 삽화들과 섬세한 배경묘사가 단행본부터는 여담이나 무속
관련 대목들의 대량 삭제와 함께 사라지게 되며, 그 결과 서사 진행과
문체는 매끄럽고 간결해졌지만, 소설세계는 현저히 협소해지"[10]고 말
았다는 것이 그의 분석입니다. 나는 『움직이는 성』의 『현대문학』 연재
본을 읽어본 적이 없기 때문에 그의 판단에 대해 자신 있게 의견을 개
진할 입장이 못 됩니다만 그가 논문의 전개 과정에서 제시하고 있는
많은 예들을 통해서 짐작해 보자면 개작 과정에서의 삭제나 축약이

10 박용규, 「황순원 소설의 개작과정 연구」(서울대학교 대학원, 2005), p.198.

지나치게 과감한 방식으로 이루어진 결과 작품의 미학성이 어느 정도 손상되었을 가능성이 있다는 것은 분명합니다. 이것은 앞에서 말했듯 『움직이는 성』이 미학적인 면에서 명작으로 일컬어지기에 부족함이 없는 작품임을 인정하는 자리에 서서 생각하더라도 역시 일말의 아쉬움을 남기는 일이 아닐 수 없습니다.

아무려나, 지금까지 내가 이야기해 온 내용을 종합해서 볼 때, 『움직이는 성』이 한국 현대소설사 속에서 톱 클래스에 드는 걸작의 하나로 평가되고 계속 널리 읽혀야 한다는 점 자체에 대해서는 광범위한 동의를 얻을 수 있을 것 같은데, 여러분의 생각은 어떤지요? 그 점에 대한 광범위한 동의를 얻어낼 수 있기만 해도 오늘 내가 시도한 강의는 보람 있는 것이었다고 결론짓기에 모자람이 없을 것 같습니다.

이야기를 끝내기 전에, 한 가지만 덧붙여 언급해 두고자 합니다. 『움직이는 성』에서 제시된, 형이상학적 차원에 대한 소설적 탐구의 정신은, 이 작품이 나온 이후로 계속 전개되어 온 최근의 한국 소설사 속에서, 그다지 많은 계승자를 얻지 못하였습니다. 그런 가운데서도, 정찬과 이승우, 이 두 명의 진지한 작가가 꾸준하게 이 계보를 이어가고 있는 것이 돋보입니다. 그들이 쓴 작품을 두루 살펴보면, 적어도 관념의 수준에서는, 『움직이는 성』에서 이룩된 경지를 이어받는 것으로 그치지 않고 더 심화시키는 데까지 나아간 점이 없지 않은 것으로 판단됩니다. 정찬 씨의 경우에는 『빌라도의 예수』(2004)라든가 『유랑자』(2012)와 같은 작품이, 그리고 이승우 씨의 경우에는 『지상의 노래』(2012) 같은 작품이 그런 평가를 가능하게 해 줍니다. 이런 점 한 가지만으로도 두 작가는 한국의 소설계에서 소중한 존재로 인정받기에 모자람이 없습니다. 하지만 두 사람 모두, 한국인들이 영위하는 구체적인 생활의 면면을 잘 드러냄으로써 독자에게 친밀감을 선사한다든가, 한국인에게 절실한 문제를 탐구하는 데 열정을 쏟음으로써 서양 소설과 구별되는 면모를 확보한다든가 하는 측면에 있어서는 『움직이는 성』에 미치지 못하고 있습니다. 그렇기 때문에 이들의 소설을 읽다 보면, 『움직이는 성』을 읽을 때와 달리, 번역된 서양 소설을 보는 듯한 느낌을 많건 적건 받게 됩니다. 앞으로 두 작가가 시간을 두고 해결해 나가야 할 과제가 아닐까 생각합니다.

제3부

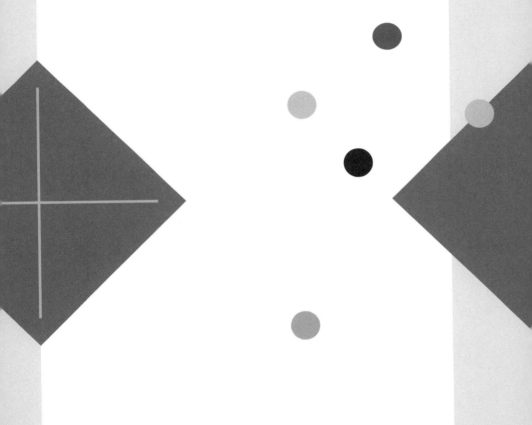

한국의 중·단편소설과 기독교

생명 존중의 사상과
기독교의 정신

— 염상섭의 「E선생」

　염상섭이 1922년에 발표한 단편 「E선생」의 무대가 되는 곳은 평안 북도 정주에 있는 한 기독교계 사립 중학교이다. 기독교계 학교인 만큼 교장은 물론이요 대부분의 교사가 기독교인이나, 주인공인 E선생은 기독교인이 아니다. 그런데 교인이라고 하는 교사들 중의 상당수가 부정적인 인간형이며, 특히 "권사라는 교직이 있을 뿐 아니라 영어 마디 하는 관계로 선교사들과도 가까"[1]운 체조 교사는 타락한 속물의 전형이라고 할 수 있음에 반하여, 교인이 아닌 E선생은 투철한 정의 감과 비판의식, 그리고 생명 있는 모든 것들에 대한 깊은 사랑을 간직한 인물로서 서로 간에 극적인 대조를 이룬다. 소설은 E선생이 체조 선생과의 첫 번째 대결에서는 교감(그 역시 대부분의 교사와 마찬가지로 기독교인이지만 E선생이 정당하다는 것을 이해하고 후원한다)의 도움에 힘 입어 승리를 거두지만, 마지막에 가서는 교감과 함께 학교를 떠나지 않을 수 없게 되는 것으로 끝난다.

---

1 『염상섭전집』 9(민음사, 1987), p.126. 이하 이 책으로부터의 인용은 모두 현대식 표기로 바꾸어서 제시하기로 한다.

대략 이상과 같은 줄거리를 가지고 있는 「E선생」은 기독교 문제와 관련하여 진지하게 논의될 만한 소지를 갖추고 있다. 체조 선생으로 대표되는 부정적 인간군이 모두 기독교인인 데 반하여 긍정적 인물로 설정된 인물들 중에서 교감은 교인이지만 정작 주인공인 E선생은 교인이 아니라는 사실 하나만 보아도 그 점을 알 수 있거니와, 실제 작품의 전개 과정에서 부정적인 인물들이 E선생을 향하여 던지는 비난이 주로 다음과 같은 형태를 취하고 있는 것을 보면 그 점이 더욱 분명하게 드러난다.

"그렇지만 예수씨의 재림(再臨)으로 자처하는 거룩한 양반을 너무 공격을 해서는 아니 될 걸, 헤헤헤."
(…) "참 옳은 말씀입니다. 아까 E선생의 훈화하는 태도를 보시면 여러분도 짐작을 하시겠지만, 예수씨의 말씀을 걸어 가지고, 예수씨는 이러저러하지만 나는 진실로 제군에게 이르노니… 운운한 것은 확실히 하느님께 대하여 무엄무탄(無嚴無憚)한 말씨요 우리들을 멸시한 수작이 아닌가 합니다."[2]

E선생이 부정적인 인물들로부터 위와 같은 투의 비난을 듣게 된 직접적인 원인은 체조 선생의 사주를 받은 운동부 학생들이 학교 인근의 배추밭을 일부러 짓밟아 놓은 데 대하여 분개한 E선생이 학교의 아침 기도회 시간에 진행자 역할을 맡게 된 기회를 이용, '식물을 포함한 일체의 생명을 존중해야 한다'는 사상을 담은 훈화를 학생들에게 들려준 일이다. 아래에 그 일부를 인용해 보기로 한다.

2 위의 책, p.131.

"(…) 산 자를 죽임은 죄악이라고 배운 여러분은, 때리면 울 줄 알고, 찌르면 피 흘리는 견마(犬馬)에 대해서는 오히려 곡속(觳觫)한 마음을 이기지 못하지만, 한 포기의 풀은 밟고 뜯을지라도 명읍(鳴泣)하는 소리를 듣지 못하고, 선혈이 임리한 광경을 보지 못하기 때문에 예상사(例常事)로 생각하는 것이오. 그러나 식물이라도 감각이 없는 것이 아니요. 존재의 이유와 권리가 없는 것이 아니요. 어느 때든지, 무엇이든지 그 존재의 이유와 권리를 주장하고 저항하지 않는다고, 우리에게는 그것을 유린할 권리는 없는 것이요.

(…) 예수는 부자가 천당에 들어가기 어려움을 비유하여, 소가 바늘구멍에 들어감 같다 하였거니와 진실로 나는 여러분에게, 아무리 미미한 일초일목(一草一木)이라도 그의 생명을 무시하고 유린하는 자로서, 인류의 행복을 도모하고 하느님께 가납(嘉納)되려 함은, 태산을 끼고 북해를 넘고자 하는 자보다도, 오히려 어리석음을 가르치고자 하는 바이요."[3]

이 훈화는 기독교 학교에서 기도회 시간을 이용하여 베풀어진 관계상 예수의 이름을 들먹이면서 진행될 수밖에 없었지만, 그 기저에 깔려 있는 사상, 즉 동물과 식물 사이에 가치의 차별을 두지 않고 다 같은 생명의 주체라 보아 똑같이 존중하는 철두철미한 생명 존중의 사상이 과연 기독교의 정신과 일치하느냐 하는 문제는 그렇게 쉽사리 결론지을 수 있는 것이 아니다. 기독교의 정신이라는 것은 결코 하나의 통일된 교리로 명확히 규정할 수 없는 것이며 자못 다양한 변이형을 거느리고 있는 터이기에 더욱 그러하다. 하지만, 적어도 1920년대에 한국인으로 살면서 교회를 다니고 있었던 사람들의 대다수가 볼

---

3 위의 책, p.123.

때 소설 속에 나오는 E선생의 훈화에 담겨 있는 핵심적 주장은 참으로 낯선 것, 이질적인 것이 아닐 수 없었으리라고 짐작된다. 그렇다면 E선생의 사상과 1920년대의 한국에서 일반적으로 발견되는 기독교의 정신 사이에는 본질적으로 일단의 긴장 관계가 존재하는 것으로 볼 수 있다. 그리고 앞에서 인용한 바 있는, E선생의 훈화에 대해 비난을 던진 부정적 인물들이 모두 교회에 다니는 사람들이며 또한 운동부 학생들로 하여금 배추밭을 짓밟도록 선동한 체조 선생 역시 기독교인일 뿐 아니라 권사라는 직함까지 지니고 있는 사람이라는 사실을 감안하면, 그러한 긴장 관계는 구체적인 현실세계 속에서 경우에 따라 훨씬 심각한 대립관계로 발전할 소지까지 지닌 것임을 알 수 있다.

그렇다면 염상섭은 「E선생」을 쓰면서 근본적으로 기독교의 교리에 대해서, 혹은 당대 기독교인들의 일반적인 행태에 대해서, '비판'을 가하고자 하는 의도를 지녔던 것일까? 이 물음에 대해 선뜻 분명한 답을 제시하기는 어렵지만, 아마 그랬을 가능성이 크다는 정도의 말은 해볼 수 있을 것 같다. 그리고 실제로 완성된 「E선생」이라는 작품 자체가 기독교의 교리에 대해서, 그리고 당대 기독교인들의 일반적인 행태에 대해서 진지한 '문제제기'를 하고 있는 작품이라는 판단은, 주저 없이 내릴 수 있다.

나쁜 기독교인과
정의로운 사회주의자

― 염상섭의 「미해결」

　염상섭이 1926년 11월부터 1927년 3월까지『신민』에 연재한 중편
「미해결」은 평안도의 어느 교회를 무대로 하여 전개되는 소설이다.
이 교회의 유력자 가운데 한 사람으로 김 장로라는 이가 있다. 그는
"일생에 모은 누만의 가산을 학교와 교회 설립에 모조리 내어놓고 나
중에는 집문서까지 은행에 잡"[4]힐 만큼 교회 일에 헌신해 온 독실한
신자이다. 그런데 이러한 김 장로를 교회에서 몰아내고 그에게서 교
회와 학교의 운영권을 빼앗으려는 계획을 세운 자들이 있다. 홍 목사,
진 장로, 선교사 브라우닝, 서기 임호식 등이 그들이다. 그들은 최근
에 결혼한 김 장로 둘째 아들의 행실과 관련된 거짓 소문을 조작하고
그것을 널리 퍼뜨림으로써 김 장로에게 결정적인 타격을 주려고 한
다. 하지만 그들의 계획은 실패로 돌아간다. 두 가지 이유 때문에 그
들은 실패한다. 첫째 이유는 교회에서 열린 교인들 전체의 집회에서
교인 가운데 한 사람인 최 생원의 셋째 아들이 웅변과 주먹질 양면에

4　염상섭,『만세전』(개정판, 문학과지성사, 2014), p.275.

서 맹활약을 하여 그들을 저지한 것이다. 둘째 이유는 조작된 소문의 중심에 놓인 인물이었던 김 장로의 둘째 며느리가 진실을 밝히는 내용의 유서를 남기고 자살을 한 것이다.

「미해결」은 여러 가지 장점을 가지고 있는 소설이다. 상당히 많은 수의 인물들이 작품 속에 등장하지만 그들 하나하나가 모두 뚜렷한 개성을 지니고 살아 움직인다. 구성은 치밀하게 짜여 있어서 감탄을 자아낸다. 세부 묘사는 생생한 실감으로 빛난다. 특히 교회 집회에서 일대 논전과 몸싸움이 벌어지는 장면의 진행은 압권이다.

그런데 이런 장점을 지니고 있는 한편, 작품의 전체적 구도가 상당히 모호하다는 점을 지적하지 않을 수 없다. 목사니 장로니 선교사니 교회 서기니 하는 직함을 가지고 있는 사람들이 신실한 기독교인이요 교회의 든든한 버팀목이라고 할 만한 사람의 재산을 강탈하려고 한다는 것이 소설 속의 온갖 사건을 만들어내는 기본 동력인데, 그들이 왜 그런 짓을 하는지 독자들로서는 잘 알 수가 없다. 그들이 원래 나쁜 놈들이니까 그랬던 것이라고 하면 그만일지 모르지만, 소설이 독자들을 제대로 설득하려면 그 이상의 어떤 그럴 듯한 이유가 제시되어야 하는 것이 아닐까? 그런데 실제로 소설 속에 제시되어 있는 것은 진 장로의 경우 김 장로를 몰아내고 나면 학교 교장의 자리를 차지할 가능성이 있다는 것 정도이고, 그것조차 '풍설'이라는 애매한 말로 처리될 뿐이다.

실제로 1920년대의 한국 교회에는 '원래 나쁜 놈들'이 목사니 장로니 선교사니 서기니 하는 직함을 가지고 행세하면서 못된 짓을 벌이는 경우가 종종 있었던 것일까? 그랬을지도 모르는 일이기는 하다.[5]

　재미있는 것은, 소설 속에서 '나쁜 놈들'의 기도를 좌절시키는 데
큰 역할을 담당한 최 생원네 셋째 아들이 일찍이 교회에서 세례를 받
은 교인이기는 하지만 "올 봄에 지금 자기가 다니는 회에 들면서부터,
교회에는 발을 끊고 이때까지 다니지 않"[6]는 인물로 설정되어 있다는
사실이다. 방금 인용한 대목 속에 나오는 '지금 자기가 다니는 회'라
는 것은 소설 속의 다른 대목에서는 "××무산청년동지회"라고 표현되
어 있다. 즉 사회주의 계통의 조직인 것이다. 그리고 그의 직업은 "구
멍가게의 반찬 장사하는"[7] 일이다. 목사, 장로, 선교사, 서기 등 교회
의 유력 인사들 다수로 구성되어 있는 악인 그룹에 맞서서 중요한 역
할을 수행하는 정의로운 해결사가, '교회에 다니다가 그만두고 사회
주의 계통의 모임에 나가는 반찬 가게 청년'으로 설정되어 있는 것이
다. 물론 진실한 신앙인인 김 장로의 존재를 우리가 간과해서는 안 되
겠지만, 그의 존재를 고려에 넣고서 판단할 경우에도, 전체적인 구도
로 볼 때, 「미해결」의 내포작가가 기독교와 사회주의 중 어느 편에
대하여 호의적이고 어느 편에 대하여 비판적인지는 의문의 여지가
없다.

　염상섭의 작품 가운데에는 「미해결」 이외에도 기독교인들을 등장
시킨 경우가 여럿 있다. 「제야」, 「E선생」, 『너희들은 무엇을 얻었느냐』,
『삼대』 등등. 「미해결」의 보다 정확하고 심층적인 독해를 위해서는

5　이 문제와 관련하여 1920년대 교회의 실상을 이해하는 데에는, 이 책의 제5부에 실
　려 있는 「1920년대의 한국 기독교계에 일어난 변화」라는 글이 약간의 참고를 줄 수
　도 있을 것 같다.

6　염상섭, 앞의 책, p.361.

7　위의 책, p.353.

방금 열거한 작품들을 찬찬히 다시 읽어보고 거기에서 얻은 결론을
「미해결」의 분석과 연관시켜 보는 작업이 필요할 것이다.

1920년대의
반기독교적 사유를 담아낸
텍스트

― 나도향의 「옛날 꿈은 창백하더이다」

나도향이 1922년 12월에 발표한 단편 「옛날 꿈은 창백하더이다」는 일인칭 화자의 회상이라는 형태를 취하고 있는 소설이다. 회상을 하고 있는 화자의 현재 시점에서의 나이나 신분은 작품 속에 나타나 있지 않다. 어쨌든 현재 성인이 되어 있는 그는 소학교 사학년생이던 열두 살 때의 어느 하루를 회상한다.

열두 살 나던 당시 그는 기독교 계통의 학교에 다니고 있었으며, 학교에서 배운 대로 소박한 신앙심을 강하게 지니고 있었다. 하지만 성인이 되어 과거를 회상하는 시점에 이르러서 그는 예전에 자기가 지녔던 신앙을 다음의 인용에서 보듯 부정적으로 평가한다.

> 그때의 나의 기도는 하느님이 주었으며 그때의 나의 죄는 예수가 씻었다. (…) 그때의 나의 영혼은 영혼이 아니고 공명(空名)의 하느님의 것이었으며 그때의 나의 생은 나의 생이 아니며 촉루(髑髏)까지 없어진 예수의 생이었다. 그때의 나는 약자이었으며 그때의 나는 피정복자이었다. 무궁한 우주와 조화를 잃은 자이었으며 명명 무한대한 대세계에 나의 생을 실현할 능력을 빼앗긴 자이었다.[8]

위에 인용된, 열두 살 무렵 자신이 지녔던 신앙을 부정하는, 성인이 된 화자의 입장－그것이야말로 이 소설을 쓰던 당시 작가인 나도향 자신이 지니고 있었던 내면의 진실일 것이다. 성인이 된 화자의 열두 살 때의 어느 날에 대한 회상이라는 형식을 빌려서 나도향이 독자들에게 전하고 싶었던 메시지의 요체가 위의 인용 속에 들어 있는 것으로 판단된다. 그것을 한 마디로 말하면 단호한 반기독교 선언이다.

화자의 주장에 따르면, 기독교를 믿는 것은 자신의 영혼을 공허한 신의 영혼으로 대치하는 것이요, 자신의 생을 공허한 예수의 생으로 대치하는 것이다. 약자가 되는 것이요, 피정복자가 되는 것이다. 무궁한 우주와의 조화를 상실한 자가 되는 것이요, 세계 속에서 자신의 생을 실현할 능력을 박탈당하는 것이다. 그렇다면, 일단 한 번 가졌던 기독교 신앙을 버리고 그 반대편 진영으로 들어가는 것은 자신의 영혼을 되찾는 일이요, 자신의 생을 되찾는 일이며, 약자 혹은 피정복자의 신세로부터 벗어나는 일이다. 무궁한 우주와의 조화를 회복하는 일이요, 세계 속에서 자신의 생을 실현할 능력을 획득하는 일이다. 기독교를 믿는 일과 그것을 버리는 일이 각각 무엇을 의미하는가에 대한 위와 같은 화자의 주장을 듣고 있노라면 우리는 마치 니체의 재래(再來)를 보는 듯한 느낌에 빠져들게 된다.

이러한 화자의 주장을 통해 제시되고 있는 나도향의 반기독교 선언에 대해서 어떤 판단을 내릴 것인가 하는 것은 이 소설을 읽는 독자들 각자의 자유에 맡겨질 사항이다. 그러나 입장 여하에 관계없이 누구라도 인정하지 않을 수 없는 사실이 하나 있으니 그것은 이 소설이

---

8 『나도향전집(상)』(집문당, 1988), p.75.

1920년대 한국 사회의 일각에 존재하고 있던 반기독교적 사유를 분명
하게 담아낸 텍스트의 하나라는 의미를 지닌다는 사실이다.

약자요 피정복자였던 사람의
'자기' 찾아내기

─ 나도향의 「자기를 찾기 전」

　　나도향이 「옛날 꿈은 창백하더이다」를 발표하고 다시 3개월이 지난
시점에서 내놓은 단편이 「자기를 찾기 전」이다. 이 소설의 주인공은
방앗간에서 일하는 처녀 수님이다. 그는 직공 감독의 유혹에 빠져 성
관계를 갖고 급기야 아기까지 낳게 된다. 감독은 방앗간의 돈을 이백
원이나 횡령하고 달아나 종적이 없다. 독실한 기독교 신자인 수님은
아기에게 모세라는 이름을 지어 주고 정성껏 키운다. 하지만 불행하
게도 아기는 장티푸스에 걸리고 만다. 수님은 목사가 심방 와 주기를
간절히 기다린다.

　　"목사가 오셔서 하나님께 기도를 하여 주시면 이 아이의 병이 얼른
　　날 걸! 예수가 앉은뱅이와 문둥병자를 고친 것처럼 이 아이의 병이 목사
　　의 기도와 함께 나을 수가 있을 걸!"
　　하고 그는 목사 오기만 기다렸다. 혈루병자가 예수의 옷 한 번 만져 보
　　기를 애씀과 같은 그만한 믿음으로써 목사를 기다리었다.[9]

---

9 『나도향전집(상)』(집문당, 1988), p.173.

그러나 목사는 오지 않는다. 아기는 병이 악화되어 병원에 입원시키지 않을 수 없게 된다. 얼마 후에 소문을 들으니 목사도 병에 걸려 생사의 고비를 넘나들게 되었다고 한다. 이 일로 해서 수님과 그의 이복 오빠 사이에는 다음과 같은 대화가 교환된다.

> "그런데 오라버니! 나는 예수 믿는 것이 아무리 생각을 해도 헛질을 한 것 같애. 우리 집에 와서 기도해 주던 목사 있지 않아요?"
> "그래."
> "그 목사도 모세 병처럼 앓는데 죽게 되었대요."
> "그런 것이야. 그 병은 전염병인 까닭에 옮겨가기가 쉬운 것이야. 그러기에 병원에서는 너도 들어오지 못하게 하지 않니?"
> "그런가봐. 그 목사는 약도 쓰지 않고 날마다 모여서 기도들만 하는데 점점 더하면 더했지 조금도 낫지를 않는대요."[10]

며칠 후 목사는 마침내 사망한다. 그리고 모세 역시 죽는다. 극도의 슬픔에 빠져 헤어날 줄 모르는 수님 앞에 직공 감독이 나타나지만, 모세가 죽었다는 소식을 듣자마자 그는 영원한 이별을 선언하며 다시 사라지고 만다. 모든 것을 잃은 수님의 모습을 다음과 같이 그려 보이면서 이야기는 끝난다.

> 수님이는 한참 울다 일어났다. 그의 눈에는 다시 목사의 상여가 보이고 어린애의 주검이 보이었다. 그리고 혼자 머리를 쥐어뜯으며,
> "아! 나에게는 예수도 없고, 병원도 없고, 모세, 모세도 없고 아무것도 없다" 하고는 다시 공중을 우러러보며,

---

10 위의 책, p.178.

"모세 아버지도 갔다. 나에게는 아무것도 없다."

소리를 지르고 사면을 돌아다볼 때 하얀 눈 위에 밝은 달이 차디차게 비치었는데, 고요한 침묵으로 둘린 가운데 다만 자기 혼자 외로이 서 있는 것을 깨달았다. 그가 그렇게 분명히 그렇게 외로운 가운데서 자기를 찾아내기는 지금이 자기 일생에 처음이었다.[11]

대략의 경개만 보아도 알 수 있는 것처럼, 소설 속에 기독교에 대한 작가의 관점이 어떤 것으로 나타나 있는가라는 측면에서 볼 때, 「자기를 찾기 전」은 「옛날 꿈은 창백하더이다」의 자매편에 해당하는 작품이다. 다르게 표현하자면, 「자기를 찾기 전」은 「옛날 꿈은 창백하더이다」에서 화자의 발언이라는 형태로 제시되었던 작가의 기독교에 대한 생각을 좀 더 구체적인 인물의 설정과 사건의 전개를 통하여 실감나게 펼쳐 보인 작품에 해당한다.

목사와 모세가 모두 죽기 전까지, 또는 직공 감독이 영원한 이별을 선언하며 사라지기 전까지, 「자기를 찾기 전」의 주인공 수님은, 「옛날 꿈은 창백하더이다」에 나오는 화자의 표현을 빌려서 표현하자면, "그때의 나의 기도는 하느님이 주었으며 그때의 나의 죄는 예수가 씻었었다"라고 말할 수 있는 사람이었다. 하지만 바로 그런 사람이었기에 수님은 '약자'였고 '피정복자'였다. '무궁한 우주와 조화를 잃은 자'였으며, '명명 무한대한 대세계에 자신의 생을 실현할 능력을 빼앗긴 자'였다. 그러던 그가 목사와 모세의 죽음이라는 사건을 겪고, 또 믿었던 애인까지 영원히 상실하게 되자, 난생 처음으로 "외로운 가운데서 자기를 찾아내"는 경험을 하게 되는 것이다.

---

11 위의 책, p.182.

물론 이러한 경험을 토대로 하여 그 후의 수님이 어떤 방향의 삶을 살게 될 것인지에 대해서는 작품 속에 아무런 언급도 없다. 하지만 작품의 본문 속에 "그가 그렇게 분명히 그렇게 외로운 가운데서 자기를 찾아내기는 지금이 자기 일생에 처음이었다"라는 문장이 나오는 것이나, 더 나아가서 작품의 제목 자체가 「자기를 찾기 전」으로 되어 있는 것은 상당히 시사적이다. 이때의 '자기'란 말할 나위도 없이 '공명(空名)의 하느님의 영혼'을 '나의 영혼'으로 대치한 '자기', '촉루까지 없어진 예수의 생'을 '나의 생'으로 대치한 '자기'일 것이다. 다시 말해, 나도향이 나름의 정신적 편력 과정을 거친 끝에 도달한 반기독교적 입장을 구현하는 존재로서의 '자기'일 것이다. 이런 니체적 '자기'가 1920년대의 한국 사회 속에서 과연 어떤 의미를 띠는 존재로 평가될 수 있는가 하는 점은 자못 신중한 검토를 요하는 사항이 아닐 수 없다.

예수가 잡히던 날 밤의
사건에 대한 새로운 기록

— 김동인의 「이 잔을」

　　김동인이 『개벽』 1923년 1월호에 발표한 단편 「이 잔을」은 '예수가 잡히던 날 밤의 사건'에 대한 복음서들의 기록을 자의적으로 변형시켜 그려나가면서, 소설의 중간 부분에다, 예수의 회상을 삽입해 놓고 있는 소설이다. 이 중 회상 부분은 아주 간략하다. 여기서 먼저, 예수의 회상이 간략하게 나타나는 부분을 보면, 김동인은 다음과 같은 몇 가지 점에서 복음서들의 기록에 대한 '김동인식의 변형'을 행하고 있음이 확인된다.

　　(1) 예수는 광야에 나가 40일간 금식을 하면서 도를 닦음으로써 치유와 예언의 능력을 획득하게 되었으며, 그 능력은 "옛적 도사들"[12]이 지녔던 능력과 동일한 수준의 것이었다고 한다.

　　(2) 이러한 능력을 처음으로 갖게 된 시점에서 예수는 "자기의 기적과 지식과 두뇌로서는 획득하기 아주 쉬운 권위 있는 왕자(王者)이냐,

---

12　이하, 「이 잔을」로부터의 인용은 『김동인 단편 전집』 1(가람기획, 2006), pp.143~162의 텍스트에 따른다. 단, 원래의 지면에 발표된 텍스트와 의미상의 명백한 차이를 보이는 경우는 예외로 한다.

혹은, 도덕이 쇠멸된 이 사회를 한번 착하고 아름다운 사회로 뒤집을 개혁자이냐"라는 두 갈래 길을 놓고 망설이다가 결국 후자를 택하게 되었다고 한다.

(3) 막달라 마리아는 예수의 애인이었으며, 예수는 애인인 막달라 마리아와 함께 "밟기 좋은 물에 젖은 모래 위를, 갈릴리의 해변을 산보"하며 "진실로 행복스러운 꿈"에 잠겼던 추억을 가지고 있다고 한다.

예수의 회상이 간략하게 나타나는 대목에서 위와 같은 식으로 자기 나름의 변형을 행한 김동인은, 소설의 대부분을 차지하고 있는 '예수가 잡히던 날 밤의 사건'을 다룬 대목들에서, 역시 그 나름의 변형을 다음과 같이 행하고 있다.

(1) 예수는 제자들과 만찬을 함께 한 후, "취미(醉味) 좋은 포도주에 녹아서, 베드로에게 머리를 찍히우면서"[13] 앉아 있는, 다소 볼썽사나운 모습으로 처음 등장한다.

(2) 예수는 제사장들이 횃불과 무기를 든 채 만찬장을 향해 오고 있다는 보고를 듣고서는, 제자들을 향해 "감람산으로, 겟세마네 동산으로" 오라는 지시를 내린 후, "가만히 뒷문으로 빠져나"가, 도망길에 오른다. 도중에 몇 명의 제사장들에게 들키자, 온 힘을 다해 달아난다.

(3) 제사장이 던진 돌을 맞고서는 "파랗게 된 얼굴"을 한 채 "놀람과 무서움"에 사로잡히지만, 간신히 추적을 따돌리고, 제자들이 기다리는 감람산에 도착한다.

(4) 감람산에 도착하여 제자들과 합류한 예수는 홀로 기도를 한다.

---

13 위의 텍스트에는 이 대목이 "베드로에게 머리를 찧으면서"로 나와 있으나, 작품이 처음 발표된 『개벽』의 지면에는 "베드로에게 머리를 찍히우면서"로 되어 있다.

그 기도 속에는, "당신은 왜 이리 저를 괴롭게 하십니까"라든가 "당신은 제 죽음까지 요구하시니 웬일이오니까? 제 죽음이 저 불쌍한 무리를 착한 길로 인도할 유일의 방책이라면 너무도 야속한 일이외다"와 같은 대목에서 보듯, 신을 원망하는 내용이 포함되어 있다. 또, "온갖 고생과 박해도 두려워하지 않고 용감하게 나아가던 이 예수가 지금 사시나무와 같이 떠는 것도 보실 줄 압니다"라는 대목에서 보듯, 공포를 진솔하게 고백하는 내용도 들어 있다. 그런가 하면, "제가 죽으면 어린 양과 같이 모질고 씀을 모르는 저 제자들은 누가 가르치고 누가 돌봅니까"라는 대목에서 보듯, 자기가 죽은 후의 장래를 비관적으로 내다보는 대목도 들어 있다.

(5) 이러한 기도를 하면서 예수는 "자기의 잔혹한 운명을 원망하였"고, 그 운명을 "저주"하기도 하였으며, "자기의 젊은 생애"를 "뉘우침에 가까운 느낌으로 바라보았다"고 한다.

이상, 대략 다섯 가지 측면에서 김동인은 '잡히던 날 밤'에 예수가 보여준 행적에 대한 복음서의 기록을 자기 나름대로 변형시켜 보여주고 있으나, 최후의 귀결은, 복음서에 나타난 예수의 모습과 일치하는 방향으로 처리하고 있다. 즉, 마지막 순간에 가서 예수는 그때까지의 모든 심리적 갈등을 극복하고, "새로운 용기가 그의 몸에" 가득 차는 것을 느끼며, "용감과 경건으로 빛"나는 얼굴을 한 채, 추적자들의 횃불이 다가오고 있는 방향으로 나아갔다고 서술하면서, 김동인은 「이 잔을」이라는 소설을 끝맺고 있는 것이다.

지금까지, 김동인이 1923년에 발표한 「이 잔을」이라는 소설에서 복음서의 기록을 어떤 식으로 변형시켜 놓았는가 하는 점을 살펴보았다. 그러면 김동인이 행한 이러한 변형의 작업에 대하여 우리는 어떤 이야기를 할 수 있을까?

김동인은 이 작품 속에서 예수를 단순한 인간 이상도 이하도 아닌 존재로 그려놓고 있다. 바로 이 점에서 우리는 기독교를 향한 김동인의 공격적인 자세를 읽어낼 수 있다.

하지만 우리가 「이 잔을」을 놓고 기독교를 향한 김동인의 공격적인 자세를 말할 수 있는 것은 이처럼 그가 예수를 순전한 인간으로 그려 놓았다는 점 한 가지로 그친다. 이 정도라면 그의 '공격적인 자세'라는 것은 사실인즉 매우 온건한 것이라고 말하지 않을 수 없다.

이러한 평가에 대해서는 대번에 반론을 제기하는 사람이 나올 수도 있을 법하다. 예수가 막달라 마리아와 애인 관계에 있었던 것으로 설정해 놓았다든가, 그가 술에 취해 앉아 있는 모습을 보여주었다든가, 또 그가 볼품없는 몰골로 도망치는 장면을 그려 보였다든가 하는 점들을 종합해 보면, 기독교에 대한 김동인의 악의가 상당히 강한 수준에까지 도달해 있었다는 결론을 내리게 되는 것이 불가피한데, 이러한 악의를 내보여 주는 작품이 어떻게 '온건한' 것으로 평가될 수 있느냐고, 그는 반박할 것이다.

하지만 이런 반박은 타당한 것으로 생각되지 않는다. 방금 열거된 몇 가지 사항들 정도는, 작가가 예수를 일단 '인간 이상도 이하도 아닌 존재'로 설정해 놓고 보면, 그가 설령 기독교에 대하여 아무런 악의를 갖지 않았다 하더라도, 충분히 작품 속에 들어올 수 있는 것들이다. 정말로 기독교에 대한 악의라는 것을 말할 수 있는 정도가 되려면, 그만한 수준을 넘어서, 훨씬 더 앞으로까지 나아가야 한다.

이처럼 「이 잔을」의 첫 부분에서부터 다분히 온건한 입장을 유지하는 가운데 인간 이상도 이하도 아닌 존재로서의 예수를 그려나가던 김동인은 이 작품의 결말부에 이르러 예수에 대한 자기 나름의 애정과 경의를 내보인 것으로 파악될 수 있는데, 만약 그렇다고 한다면, 이것은 단순한 '온건함'이라는 말만으로는 해명되지 않는 요소를 포함하고 있다는 판단이 가능하다. 위에서 이미 언급되었던 바와 같이, 예수가 마지막 순간에 가서 그때까지의 모든 심리적 갈등을 극복하고, "새로운 용기가 그의 몸에" 가득 차는 것을 느끼며, "용감과 경건으로 빛"나는 얼굴을 한 채, 추적자들의 횃불이 다가오고 있는 방향으로 나아갔다는 서술이 「이 잔을」의 결말부를 채우고 있거니와, 여기에서 예수에 대한 김동인 나름의 애정과 경의를 읽어 내는 것은 그다지 무리한 독법이 아닐 것이다.

재치 있게 써진
반기독교 선전 팸플릿

― 이기영의 「외교원과 전도부인」

　이기영은 젊은 시절 목사의 설교를 듣고 감명을 받아 기독교를 믿게 된 적이 있다. 그는 열성적으로 교회에 출석하면서 신앙인의 길을 걸어갔고 그 결과 나중에는 권사까지 되었다. 그리고 기독교계 학교의 교사가 되기도 했다.

　하지만 수년 후 그는 기독교와 결별한다. 단순히 결별만 하는 정도가 아니라 아예 강경한 반기독교인이 된다. 어떤 연유로 이렇게 되고 말았는가 하는 점에 대하여 이기영은 후일 월북한 다음 북한에서 쓴 회상기 속에 다음과 같이 기록하고 있다.

　　나는 차차 교회에서도 모순과 허위적 위선을 발견하기 시작하였다. 성경의 교리란 게 논리적으로 모순되는 것은 고사하더라도 목사를 위시한 소위 교역자(敎役者)란 자들의 행실이 그야말로 양의 털옷을 입은 승냥이와 같았다. 한번 그 속을 알게 된 나는 날이 갈수록 예수교에 대하여 환멸과 반항심을 가지게 되었다.
　　(…) 교회는 허위와 위선으로 가득 차 있으며 소위 선교사란 자들은 종교의 탈을 쓰고 침략의 마수를 뻗치고 있는 제국주의의 앞잡이들이었

다. 나는 날이 갈수록 예수교의 위선적 흑막이 똑똑히 보이어서 마침내 교회를 떠나고 말았다.[14]

위에 인용된 문장은 북한 권력 집단의 상투적인 반기독교 선전 논리를 고스란히 담고 있는 것이어서 액면 그대로 신뢰할 수 없다. 그러나 선전 논리에 입각한 과장과 왜곡이 들어 있음을 감안하면서 그 이면을 추론해 보면 이기영이 기독교 교회를 떠나고 급기야 강경한 반기독교인으로 스스로를 재정립하기까지에 이른 사정을 대강 짐작할 수 있는 것도 사실이다.

이기영은 나중에 작가가 된 후 기독교에 대한 공격의 메시지가 담긴 작품을 여러 편 썼다. 그 중 하나로 1926년에 발표한 「외교원과 전도부인」이 있다. 이 작품의 제목에 들어 있는 '외교원'이라는 단어는 보험회사의 영업사원을 의미한다. 「외교원과 전도부인」에서 이기영이 말하고자 하는 핵심적 메시지는 다음에 인용되는 외교원의 대사 속에 나타나 있다.

"전도부인이 거짓말쟁이라는 속을 말할 테니 자세히 들어보시오. 그래도 우리 보험회사는 보험에 든 사람이 죽었을 때 간혹 보험액을 타다 먹는 것이 사실로 있지 않습니까?

그러나 당신이 믿는 예수교는 천당에 갔다 온 사람을 한 사람도 보지 못하였습니다. 그러면 우리 회사가 회사를 잘 되게 하려고 보험액으로 꼬이거나 당신의 예수교가 교회를 흥왕하게 하려고 그런 꿈속 같은 천당을 꾸며놓고 꼬이거나 그래 당신이 못 믿겠다는 사람 보고도 억지로

14 인용된 글은 이기영이 북한에서 1958년에 발표한 「이상과 노력」이라는 회상기의 한 부분이다. 이성렬, 『민촌 이기영 평전』(심지, 2006), pp.243~244에서 재인용.

예수를 믿으라고 전도하는 것이나 내가 보험에 안 들겠다는 당신 같은
이에게도 기어이 들어 달라고 조르는 것이나 그래 당신이 그런 전도를
하고 월급을 타먹거나 내가 이런 외교를 해서 생계를 삼는 것이나 피차
일반이 아닙니까?"[15]

위의 인용 부분만 보아도 실감할 수 있듯 「외교원과 전도부인」은
재치 있게 써진 반기독교 선전 팸플릿으로 평가될 만한 작품이다. 이
기영은 기독교에 대한 공격을 행함에 있어 '천국에 대한 기독교 교회
의 가르침 가운데 통속적인 버전에 해당하는 것'을 구체적인 타격 목
표로 설정하고, 그러한 자신의 공격 작업을 설득력 있는 것으로 끌어
올리는 데 유용한 최소한의 등장인물과 사건만을 만들어 가지고 한
편의 재치 있는 팸플릿 원고를 쓴 것이다.

---

15 이기영, 『가난한 사람들』(2판, 푸른사상, 2004), p.133.

현세적 가족중심주의를
배격하는 예수

― 김동리의 「목공 요셉」

　김동리가 『사상계』 1957년 7월호에 발표한 단편 「목공 요셉」은 제목 그대로 예수의 법률상 아버지인 요셉을 주인공으로 내세우고 있다.

　『성서』의 기록에 따르면 예수의 법률상 아버지는 요셉이다. 하지만 그는 단지 법률상의 아버지일 뿐 진짜 아버지가 아니라고 한다.

　이렇게 되면 당연히, '그렇다면 예수의 진짜 아버지는 누구인가?'라는 물음이 뒤따를 수밖에 없다. 이 물음에 대하여, 『성서』는, '신이다'라고 대답한다. 이런 대답을 믿을 수 있을까? 여기에는 단일한 결론이 불가능하다. 믿을 수 있다는 사람도 나오고, 믿을 수 없다는 사람도 나올 수밖에 없다.

　믿을 수 없다고 생각한 사람 가운데 하나로, 프랑스의 소설가 제랄드 메사디에가 있다. 그는 1988년부터 1995년까지에 걸쳐 방대한 규모로 써낸 『신이 된 남자』라는 소설 속에서, 자신이 믿을 수 없다고 판단한 『성서』의 주장을 대치할 만한 가설을 하나 제시했다.

　소설에 나오는 요셉은 4남 2녀의 자식을 둔 노인이다. 부인과는 수년 전에 사별했다. 그의 아들 가운데 두 명과 딸들 모두는 결혼을 했고 나머지 아들 둘은 아직 미혼으로 요셉의 집에서 같이 살고 있다.
이런 판에 마리아라는 고아 소녀의 후견인으로 요셉이 지명된다. 요
셉은 마리아를 자기 집에 데려와서 키운다. 그런데 그가 공무로 몇 달
동안 집을 떠나 있다가 돌아와 보니, 그 사이에 마리아가 임신을 했
다. 아이 아버지는 누구인가? 아무도 모른다고 한다. 집에 있는 두 아
들 중 하나일 가능성이 높지만 아무런 증거가 없다. 사태가 이렇게 전
개되자, 사법적 결정권을 가진 대사제는, 말썽이 나지 않게 이 문제를
해결하는 길은 요셉이 마리아와 결혼하는 것밖에 없다고 판정을 내린
다. 이렇게 해서 요셉은 마리아의 법적 남편이 되었고, 마리아가 아들
을 낳자, 그 아들의 법적 아버지가 되었다. 그 아들의 이름이 예수
이다.

「목공 요셉」의 경우는 어떤가? 여기서는 확실한 설명을 제시하지
않는다. 일단, 요셉이 예수의 진짜 아버지, 즉 생부(生父)가 아닌 것은
사실이라고 되어 있다. 그렇다면 예수는 어떻게 해서 태어나게 되었
단 말인가? 이 물음에 대해서 「목공 요셉」은 답하지 않는다. 신이 아
버지라는 이야기는 하고 있지 않다. 그렇다고 구체적인 어떤 다른 남
자가 있었다는 말도 하지 않는다.

김동리는 1955년에 발표한 단편 「마리아의 회태(懷胎)」에서는 예수
의 아버지가 신이라고 하는 『성서』의 주장을 긍정하는 입장을 보였었
다. 하지만 「목공 요셉」의 내용은 「마리아의 회태」에 연결되지 않는
다. 두 작품은 서로 무관한 별개의 것으로 보아야 한다.

「목공 요셉」에서 김동리는 '예수의 진짜 아버지가 누구냐?'라는 문
제를 일단 논외로 제쳐놓고, '소년 시절의 예수는 어떤 사람이었는
가?'라는 또 다른 질문을 다루고 있다.

『성서』에서 소년 시절의 예수에 대해 언급하고 있는 것은 「누가복음」뿐이다. 「누가복음」 2장 42절부터 50절까지를 보면, 요셉과 마리아가 예루살렘 여행에서 열두 살 난 예수를 잃고 걱정하다가 사흘 만에 겨우 찾았는데, 사실인즉 예수는 그 동안 예루살렘의 성전에 머무르면서 선생들과 대화를 나누고 있었다는 사건이 기록되어 있다.

「목공 요셉」에서, 「누가복음」 본문의 취지로부터 벗어난 내용은 발견되지 않는다. 하지만 김동리가 「누가복음」의 메시지를 그대로 반복하고 있는 것은 아니다. 그는 복음서 본문이 드러내고 있는 특징을 대체로 따르되 그 중 일부를 좀 더 강조하고 과장함으로써 새로운 분위기를 조성하고 있는 것이다. 그가 좀 더 강조하고 과장한 특징이란 무엇인가? 그것은 '불효한 예수'와 '이해를 못하는 부모'라는 두 가지 표현으로 요약될 수 있는 특징이다.

이 두 가지 특징을 강조하고 과장하기 위하여 김동리는 여러 가지 장치를 만들어 낸다. 우선 요셉을 병약한 인물로 설정하고 그가 병을 얻게 된 것이나 나중에 죽게 된 것이 모두 예수 때문이라는 식으로 이야기를 꾸밈으로써 독자들의 마음속에 요셉에 대한 동정심이 자리 잡도록 만드는 한편 예수의 성품이 전통적인 도덕의 요청에 어긋나는 면모를 지녔음을 강조하는 효과를 노린다. 또한 김동리는 예수가 성전에서 '아버지'를 운위하자 이 말을 들은 요셉이 그 뜻을 정확히 이해하지는 못하면서도 자신이 예수의 생부가 아님을 새삼 상기하고 예수가 이제는 자신의 생부를 찾아냈다는 말인가 하고 의아해 하며 질린 낯빛이 되었다는 투로 이야기를 진행시키고 있는데 이것 역시 독자로 하여금 요셉의 고민에 대한 동정심을 갖게 만드는 결과를 가져오며 동시에 요셉의 사고가 얼마나 철저하게 세속적인 차원에 갇혀 있는가를 강조해 준다. 그리고 이 소설의 절정을 이루는 장면, 즉 요셉이 예수의 뺨을 때리는 장면에서도 효(孝)의 덕목에 무관심한 예수와 그 예수를 이해하지 못하는 요셉 및 마리아의 대조가 강렬하게 나타나는데, 그 강도는 복음서 본문의 경우와는 아예 비교가 되지 않을 정도이다. 이 밖에도 동일한 맥락으로 파악되는 사례를 우리는 몇 가지 더 열거할 수 있다.

이러한 방식으로 강조와 과장의 전략을 구사한 결과, 「목공 요셉」은 복음서에 기록된 예수의 행동과 가르침 속에 실제로 들어 있는 특징, 즉 '현세적 가족중심주의를 철저하게 배격하는 태도'라는 특징을 소설의 언어로 실감나게 재현한 작품이 되었다. 현세적 가족중심주의를 예수가 얼마나 단호하게 배격하고 있는가 하는 점은 「마태복음」 10장 35~36절이나 「마가복음」 3장 31~35절을 보면 금방 알 수 있는 것이거니와[16] 「목공 요셉」은 예수의 소년 시절에 관련된 허구의 이야기를 통해 독자들이 복음서의 그러한 대목들에 담겨 있는 메시지를 보다 생생하게 느끼도록 만들어 준다.

16 참고로 아래에 복음서의 해당 본문을 인용해 둔다. "내가 온 것은 사람이 그 아비와, 딸이 어미와, 며느리가 시어머니와 불화하게 하려 함이니 사람의 원수가 자기 집안 식구리라"(「마태복음」 10장 35~36절). "때에 예수의 모친과 동생들이 와서 밖에 서서 사람을 보내어 예수를 부르니 무리가 예수를 둘러앉았다가 여짜오되 보소서 당신의 모친과 동생들과 누이들이 밖에서 찾나이다 대답하시되 누가 내 모친이며 동생들이냐 하시고 둘러앉은 자들을 둘러보시며 가라사대 내 모친과 내 동생들을 보라 누구든지 하나님의 뜻대로 하는 자는 내 형제요 자매요 모친이니라"(「마가복음」 3장 31~35절).

예수의 부활을 둘러싼
논란들

― 김동리의 「부활」

　「부활」은 김동리가 『사상계』 1962년 11월호에 발표한 단편소설의
제목이다. 『사상계』에 발표될 당시, 이 작품에는 「아리마대 요셉의 수
기」라는 부제가 붙어 있었다. 부제가 가리키는 바와 같이, 이 작품은
아리마대 사람 요셉의 일인칭 서술로 진행된다.

　아리마대 요셉은 예수가 십자가에 못 박혀 죽은 후 그의 시신을 인
수하여 장사지내겠노라고 빌라도 총독에게 청하여 허락을 얻은 것으
로 복음서에 기록되어 있는 사람이다. 주지하다시피 『신약성서』에 실
려 있는 복음서는 모두 네 편인데, 그 네 편의 복음서가 모두 아리마
대 요셉에 대한 언급을 포함하고 있다. 복음서들의 기록에 따르면, 그
는 아직 비어 있던 동굴 형태의 무덤에 예수의 시신을 정중하게 모셔
놓고 그 입구를 돌로 막아 두었다고 한다. 그런데 후에 사람들이 가보
니 무덤은 비어 있고 예수는 간 곳이 없었다고 한다.

　김동리는 복음서의 이러한 기록에 바탕을 두고, 거기에다 자신의
상상을 보태어, 예수가 과연 부활을 했는가, 부활을 했다면 그것은 구
체적으로 어떤 양상으로 이루어졌는가라는 문제에 대한 그 나름의 견

해를 제시하고 있다.

「부활」에 나타나 있는 김동리의 견해에 따르면, 예수는 특이한 체질의 소유자였다. 특이한 체질의 소유자였기 때문에, 십자가에 못 박혔을 당시 일시적인 가사상태(假死狀態)에 빠졌던 것일 뿐, 실제로는 죽지 않았다. 아리마대 요셉은 예수가 십자가에 못 박히는 것을 보고 큰 충격을 받았지만, 특이한 체질의 소유자라면 십자가에 못 박히더라도 반드시 죽지는 않을 수 있다는 가능성에 기대를 걸고, 빌라도에게 청하여, 예수의 시신을 모셔 왔던 것이다. 그 점을 「부활」의 본문에서는 다음과 같이 설명하고 있다.

> 형틀(십자가)에 달려서 죽었던 사람이 나중(틀에서 내리어진 뒤) 되살아났다는 이야기는 나도 얼마든지 알고 있는 것이다. 예수는 워낙 여러 날 굶어 왔었고 또 지쳐 있어서 남 먼저 숨을 거두기는 했지만 그에게는 (체질적으로) 남달리 약한 반면에 강한 일면도 있었기 때문에 숨이 그쳤다고 해서 그냥 아주 썩어져버릴 것 같지만은 않은 생각이 곧장 들었던 것이다. 내가 빌라도(총독)에게 그의 시체를 빌어서 손수 장사 지내기로 한 것도 나로서는 여러 가지 생각이 있었기 때문이다.
> 사흘 동안은 그의 신체를 나의 감시 아래 특별히 지켜 주자는 것도 이유의 하나다.[17]

아리마대 요셉의 이러한 판단은 과연 맞아들었다. 빈 무덤에 예수의 시신을 모셔둔 다음날, 그가 무덤으로 찾아가 보니, 예수는 가사상

---

17 김동리, 『등신불』(정음사), p.327. 참고로 여기서 한 가지 언급해 둘 사항이 있다. 민음사판 『김동리전집』 3권(1995)에 수록된 「부활」은 작품의 마지막 반 페이지 정도의 분량이 누락된 것이다. 편집상의 어이없는 실수가 이런 결과를 낳은 것으로 보인다.

태에서 깨어나 앉아 있었다. 그는 예수를 자신의 집으로 모셔 와서 사흘 동안 숨겨 놓고 간호했다. 그것이 보람이 있어, 예수는 건강을 회복하고, 그의 집을 떠났다. "그 뒤 예수는 두 번 다시 우리 집에 돌아오지 않았다"[18]는 그의 진술로 이 소설은 끝나고 있다.

이상에서 간단히 정리해 보인 바와 같이, 김동리의 단편 「부활」은 제목 그대로 예수의 부활 문제를 다루면서, 이 문제에 대한 김동리 자신의 견해를 제시하고 있는 소설이다.

그러면 이왕 이 소설에 대한 언급을 하게 된 김에, 예수의 부활이라는 주제 자체에 관해 기본적인 사항을 짚고 넘어가 보기로 하자.

원래, 예수가 십자가에 못 박혀 죽은 지 사흘 만에 부활하였다고 하는 주장은, 기독교 교리의 핵심적인 내용 가운데 하나이다. 많은 교회가 예배 시간에 필수적으로 봉독하고 있는 「사도신경(使徒信經)」만 보아도 그 점은 금방 확인된다. 지극히 짧은 분량으로 이루어져 있는 「사도신경」의 문장 속에서, 예수를 두고 "십자가에 못 박혀 죽으시고, 장사한 지 사흘 만에 죽은 자 가운데서 다시 살아나시며"라고 표현한 구절이 엄연히 한 자리를 차지하고 있는 것이다.[19]

이처럼 예수가 죽은 후에 다시 부활하였다고 하는 주장은 다시 말

---

18 위의 책, p.330.
19 우리나라의 대다수 개신교 교회에서 사용하고 있는 「사도신경」의 전문(全文)을 인용해 보이면 다음과 같다: "전능하사 천지를 만드신 하나님 아버지를 내가 믿사오며, 그 외아들 우리 주 예수 그리스도를 믿사오니, 이는 성령으로 잉태하사 동정녀 마리아에게 나시고, 본디오 빌라도에게 고난을 받으사, 십자가에 못 박혀 죽으시고, 장사한 지 사흘 만에 죽은 자 가운데서 다시 살아나시며, 하늘에 오르사, 전능하신 하나님 우편에 앉아 계시다가, 저리로서 산 자와 죽은 자를 심판하러 오시리라. 성령을 믿사오며, 거룩한 공회와, 성도가 서로 교통하는 것과, 죄를 사하여 주시는 것과, 몸이 다시 사는 것과, 영원히 사는 것을 믿사옵나이다. 아멘."

하거니와 기독교 교리의 핵심적인 내용 가운데 하나에 해당한다. 물론 기독교 교회에서 말하는 부활은 김동리의 소설 「부활」에서 이야기되는 특이체질 같은 것과는 전혀 상관이 없으며 일체의 인간적 사유를 뛰어넘는 신의 위대한 경륜에 입각한 기적으로 설명되는 것이다.

그런데 예수 부활의 기적에 관한 이러한 주장을 담고 있는, 현전하는 최초의 기록은, 바울의 여러 서신들이다. 물론 네 편의 복음서에도 모두 예수 부활의 기록이 들어 있지만,[20] 그 네 편의 복음서는 모두 바울의 서신들보다 시기적으로 나중에 써진 것들이기 때문에, 최초의 기록은 어디까지나 바울의 서신들이라고 보아야 한다.

그런데 이러한 바울의 서신들을 실제로 읽어 보면, 그가 예수의 부활에 대하여 언급하고 있는 대목들은 거의 예외 없이 비상한 열정으로 가득 차 있는 것을 확인할 수 있다. 너무나 뜨거운 열정이 느껴져서, 오히려 '조금 위태롭다', 혹은 더 과감하게 말하면, '조금 수상하다'는 생각까지 들 정도이다. 「고린도전서」 15장 12절에서 15절까지에 해당하는 부분을 예로 들어 보자.

> 그리스도께서 죽은 자 가운데서 다시 살아나셨다 전파되었거늘 너희 중에서 어떤 이들은 어찌하여 죽은 자 가운데서 부활이 없다 하느냐 (…) 그리스도께서 만일 다시 살지 못하셨으면 우리의 전파하는 것도 헛것이요 또 너희 믿음도 헛것이며 또 우리가 하나님의 거짓 증인으로 발견되리니 우리가 하나님이 그리스도를 다시 살리셨다고 증거하였음이라

---

20 다만 「마가복음」의 경우에는 조금 특이한 점이 있다. 현재 널리 유통되고 있는 「마가복음」의 텍스트를 보면 그 16장 9절 이하에 예수 부활의 기록이 실려 있다. 그러나 원래의 「마가복음」은 16장 8절로 끝나는 것이며 9절 이하는 후일에 추가되었다는 것이 대다수 성서학자들의 일치된 견해이다.

이처럼 격한 어조로 예수의 부활이 사실임을 강조한 바울은 그 바로 다음의 17절에서 20절까지에 이르는 부분에서는 다음과 같은 선언을 내놓는 데까지 나아간다.

그리스도께서 다시 사신 것이 없으면 너희의 믿음도 헛되고 너희가 여전히 죄 가운데 있을 것이요 또한 그리스도 안에서 잠자는 자도 망하였으리니 만일 그리스도 안에서 우리의 바라는 것이 다만 금생(今生)뿐이면 모든 사람 가운데 우리가 더욱 불쌍한 자리라 그러나 이제 그리스도께서 죽은 자 가운데서 다시 살아 잠자는 자들의 첫 열매가 되셨도다

분명히 예수는 죽은 자들 가운데에서 부활하였으니 제발 의심을 거두고 그것을 믿어 달라고 하는 애소(哀訴)에 가까운 바울의 위와 같은 주장은 그대로 세 복음서 혹은 네 복음서[21]의 기록에 반영되고 있다. 복음서들은 예수가 부활하였다고 하는 바울의 주장을 받아들이면서, 이야기를 좀 더 구체화하여, '부활 이후에 예수는 과연 어떤 행적을 보였던가?'라는 질문에 대한 답변에 해당하는 내용을 덧붙여 놓고 있다. 그런데 기묘하게도, 그 내용이 네 복음서의 경우에 모두 서로 다르다. 그런 한편, 그 내용의 서술이 다분히 어설픈 느낌을 준다는 점에서는 모두 동일하다.

이처럼 부활 이후의 예수가 보여준 행적에 대한 복음서의 기록들이 서로 다르면서도 하나같이 어설픈 내용으로 채워져 있기 때문에, 기독교 신앙을 갖지 않은 사람들에게는 그 기록들이 별다른 감명을 주

---

21 「마가복음」을 제외하고 본다면 '세 복음서', 「마가복음」까지 포함해서 본다면 '네 복음서'라고 할 수 있다.

지 못한다. 그런가 하면 기독교 신앙을 가지고 살아간다고 자임하는
사람들 가운데서도 예수의 부활에 관한 내용은 믿지 못하겠다고 말하
는 경우가 나오게 된다.

후자의 대표적인 예를 박영호의 저술에서 볼 수 있다. 박영호는 한
국이 낳은 가장 독창적인 기독교 사상가 가운데 하나라고 할 수 있는
류영모의 제자로서 류영모의 사상을 조술(祖述)하는 일에 자신의 평생
을 바쳐 오고 있는 사람이다. 그런 그가 예수의 부활에 대하여 다음과
같은 말을 하고 있는 것이다.

> 예수가 몸으로 소생하였다면 십자가에 못 박히기 전처럼 똑같은 언
> 행이 있어야 자연스럽다. 더구나 죽었다가 사흘 만에 다시 살아났으니
> 그 사흘 동안에 체험한 것을 제자들에게 들려주어야 할 것이다. 그런데
> 몸으로 다시 살아났다는 예수는 도깨비처럼 이곳저곳에 문자 그대로 신
> 출귀몰하니 부자연스럽기 그지없다. 꾸민 이야기임을 드러내는 데 지나
> 지 않는다. 아직도 예수가 몸으로 부활하였다고 억지소리를 하는 이들
> 이 적지 않다. 그렇게 우겨야 자기의 신앙이 돈독하다는 것을 증명할
> 수 있다고 착각하는 것 같다.[22]

박영호의 이와 같은 '예수 부활 불신론'은 다른 몇 가지 요인과 결
합하여 아예 바울의 가르침 전체를 배격하는 데까지 나아간다.

> 바울로는 사랑할 수도 미워할 수도 없는 사람이다. 예수의 이름을 세
> 상에 널리 알리는 데 일등 공인(功人)인가 하면 예수의 가르침을 세상에
> 바로 알리는 데 일등 반인(叛人)이기 때문이다. 문제는 지금의 기독교

---

22 박영호, 『잃어버린 예수』(교양인, 2007), pp.508~509.

가 예수의 이름을 빌린 바울로의 교의(敎義)이지 예수의 정교(正敎)가 아니라는 데 있다. 기독교에 있어서 이것을 바로잡는 일보다 더 긴급하고 중대한 문제가 어디에 있겠는가? (…) 화이트헤드는 주저 없이 이렇게 말하였다. '예수의 가르침을 그 누구보다도 왜곡하고 피폐하게 만든 장본인이 나는 바울로라고 생각합니다. 예수의 다른 제자들이 바울로를 어떻게 생각했는지 궁금합니다. 모르긴 해도 그들은 필시 바울로를 받아들일 수 없었을 것입니다. 바울로의 교리화한 그리스도교 교의신학만큼 비(非)예수 그리스도적인 것을 상상할 수가 없을 것입니다. 예수 그리스도도 필시 바울로를 이해할 수 없을 것입니다'(알프레드 화이트헤드, 『화이트헤드와의 대화』). (…) 하루를 믿어도 예수의 가르침을 바로 알아보자는 생각이 있다면 정신을 차리고 최면에서 깨어야 한다. 그래서 우리가 다 함께 잃어버린 예수를 찾아보자는 것이다.[23]

지금까지, 예수가 십자가에 못 박혀 죽은 지 사흘 만에 부활하였다고 하는 명제와 관련된 몇 가지 기본적인 사항을 살펴보았거니와, 바울로 대표되는 입장과 그 입장을 '꾸민 이야기'로 간주하여 배격하는 입장이 팽팽하게 맞서 온 자리에, 한국의 작가인 김동리가 나서서, 굳이 「부활」이라는 제목의 작품을 써 가며, 자기 나름의 견해를 밝힌 것이다.

그러면 김동리는 왜 「부활」을 써야만 했을까? 그 배경은 『사반의 십자가』에서 찾을 수 있다.

『사반의 십자가』는 우리 소설사에서 예수의 삶과 죽음을 정면으로, 그것도 장편의 규모로 다룬 최초의 예에 해당한다. 이 작품은 한국의 소설사 속에서도 뚜렷한 지위를 차지하는 문제작이지만, 김동리 개인

---

23 위의 책, pp.17~18.

의 창작 경력 속에서도 막중한 무게를 지니는 것이었음에 틀림없다. 그런데 이 작품에서 김동리는 예수의 삶과 죽음을 정면으로 다루다 보니, 어떤 방식으로든 부활의 문제와 대결하지 않을 수가 없었다. 그러면 그는 이 작품 속에서 이 문제를 어떻게 처리했던가?

이 물음에 대한 답을 제대로 제시하기 위해서는, 개작 이전의 『사반의 십자가』(1955~1957)와 개작된 『사반의 십자가』(1982)를 구별해서 보아야 한다. 개작 이전의 『사반의 십자가』에서는 이 문제와 관련된 서술이 다음과 같이 짧게 나타난다.

> 아무리 찾아도 그의 시체는 간 곳이 없었다. 그리고 보면 그것은 그가 평소에 예언한 바와 같이 부활을 했기 때문인지도 몰랐다.
> (…) 그러나 아무리 그의 부활을 믿는 사람일지라도 그 무덤에서 돌을 밀치고 나간 예수의 육신이 그대로 하늘나라로 올라간 것이라고 생각한다면 그것은 너무나 완고한 시(詩)다. 만약 문제가 어디까지나 그의 시체의 행방에 있는 것이라면, 처음부터 자진하여 그것을 인수하러 나타났던 아리마대 요셉이, 그만한 사랑과 용기와 정의의 사람이 왜 그의 부활을 그의 제자들과 더불어 맞이하지 못했던가 하는 사실과 아울러 생각할 필요도 있을 것이다.[24]

위에 인용된 구절을 좀 더 이해하기 쉽도록 바꾸어 적어 보면 다음과 같은 몇 가지 항목으로 정리될 수 있을 것이다.

(1) 예수의 시체는 사라져 버렸다.

(2) 그리고 보면 예수는 부활을 했을 가능성도 있다.

---

24 『한국3대작가전집』 8(삼성출판사, 1970), p.283.

(3) 하지만 그 부활이, 복음서에서 묘사하고 있듯 "그 무덤에서 돌을 밀치고 나간 예수의 육신이 그대로 하늘나라로 올라간 것"일 수는 없다.

(4) 예수가 만일 부활을 했다면, 그 부활은, 뭔가 다른 형태의 부활이었을 것이다.

(5) 그 점과 관련하여 생각해 볼 필요가 있는 것이 아리마대 요셉의 존재이다.

(6) 아리마대 요셉은 십자가에 못 박혀 죽은 예수의 시신을 로마 관헌으로부터 인수하여 정중하게 모신 사람이다. 이러한 아리마대 요셉의 행동에 대해서는 네 복음서가 일치해서 언급하고 있다. 아리마대 요셉의 이와 같은 행동은, 그가 예수를 진심으로 존경했던 "사랑과 용기와 정의의 사람"이었음을 증명하기에 모자람이 없다.

(7) 그런데 네 복음서 중 어느 것도, 예수가 부활을 한 이후의 행적을 서술하면서, 아리마대 요셉에 대해서 언급을 하지 않고 있다. 이것은 이상한 일이 아닐 수 없다.

(8) 복음서들이 "그 무덤에서 돌을 밀치고 나간 예수의 육신이 그대로 하늘나라로 올라간 것"이라는 투의 주장을 펼치면서, 예수를 그 무덤으로 모신 장본인이었던 아리마대 요셉을 아예 언급도 하지 않고 있는 것은, 그러한 주장의 신빙성을 의심하지 않을 수 없게 하는 중요한 요인이 된다.

(9) 예수가 만일 부활을 했다면 그것은 앞에서 말한 대로 '뭔가 다른 형태의 부활'이었을 것이고, 그 '뭔가 다른 형태의 부활'을 제대로 파악하기 위해서는 아리마대 요셉의 존재에 다시 주목할 필요가 있는 것으로 판단된다.

김동리는 대략 이상과 같은 아홉 개의 항목으로 정리될 수 있는 내용을 위에 인용된 『사반의 십자가』의 몇 문장 속에 압축해서 담았던 것인데, 이러한 문장을 쓰던 당시에는 아직까지 이 문제에 대한 그의 생각이 구체화되지 않았고 상당히 막연한 상태에 머물러 있었음을 알수 있다. '뭔가 다른 형태의 부활'이 있었을 것이고, 그 '다른 형태의 부활'에는 아리마대 요셉이 깊이 관련되어 있었을 것이라는 정도의 개략적인 얼개만 떠올랐을 뿐, 구체적인 디테일의 차원에까지 생각이 뻗어나가지 못했던 것이다.

그래서 김동리는 일단 『사반의 십자가』를 완결하여 출간한 다음에도 이 문제에 대한 생각을 계속 해 나가지 않을 수 없었던 것이리라. 그리고 그것의 발전된 성과가 어느 정도 명료한 윤곽을 갖추는 단계로까지 진전되었을 때, 그것을 「부활」이라는 제목의 단편소설로 일단 정리했던 것이라고 말할 수 있다. 김동리가 「부활」을 써야만 했던 배경을 『사반의 십자가』에서 찾을 수 있다고 한 앞서의 나의 언급은 바로 이 점을 지적한 것이다.

일단 「부활」을 써서 발표하는 데까지 나아가고 난 후 김동리에게 남은 과제는, 그가 혹시 『사반의 십자가』를 전면적으로 개작하게 될 경우, 「부활」에서 명료한 윤곽을 얻었던 예수의 부활 문제에 대한 자신의 생각을 개작된 텍스트 속에 적절하게 담아내는 것, 그것이었을 터이다. 그런데 실제로 『사반의 십자가』를 전면적으로 개작하게 되는 날이 왔다. 1982년에 그는 이 작업을 진행하였다. 그리고 여기에 예수의 부활 문제에 대한 자신의 생각을 담아내었다. 1962년부터 다시 20년의 세월이 흐른 다음이다 보니, 그동안 예수의 특이체질, 가사상태 등등에 대한 그의 생각은 다시 더 구체화되어, 아래의 인용문에서 보는 바와 같은 표현을 얻게 되었다.

> 예수를 무덤에 넣고 돌아온 아리마대의 요셉은 계속 두문불출했다. 밤이 되어도 잠이 잘 들지 않았다. 그는 빌라도 총독에게 간청하여 예수 시체를 자기가 본디 자기의 가족을 위해 준비해 두었던 무덤으로 옮기고 집으로 돌아오긴 했으나 평소에 그렇게 많은 권능을 보여왔던 예수가 생전에 약속했던 부활의 표적도 지켜주리라 믿었기 때문이었다. 그가 그것을 기대하지 않을 수 없는 데는 또 하나 다른 이유가 있었다. 그것은 그의 삼촌(숙부)의 죽음이었다. 그의 삼촌은 본디 점성술을 연구하던 학자였는데 평소부터 식사를 다른 사람의 절반가량밖에 취하지 못하는 바짝 마른 사람이었다. 마흔 살 나던 해였다. 자기는 금년 안에 죽을 터이나, 이레 동안은 결코 장사지내지 말고 그대로 두어달라고 했다. 그런데 그는 과연 그해 사월에 죽었다. 가족들은 그의 부탁대로 서둘러 장사지내지 않고 두었다. 죽은 지 이틀 뒤였다. 그는 도로 눈을 뜨고 숨을 쉬기 시작했다. 온 가족들이 모여 그를 간호하고 또한 의사도 불러왔다. 그 결과 그는 죽음에서 일어나 다시 옛날과 같이 먹고 걷고 말할 수 있게 되었다. 그 뒤 그는 삼 년을 더 살다 아주 눈감고 말았다.
> 요셉은 그의 삼촌의 일을 생각할 때 예수가 반드시 부활할 수 있으리라고 더욱 믿어졌다.[25]

한 가지 흥미로운 사실을 더 언급하고 이 글을 마치기로 하자. 1988년부터 7년 동안에 걸쳐 써진 제랄드 메사디에의 대작 장편 『신이 된 남자』를 보면, 거기에서도 역시, 예수는 단지 가사상태에 빠졌던 것일 뿐 실제로 죽은 일이 없다는 생각이 개진되고 있다. 메사디에는 그와 같은 생각에 바탕을 두고 소설을 전개하며, 자작 해설로 써진 『『신

25 『김동리전집』 5(민음사, 1995), p.376.

이 된 남자』를 읽기 위해』에서는, 더욱 명료하게, "예수는 십자가 위에서 죽은 것이 아니니 부활 운운할 이유도 없다"[26]는 단언을 제시해 두고 있다.

26 제랄드 메사디에, 『『신이 된 남자』를 읽기 위해』(최경란·최혜란 공역, 책세상, 2001), p.370.

네 사람의 기독교인이 만든
비극

─ 이범선의 「피해자」

이범선이 1958년에 발표한 중편 「피해자」에는 네 사람의 기독교인이 주요 인물로 등장한다. 작가는 그들 한 사람 한 사람을 '기독교인이기는 하되 그 신앙 혹은 성격에 있어 각각 나름대로의 문제점을 가진 존재'로 설정한다. 그리고 이러한 문제점들이 서로 만나고 얽혀 그중 한 사람의 자살이라는 비극적 결과를 만들어내도록 유도한다. 그네 사람은 누구이며, 그들의 문제점은 어떤 것인가?

(1) 우선, 화자인 최요한의 아버지가 있다. 그는 고아원을 운영하는데, 누가 보아도 감동을 금할 수 없을 만큼 지극한 정성으로 고아들을 돌본다. 그는 자신의 아들도 고아들과 똑같이 키운다. 하지만 그는 마음속 깊은 곳에서 고아들을 자기 자식처럼 여긴 것이 아니었다. 요한이 양명숙이라는 고아 소녀와 깊은 애정으로 맺어져 결혼을 하려고 아버지의 허락을 구했을 때 이 점이 폭로된다. 요한의 아버지는 고아를 며느리로 맞아들일 수 없다고 단호히 선언한다. 그러면서 어느 목사의 딸과 결혼할 것을 요한에게 강권한다.

(2) 다음으로는 최요한 자신이 있다. 그는 아버지의 강요에 굴복하

여 목사의 딸과 결혼한다. 그리고 애정 없는 결혼 생활을 영위해 간
다. 권태를 느끼면서도 매주 착실히 교회에 출석하고, 기독교 계통 학
교의 교사가 되어 학생들을 가르친다. 그의 문제점은 성격이 나약한
것이다. 달리 말해, 비겁한 것이다. 명숙이 그 점을 꿰뚫어보고 다음
과 같은 대화를 요한과 주고받는 장면이 있다.

> "저는 지금도 요한 씨가 무서워하는 것이 무엇인지를 알고 있어요."
> "하나님."
> "아니오. 하나님을 진정 믿는다면 하나님은 결코 무서운 하나님이 아
> 닐 거야요. 저희들 인간의 마음과 처지를 어느 인간보다도 자세히 알고
> 계실 테니까."
> "그럼 뭐야."
> "그건 교회야요. 한국 교회. 구하기보다 벌하기에 더 열심인 한국 교
> 회. 아니 지금 요한 씨가 한 주일에 한 번씩 나가시는 무슨 무슨 교회.
> 아니요 더 자세히 말씀드리면 교회도 아니고 그 교회의 장로 아무개,
> 집사 아무개, 교인 중에 가장 남의 말 하기 좋아하는 아무개 아무개 그
> 런 사람들이죠."[27]

(3) 세 번째로 최요한의 아내가 있다. 그는 경직된 율법지상주의의
노예와 같은 유형의 신앙인이다. 그렇기 때문에 그는 늘 자기 식으로
불행하다. 율법지상주의의 기준에 맞지 않는 세상에 대한 불만과 역
시 율법지상주의의 기준에 맞지 않는 남편에 대한 불만으로 그는 늘
어두운 모습이다. 요한은 때로 그런 아내 때문에 질식할 것 같은 느낌
을 갖지만 무기력하게 적응하며 산다.

---

27 이범선, 『이범선 작품선』(3판, 범우사, 1999), p.148.

(4) 마지막으로, 양명숙이 있다. 그는 요한이 다른 여자와 결혼을 하자 고아원을 떠나 자취를 감춘다. 꽤 긴 세월이 흐른 후 두 사람은 우연히 다시 만난다. 요한이 다시 만나본 명숙은 그 동안 술집을 겸한 한정식집의 마담이 되어 있다. 그는 요한에 대한 변함없는 사랑을 고백하면서, 새로운 인생을 살고자 한다는 각오를 피력한다. 요한이 자식까지 가진 유부남이라는 사실을 감안하면 명숙의 이런 저돌적 자세는 지나치게 자기중심적인 것이라 하지 않을 수 없다. 우리는 요한이 비겁한 사람이라는 점을 앞에서 지적한 바 있지만, 그가 명숙의 요구를 받아들이지 않는 것을 비난할 수는 없다. 하지만 명숙은 자살을 감행함으로써 요한에 대한 최대치의 비난을 가한다.

지금까지 본 바와 같이 「피해자」에 등장하는 네 사람의 주요 인물은 모두 나름대로의 문제점을 가지고 있는 사람들이다. 그 문제점들의 얽힘이 결국은 명숙의 자살이라는 비극을 낳는다. 하지만 그들 중 아무도 악인은 아니다. 반드시 선인이라고까지 말할 수는 없을지 몰라도 어쨌든 악인은 아니다.

작품 속에서 전개되는 모든 비극적인 사건을 창조한 원점에 서 있는 존재는 최요한의 부친이다. 그를 악인이라고 할 수 있는가? 말도 안 된다. 그는 모든 사람의 찬양을 받기에 모자람이 없을 정도의 정성으로 고아들을 돌보았다. 자기의 친자식과 고아들을 똑같이 대우하면서 키웠다. 이런 사람이 어떻게 악인으로 취급될 수 있겠는가? 그가 마음속 깊은 곳에서 고아들을 자기 자식으로 여긴 것은 아니었다고 하지만, 그 정도의 한계를 보였다고 해서 그를 감히 비판할 수 있는 사람이 누구이겠는가? 하물며 악인이라니? 이범선의 대표작인 「오발탄」에 한 사람의 악인도 나오지 않았듯 「피해자」에도 악인은 나오지 않는다고 우리는 결론지을 수밖에 없다.

아무도 악인이 아닌데, 그들 간의 얽힘에서 비극이 발생한다. 그리고 모두 피해자가 된다. 마치 「오발탄」에 나오는 주요 인물들이 아무도 악인은 아닌데 모두 오발탄 같은 존재가 되어 버리는 것과 같다. 시야를 넓혀서 생각해 보면, 일찍이 고대 그리스의 여러 비극 작품에 등장했던 주요 인물들이 아무도 악인은 아닌데 엄청난 비극의 창조자이자 피해자가 되어 버렸던 것과 같다. 이런 방식으로 소설을 끌어감으로써 이범선은 우리로 하여금 '운명'이라는 것을 새삼 진지하게 생각해 보도록 만드는 데 성공하고 있다.

그런데 나는 방금 언급한 바와 같은 이유에서 「피해자」라는 소설의 의의를 인정하면서도, 이 작품의 결말 부분 처리에 대해서는 불만을 피력하지 않을 수 없다. 이 작품의 결말 부분에서는, 요한과 명숙의 사연을 전혀 모르는 교감이 명숙의 시신을 앞에 두고서 기독교인답게 자살은 죄라는 투의 발언을 하자 요한이 폭발하는 모습을 그리고 있다. 요한이 교감을 상대로 하여 웅변을 쏟아놓는 것이다. 그 대목을 조금 인용해 보자.

"죽음까지도 죄로 따지시려거든 교감선생은 영생하십시오."

"아, 나는 자살을 말하는 것이오."

"이 사람을 죽도록 괴롭힌 자가 누군지 아십니까. 바로 당신들이오."

"아니 최 선생 그 무슨……"

교감은 여러 학생들 앞에서 혹시 애매한 치정관계의 오해나 받을까 두려워하는 듯 당황하였다.

"그녀는 죽었습니다. 죽은 것입니다. 죽음은 절대적인 행위올시다. 그렇게 다시는 돌이킬 수 없는 막다른 골목으로 그녀를 몰아넣은 사람이 바로 당신들이란 말입니다. 당신들 한국 교회의 목사, 장로, 그리고 말 많은 교인들이란 말입니다."

"아니 목사, 장로가 어떻다는 겁니까? 최 선생 진정하십쇼."

"저는 지금 세상에 나온 뒤로 제일 똑똑한 내 정신을 가지고 있습니다. 한 번 더 똑똑히 말씀드려두지요. 그녀를 이렇게 만든 것은 바로 당신들이라는 것을. 그녀는 피해자입니다. 그리고 그를 죽인 하수인(下手人)은 접니다. 당신들의 사주를 받은 어리석은 등신 요한입니다. 아니 하수인인 동시에 저도 역시 그녀와 마찬가지로 피해잡니다. 그리고 또 당신들도 한국의 목사, 장로 그리고 모든 기독교인은 모두 다 실은 피해자인지도 모릅니다."[28]

요한이 사건 전개의 과정으로 볼 때 단순한 목격자에 불과한 교감을 향해 일장 연설을 하는 것으로 작가가 작품의 마무리를 삼은 것은, 비록 그 연설 속에 작가 자신의 메시지를 담아내고자 하는 의도가 있었음을 인정한다 해도, 소설작법 상 적절한 것이었다는 평가를 받기 어렵다. 자연스럽지 못하고, 작가의 개인적 감정이 지나치게 전면으로 돌출되어 있다는 인상을 준다.

---

28 위의 책, p.166.

신의 은총은
어떤 사람에게
주어지는가?

— 최인훈의 「라울전」

　최인훈이 1959년 12월에 『자유문학』지의 추천 절차를 거쳐 발표한 단편 「라울전」에는 제목이 말해 주는바 그대로 라울이라는 인물이 주인공으로 등장한다. 작가는 이 라울이라는 허구의 인물이 유명한 사도 바울(본명은 사울)과 어려서부터 함께 공부하며 자라난 친구요 경쟁자였던 것으로 설정해 놓고 있다.

　라울과 사울은 똑같이 총명한 소년이었으나 그 성격은 사뭇 대조적이었다. 라울이 침착하고 경건한 반면 사울은 경솔하고 성급했으며 경건과는 거리가 멀었다. 그런데 이상하게도 사울에게는 늘 신의 은총이라고밖에 해석될 수 없는 행운이 따라다닌다. 그래서 침착하고 경건한 라울은 언제나 사울에게 뒤처지는 신세를 면치 못한다. 이러한 두 사람의 우열관계는 그들이 성장하여 유대교의 성직자가 된 후에도 변하지 않는다. 그리고 그것은 예수와 관련된 사태의 전개에서까지도 그대로 적용된다. 경솔하고 성급하며 경건과 거리가 먼 사울이 예수의 사도로 선택받고 그럼으로써 신의 은총을 온몸으로 누리게 되는 반면 침착하고 경건한 라울은 구원받은 사람의 무리에 들지 못

하고 탈락한다. 이에 라울은 번민과 절망감으로 말미암아 광란 상태
가 되어 다메섹으로 가는 길 위에 혼자 엎드린 채 절명하고 만다.

대략 이상과 같은 줄거리로 되어 있는 「라울전」은, 기독교의 교리
를 바로 문제 삼고 있는 작품으로 볼 수도 있고, 그렇지 않은 작품으
로 볼 수도 있다. '그렇지 않은 작품으로 본다'는 것은, 이 작품에서
기독교의 세계란 단지 알레고리의 차원에서 하나의 방편으로 동원된
것에 불과하고 본질적인 의미를 갖지 않는 것이라고 본다는 뜻이다.
이 두 가지 입장은 모두 성립 가능하다.

이 두 가지 입장 가운데 전자 쪽을 택해서 「라울전」을 해석하고자
할 경우, 이 작품이 제기하고 있는 핵심적인 문제는, 어떤 사람은 신
의 은총을 받고 어떤 사람은 받지 못하느냐 하는 것을 결정하는 기준
이 인간의 이성으로 볼 때 좀처럼 납득하기 어렵다는 것으로 요약된
다. '어째서 신은 진지하고 경건한 라울과 같은 사람을 팽개치면서 진
지하지도 않고 경건하지도 않은, 게다가 기독교도들을 박해하기까지
한 바울과 같은 자에게 은총을 내리는가?'라는 질문에 대하여 제대로
된 답변을 제시하지 못한다면 기독교의 신에 대한 믿음의 근거는 위
협받을 수밖에 없다는 문제 제기가 이 작품에는 들어 있는 것이다.

하지만 실제로 기독교인들에게 위의 질문을 던져 보면 아마도 그들
중 다수는 그 질문에 대하여 응답하는 것은 그다지 어려운 일이 아니
라고 말할 것이다. 그리고 그들이 제시하는 답은 대략 두 가지 정도로
유형화될 수 있을 것 같다.

첫째는 '신이 가진 권능의 절대성'이라는 개념을 가지고 답하는 것
이다. 최인훈 자신이 「라울전」의 말미 부분에서 인용하고 있는, 토기
(土器)장이와 토기 그릇에 대한 바울의 비유[29]가 바로 그런 유형에 속

한다.

둘째는 '삶에 임하는 자세의 치열성'이라는 기준을 가지고 평가할 때 라울은 바울보다 열등한 모습을 보여주었으며 바로 거기에서 우리는 신이 라울 대신 바울을 선택한 이유를 찾을 수 있다고 답하는 것이다. 이러한 답이 어떻게 나올 수 있는가를 조금 더 구체적으로 설명해 보기로 하자.

새로 등장한 예수라는 인물에 대한 소문이 처음 들려오기 시작하던 당시, 사울은 그의 경솔한 성격대로 금방 예수를 이단으로 단정해 버리고 그 신도들에 대한 박해에 나섰었다. 하지만 라울은 조급한 판정을 유보하고 다방면으로 치밀한 학구적 검토를 행한 결과 예수를 함부로 무시해서는 안 된다는 결론에 도달했었다. 여기까지는 라울이 사울보다 현명한 모습을 보여주었다. 그러나 라울은 그 다음 단계에서 일을 그르쳤다. 예수를 함부로 무시해서는 안 된다는 결론에 도달했으면, 잠시도 시간을 지체하지 말고, 곧장 달려가서 예수를 만나 결판을 내는 것이 그 다음에 그가 해야 할 일이었다. 그 일을 미루어 두고 먼저 처리해야 할 만큼 중요한 다른 일이란 존재할 수 없었다. 그러나 라울은 너무나 신중하고 우유부단한 사람이었기에 그러한 행동에 선뜻 나서지 못하고 시간을 끌었다. 그가 그러고 있는 동안 예수는 처형되고 말았다. 일이 이렇게 되었다는 것은, 라울이 '삶에 임하는 자세의 치열성'이라는 과목의 시험에 낙제하고 말았다는 것을 의미한

---

29 이 비유는 「로마서」 9장 20~21절에 나오는 것으로, 다음과 같다. "이 사람아 네가 뉘기에 감히 하나님을 힐문하느뇨 지음을 받은 물건이 지은 자에게 어찌 나를 이같이 만들었느냐 말하겠느뇨 토기장이가 진흙 한 덩이로 하나는 귀히 쓸 그릇을, 하나는 천히 쓸 그릇을 만드는 권(權)이 없느냐"

다. 반면에 사울은 기독교도들에 대한 박해에 나서는 단계에서나, 전광석화와 같은 기세로 회심을 결행하는 단계에서나, 다른 것은 몰라도 최소한 삶에 임하는 자세의 치열성에 있어서는 라울과 비교가 되지 않을 정도의 수준을 보여주었다. 그렇다면 신이 라울을 버리고 사울을 택한 것은 당연한 일이 아닐 수 없다. 오직 삶에 임하는 자세의 치열성이라는 한 가지 측면에서만 형인 에서보다 우월하였을 뿐 다른 모든 면에서는 에서보다 열등하였던 야곱을 굳이 선택하여 축복했던 것이 바로 그 신이었다는 사실을 상기해 보면 이 점은 더욱 분명하게 이해될 수 있을 것이다.

예수의 교훈과
공휴일의 문제점

― 전영택의 「크리스마스 전야의 풍경」

「크리스마스 전야의 풍경」은 전영택이 1960년 12월에 발표한 단편소설이다. 이 작품은 연구자들에 의해 중요시될 만한 문제작은 아니다. 명료하지만 소박한 현실비판의식, 주제를 전달하기 위해 편의적으로 설정된 존재임이 선명하게 드러나는 단순한 인물들, 별다른 지적 장치도, 복합적인 구성도 찾아볼 수 없는 평면적 전개 - 이런 말들로 대충 설명될 수 있는 소품이 「크리스마스 전야의 풍경」이다.

하지만 이런 소품이라고 해서 「크리스마스 전야의 풍경」이라는 소설 자체를 우리들이 무시하거나 외면해 버린다면 그것은 잘못을 저지르는 것이 되지 않을까.

소설 속에서 퇴직한 군목(軍牧)으로 등장하는 주인공 백인수는 기독교 신자임을 자처하면서도 매정하기 그지없던 자기 누이와 그 가족이 한 빈민 아동에게 적선을 하지 않을 수 없도록 만들면서 다음과 같은 웅변을 들려준다. "지극히 적은 소자 하나를 돌아보지 아니하는 것은 나를 돌아보지 아니하는 것이요, 지극히 적은 소자 하나를 대접하는 것은 나를 대접한 것이라 하신 말씀을 기억하라."[30] 주지하다시피 백

인수의 이러한 외침은 「마태복음」 25장 31절 이하의 메시지를 소설 속으로 끌어온 것이다. 독자로서 우리는 소설 속에 기록되어 있는 백 인수의 웅변을 접하면서 「마태복음」 25장의 메시지를 자연스럽게 떠 올리고 한 번 더 음미해 볼 수 있다. 그것만 해도 의미 있는 일이 아니 겠는가.

그런데 이 작품을 논의하면서, 작품 자체에 대한 문학적 평가와 별 도로, 우리가 외면하고 지나가서는 안 될 문제가 한 가지 있다. 크리 스마스와 관련된 해방 후 한국 역사의 전개 과정에서 상당한 문제점 을 발견할 수 있다는 사실이 바로 그것이다.

예수의 생일로 알려져 있는 12월 25일, 즉 크리스마스가 이 땅에서 공휴일로 지정된 것은 해방 후 미군정이 실시되면서부터였다. 그런데 1948년에 대한민국 정부가 출범한 이후에도 크리스마스를 공휴일로 지정해서 쉬게 하는 규정은 바뀌지 않았다.

크리스마스는 단순히 공휴일이기만 했던 것이 아니다. 1953년부터, 12월 24일과 25일 사이의 밤에는 일 년 중 유일한 예외로 야간 통행금 지가 해제되었다. 자정부터 새벽 4시까지 어느 누구도 밤거리에 나다 니지 못하게 한 삼엄한 통제 조치가, 해마다 유일하게 그날 밤에만 해 제되었던 것이다. 당연히 해마다 그날 밤은 온 나라가 철야 축제의 열 기로 달아오르곤 했다. 도시의 거리거리에는 밤을 새워 가면서 술을 마시고 돌아다니는 군중의 물결이 흘러넘쳤다. 크리스마스가 아니라 크레이지(crazy)마스라는 말이 나올 정도였다.

기독교가 국교(國敎)로 지정된 나라도 아니고, 기독교 신자가 국민

---

30 전영택, 『화수분』(문학과지성사, 2008), p.304.

의 절대 다수를 차지하는 나라도 아닌 곳에서, 유독 기독교 교조(教祖)의 생일만을 공휴일로 지정하여 기념해 왔다는 것은 극히 부당한 특혜에 해당하는 것이 아닐 수 없다. 다른 어떤 공휴일에도 없는 야간 통행금지 해제 조치까지 추가해 가면서 그날을 특별히 화려한 축제일로 만들었다는 것은 더욱 부당한 특혜에 해당하는 것이 아닐 수 없다.

미군정이 크리스마스를 공휴일로 삼았던 것은 별도로 논한다 치더라도, 최소한 국교를 인정하지 않는 나라로 대한민국이 출범한 다음에는, 모든 종교 교조의 생일 중 유독 크리스마스만 공휴일로 삼는 제도는 폐지되었어야 했다.

모든 종교의 교조 중 기독교 교조의 생일만을 공휴일로 지정하여 기념한다는 기이한 사태는 1975년에 불교의 교조인 붓다의 생일로 알려진 음력 4월 8일을 공휴일로 추가 지정하는 조치가 취해짐으로써 어느 정도 해소되었다. 그러나 음력 4월 8일 밤이라고 해서 야간 통행금지가 해제된 것은 아니었기에, '크리스마스 = 특별한 축제일'이라는 상황은 그 후로도 몇 년 더 지속되었다. 그런 상황은 1982년에 들어서 야간 통행금지 제도 자체가 폐지됨으로써 비로소 종료되었던 것이다.

크리스마스와 관련된 해방 후 한국 역사의 전개 과정에서 핵심을 이루는 사항은 대략 이상과 같은 것이었다. 이것이 비정상적인 것이 아니라고 어느 누가 말할 수 있겠는가?

물론 전영택의 소설에서는 위와 같은 문제점이 전혀 인식되지 못하고 있다. 목사이기도 했던 작가의 의식 속으로는 크리스마스를 공휴일, 그것도 일 년 중 그 전날 밤 한 번만 통행금지 조치를 해제할 만큼 특별대우를 받는 공휴일로 삼는 것이 비정상적인 사태라는 생각이 비집고 들어갈 자리 자체가 (아마도) 없었을 것이다. 이 점은 우리가 그의 소설에서 인용되고 있는 "지극히 적은 소자 하나를 돌아보지 아니하는 것은 나를 돌아보지 아니하는 것이요, 지극히 적은 소자 하나를 대접하는 것은 나를 대접한 것이라 하신 말씀"을 소중하게 간직하는 자리에서도 마음 한편으로는 놓치지 말고 기억해 두어야 할 문제점이 아닐 수 없다.

작가로서의 출발,
목회자로서의 출발

— 백도기의 「어떤 행렬」

「어떤 행렬」은 목사이자 작가인 백도기의 데뷔작이다. 이 작품이 1969년 『서울신문』 신춘문예에 당선된 것을 계기로 하여 백도기는 작가의 길에 들어서게 되었던 것이다.

「어떤 행렬」은, 나중에 장편 『가룟 유다에 대한 증언』을 비롯한 다양한 문제작들을 창출하면서 꾸준히 펼쳐져 나가게 될 백도기 문학의 방향과 성격을 미리 압축해서 잘 보여주는 예시(豫示)에 해당하는 소설이다. 깊이 있는 신학적 고민, 삶의 의미에 대한 진지한 성찰, 세상의 부조리와 혼돈을 회피하지 않고 직시하는 용기 등 백도기 문학의 중요한 덕목들이 이 작품 속에 이미 나타나고 있다. 아직은 뚜렷한 윤곽을 갖지 못한 채, 하지만 그것들의 존재 자체만은 의심할 여지가 없을 정도로, 나타나고 있는 것이다.

소설가로서의 백도기의 출발을 알리는 텍스트에 해당하는 이 작품이 목회자로서의 화자의 출발을 기록하는 내용으로 되어 있다는 사실은 인상적이다. 그리고 이 작품 속에서 이야기되고 있는 화자의 목회자로서의 출발 자체도, 최소한 그 골격에 있어서는, 백도기 자신의 체험을 충실하게 반영하고 있다. 그는 한국신학대학을 졸업한 후 기독교 대한복음교회의 원로인 윤치병 목사가 시무하던 전라북도 익산의 금마복음교회로 가서 윤 목사를 돕는 것으로 그의 목회 경력을 시작했으며, 그 당시 윤 목사로부터 강렬한 감화를 받은 바 있다. 「어떤 행렬」에 나오는 늙은 목사와 젊은 신참 목회자의 모습은 윤치병 목사와 백도기 자신의 모습을 원형으로 삼고 거기에 얼마쯤의 허구를 입힌 것임이 확실하다.

그런가 하면, 다음에 인용되는 소설 속의 한 대목에서 언급되고 있는 화자의 부친에 관한 내용도, 백도기와 그의 부친에 관련된 실제의 사건을 충실하게 반영하고 있다.

> 나는 (…) 다이내믹하게 표면에 나타나지 않고 숨어서 역사(役事)하는 신과 바로 그 신의 섭리에 대한 평소의 불만이 되살아남을 느꼈다. 신은 고난을 오래 참고 견디며 순종하고 헌신하며 봉사하는 방법 외에는 아무런 다른 방도를 그의 백성들에게 허락하지 않는다. 신을 따르는 유일한 길은 십자가를 지고 골고다로 향하는 가시밭길을 걷는 것뿐이다. 나는 그러한 신의 의지에 불만을 품고 있다. 아아, 감춰져 있는 신……. 그러나 그에 대한 불만은 그가 나를 얽어매고 있는 기반(羈絆)을 끊어 버리고 뛰쳐나올 만큼 강한 것이 못 된다. 나는 때때로 반역을 시도해 보았지만 번번이 실패한다. 어쨌든 그와의 관계를 단절하는 일은 불가능하다. 아버지도 그를 위해서 일생 동안 봉사하다가 향리에서 코뮤니스트들에게 학살당했다. 아버지를 얽어맨 사슬이 나를 죄고 있는 것이다.[31]

---

31 백도기, 『벌거벗은 임금님』(홍성사, 1986), p.32.

백도기의 부친인 백남용 목사는 윤치병 목사와 더불어 기독교 대한 복음교회를 창립한 주역 가운데 한 사람이었다. 그런 그가 6.25 당시 전라도까지 밀고 내려온 인민군에게 무자비하게 살해당함으로써 순교자의 반열에 오르게 되었던 사실이 위의 인용문 속에 투영되고 있는 것이다.[32]

지금까지 언급된 여러 가지 사항들을 종합해서 볼 때, 「어떤 행렬」은 문자 그대로 '작가 백도기'의 출사표에 해당하는 작품이면서 '목사 백도기'의 출사표에 해당하는 작품이기도 하다는 양면적 평가를 받을 만한 텍스트로 우리에게 다가온다.

이 작품의 제목 속에 들어 있는 '행렬'이라는 단어의 의미는 무엇일까? 아마도 그 행렬은 화자의 부친, 화자가 찾아간 고장의 현직 목사, 그리고 화자 자신 등 세 사람이 - 그러니까 작품 바깥의 현실 세계에서는 백남용 목사, 윤치병 목사, 그리고 백도기 자신 등 세 사람이 - 서로 조금씩의 시차를 두고, 그러나 크게 보면 다 함께 하나의 그룹을 형성하면서, 길을 가는 동안 저절로 만들어진 행렬일 것이다. 그 그룹의 이름은 표면상으로만 보면 '목사 그룹'이 되겠지만 내면적인 의미에서는 '구도자의 그룹' 혹은 '십자가를 지고 걷는 사람들의 그룹'이라고 붙여져서 부족함이 없을 듯하다.

---

32 백도기의 부친이 6.25 때 학살당한 전후 사정은 그의 다른 작품 「조용한 개선」 (1975) 속에서 구체적으로 다루어지고 있다.

'선우휘다움'과
기독교가 만난 자리

─ 선우휘의 「쓸쓸한 사람」

　선우휘가 1977년에 발표한 중편소설 「쓸쓸한 사람」은 이상섭이 적
절하게 지적한 바와 같이 "선우휘 작품의 특질들을 모두 '모범적으로'
구비하고 있는"[33] 작품이다. 이상섭에 의하면, 선우휘의 작품들에서
자주 발견되는 특질은 다음과 같은 말로 설명될 수 있다.

　　선우휘가 그의 작품들에서 그려내고자 애쓰는 인물들은 고독한 의지
　적 인물들이다. 그런 인물들은 보통 사람들과 잘 섞여서 모지지 않게
　살아가를 못한다. 그러나 고독, 오해, 소외, 외면을 감수하면서도 혼
　자만의 의지를 고수하는 인물에 선우휘는 유별난 집착을 보인다.
　　(…) 선우휘의 작품들은 고독, 고고한 인격의 비밀을 추적해 내려는
　집요한 신문기자 근성의 인물의 추리와 행동의 과정을 담고 있다. 추리
　의 비중이 다소 크기 때문에, 선우휘의 작품들은 사색적, 나아가서는
　얼마쯤 관념적이라는 인상을 준다.
　　(…) 선우휘의 소설에서 행동은 그 분량이 크지만 성격 구현을 위한

33　이상섭, 「선우휘, 고독한 의지의 마스크」; 선우휘, 『쓸쓸한 사람』(2판, 문학사상사,
　　2004), p.6.

것처럼 자질구레하지 않다. '인격 구현'을 위한 것이니만큼, 그의 행동들은 사실적·경험적이기보다는 사색적이고 관념적인 데가 있다.[34]

「쓸쓸한 사람」이 이러한 선우휘 작품의 특질들을 모두 모범적으로 구비하고 있다는 말을 다르게 표현하자면, 이 작품을 선우휘 문학의 한 전형이라고 간주해도 좋다는 이야기가 된다. 그런데 흥미로운 것은, 이 작품에서 그러한 '선우휘다움'이 기독교의 세계와 만나서 특이한 빛을 내뿜고 있다는 사실이다.

내가 이 작품을 두고 '기독교의 세계'를 말하는 것은, 이 작품이 일제 말기 한국 기독교인들에게 신사 참배가 강요되었고 거기에 대한 교인들의 대응이 순응과 저항 두 갈래로 나뉘어졌다고 하는 구체적인 기독교회사(基督敎會史) 속의 사건을 다루고 있기 때문이 아니다. 구체적인 역사의 반영이라는 측면에서 본다면 「쓸쓸한 사람」은 사실 거의 건질 것이 없는 작품이다. 신사 참배 강요라는 문제와 관련하여 이 소설 속에 그려지고 있는 상황은 일제 말기 역사의 실제적인 전개 양상과 상당히 동떨어진 것이기 때문이다.

이 자리에서 내가 기독교를 말하는 것은 그런 것과는 다른 내면적·철학적 차원에서이다. 이를테면 그레이엄 그린의 『권력과 영광』에서 문제되는 것이 멕시코 역사의 구체적인 맥락이 아니라 기독교적 신앙의 본질이라고 말해지는 것과 비슷한 차원에서이다. 이 차원에서 중요한 의미를 지니는 것은 진리의 문제이며, 내적 자유의 문제이며, 구원의 가능성이라는 문제이다.

---

34 위의 책, pp.5~6.

『권력과 영광』의 작가는, 자주 술에 취해 있다고 해서 '위스키 신부'라는 별명을 얻은 외관상 타락한 신부와, 마음껏 호사를 누리고 살면서 외관상의 경건함을 모자람 없이 갖춘 주교 가운데 누가 진정한 구원을 받을 자격을 지닌 사람이냐는 문제와 정면으로 맞닥뜨리지 않을 수 없도록 우리를 이끌고 간다. 「쓸쓸한 사람」에서 선우휘가 우리를 이끌고 가는 곳도 기본적으로 이와 동일한 장소이다. "누가 기독교적 의미에서 진정한 구원을 받을 자격을 지닌 사람이냐? 배교자(背敎者)라는 낙인을 받고 파문당한 이 소설의 주인공 한빈이냐, 한빈을 비난하면서 당당하게 설교단을 지키는 목사들이냐?" 이런 질문을 받고 고민하지 않을 수 없는 장소로 우리를 이끌고 간다는 사실 한 가지만으로도 「쓸쓸한 사람」은 각별한 의의를 인정받을 수 있는 문제작임에 틀림이 없다.

이 작품과 관련하여 한 가지 더 언급하고 싶은 것이 있다. 그것은 이 작품의 주인공 한빈이 『순교자』(1964)의 주인공 신 목사를 연상시키며, 한빈에게 각별한 관심을 가지고 끈질기게 진실을 추적하는 이 작품 속의 기자는 『순교자』의 또 다른 작중인물인 이 대위를 연상시킨다는 사실이다. 주지하다시피 『순교자』는 김은국이 미국에서 영어로 발표하여 폭넓은 반향을 일으켰던 장편소설인데, 이 소설을 「쓸쓸한 사람」과 나란히 놓고 차분하게 검토해 보면, 양자 사이에는, 한편으로 자못 의미심장한 공통점이, 그리고 다른 한편으로 역시 의미심장한 차이점이 발견된다. 그것은 주로 『순교자』의 신 목사와 「쓸쓸한 사람」의 한빈이 고독과 오해의 수렁 속에 던져진 다음 보여주는 각각의 행동 양식이 한편으로는 인상적인 공통점을, 다른 한편으로는 역시 인상적인 차이점을 보여준다는 사실로부터 연유하는 것이다. 그

공통점과 차이점의 구체적인 명세에 대해 논의하는 일은 차후의 과제
로 미루어 두고자 한다.

세 사람의 신학생이
한 자리에 모일 때

— 이승우의 「고산 지대」

　　이승우가 1988년에 발표한 단편 「고산 지대」는 실제로 어느 도시에서 가장 높은 지대에 자리 잡은 신학대학의 캠퍼스를 무대로 삼고 있는 소설이다. 이 신학대학의 4학년 학생 가운데 한 사람이 화자로 등장하여 이야기를 진행해 나간다.

　　그의 동료 학생 중에는 '몽크 김'이라는 별명으로 불리는 인물이 있다. 그는 세상과 완전히 담을 쌓고, 철저한 탈속적(脫俗的)·금욕적 신앙생활에 매진하는 사람이다. 기도와 금식이 그의 주된 생활양식이다. 그런가 하면 현실 세계의 부조리에 분노하여 반정부 시위를 주동하다가 제적당한 찬익이라는 인물도 있다. 그는 몽크 김의 신앙 행태에 대해서 날카로운 비난을 서슴지 않는다. 심지어는 몽크 김이 주도하는 그룹이 철야 기도를 하고 있는 장소에 난입하여 각목을 휘둘러댄 일도 있다. 화자는 이들을 보면서, 그 둘이 가지고 있는 신앙의 구체적인 내용은 정반대이지만 그들의 열정 자체는 동질적이라는 생각을 한다. 이런 판단을 내리는 화자 자신은 두 가지 신앙 형태 중 어느 편에도 가담하지 않고 비켜나 있으면서 오로지 아카데믹한 신학 공부에 몰두하며 유학을 준비하고 있는 처지이다.

이들 세 사람의 신학생은 모두 심각한 문제점을 지니고 있다. 세상의 모든 일에 대해 오불관언(吾不關焉)임을 선언하는 몽크 김의 경직된 보수적 신앙이 문제투성이라는 것은 그에 대해 찬익이 어떤 논리로 비난을 가하고 있는지 듣지 않아도 금방 결론이 내려지는 사항이다. 허술한 민중신학의 고정 레퍼토리를 요란하게 떠들어대며 자신과 입장을 같이 하지 않는 모든 사람들을 매도하는 찬익이라는 인물도 긍정될 수 있는 존재는 아니다. 몽크 김이나 찬익이나 허점투성이의 신념에 매몰된 채 좌우를 살피지 않고 일방통행로를 질주하는 존재라는 점에서는 동일하다. 그렇다고 해서 옛날 라오디게아 교회의 교인들처럼 뜨겁지도 차지도 않은 상태에 머무른 채 실속 있게 유학 준비에만 몰두하고 있는 화자를 우리가 긍정하기도 어렵다.

그런데 이 소설은, 이처럼 각자 다른 방식으로 문제투성이의 수준을 면치 못하고 있는 세 사람의 신학생이, 어느 해 4월의 청명한 햇볕 아래서, 고산 지대에 자리한 캠퍼스의 광장에서, 중인(衆人)이 환시(環視)하는 가운데, 평소의 대립을 버리고 하나가 되어, 그 신학대학의 역사에 기록될 만한 감동적인 장면을 연출한다는 이야기를 들려주고 있다. 그 이야기의 개요를 간단히 정리해 보면 다음과 같다.

몽크 김은 해마다 4월 초의 수난절이 되면 독특한 개인적 의식(儀式)을 거행한다. 예수가 처형장으로 끌려갈 때 졌던 것과 동일한 십자가를 만들어서 짊어지고, 골고다 언덕을 향해 갔던 예수의 고통스러운 행진을 재현하는 것이다. 4학년이 된 해에도 그는 이 의식을 반복한다. 그런데 그가 한창 골고다 행(行)의 수난을 재현하고 있는 참에, 이미 제적된 찬익이 다시 학교로 돌아와 반정부 시위를 주도한다. 당연히 전경(戰警)들과의 격렬한 공방전이 벌어진다. 그러다가 최루탄을 맞고 찬익이 쓰러진다. 도서관에서 이 모든 광경을 지켜보고 있던 화자는 그때의 상황을 다음과 같이 서술한다.

> 그는 홀로 쓰러져 있었다. 전경들이 거리를 좁혀오고 있었으므로 아무도 그쪽으로 가지 못했다. 불과 몇 발짝 떨어진 거리에 십자가를 멘 고행의 사나이가 비틀거리며 몸을 가누려고 애를 쓰고 있을 뿐, 아무도 없었다. 다른 시위대는 멀찌감치 떨어져 있었다. 때맞춰 연달아 쏘아대는 '지랄탄'을 피하느라 혼비백산이 되어 있던 터라 그의 위급한 상황을 눈치챈 사람도 거의 없는 상태였다. 쓰러져 괴로워하는 그를 향해 다가오는 것은 오히려 저벅거리는 군화 소리였다.[35]

이때, 예상을 뒤엎는 장면이 펼쳐진다. 어떤 소란에도 아랑곳하지 않고 묵묵히 고독한 행진을 계속하고 있던 몽크 김이 자신의 진로를 벗어나, 쓰러져 있는 찬익에게로 다가가는 것이다. 그리고는 자신이 지고 있던 십자가를 내려놓고, 대신 찬익을 업는다. 피를 흘리는 찬익을 업고, 아래쪽을 향하여 걷기 시작한다. 이런 광경을 보며 학생들은 일제히 수난 찬송가를 부른다. 화자 역시 눈물을 흘리며 그 제창(齊唱)에 동참한다. 그러느라, 들고 있던 책들이 아래층으로 떨어져 내리는 것조차 감지하지 못한다.

어떤가? 이만하면 감동적인 장면이라 할 수 있지 않겠는가?

물론 이런 장면이 불러일으키는 감동은 어차피 오래 갈 수 있는 성질의 것이 아니다. 그 감동의 본질이 따지고 보면 상당히 단순한 '환

---

35 이승우, 『일식에 대하여』(재판, 문학과지성사, 2012), p.101.

각 효과'에 있는 것임을 부정할 수 없기에 그러하다. 또한 이 장면은 다분히 도식적인 구조에 입각하여 창출된 것이라는 약점까지도 지니고 있다. 하지만 이런 약점들 때문에 감동이라는 것의 발생 가능성 자체까지를 부정한다면 그것은 너무 야박한 처사가 아닐까.

광야가 없으면
기독교도 없다

─ 이승우의 「그의 광야」

　　이승우의 단편 「그의 광야」는 스스로 제2의 세례 요한이 되고자 했던 한 남자와 그의 아들에 관한 이야기이다. 소설 속에서 이 이야기를 서술해 나가는 화자는 이 부자(父子) 가운데 아들인 우창의 친구인 한 자유기고가이다. 그가 전해주는 바에 따르면, 우창의 아버지는 세례 요한이 활동했던 바로 그 이스라엘의 광야를 찾아갔다가 거기서 죽었고, 아버지를 그 광야에 유기하고 혼자 돌아왔던 우창도 결국 아버지의 뒤를 이어 죽음의 길을 찾아가게 된다. 이런 이야기를 전해주는 화자 자신은, 이스라엘을 여행한 후 기행문을 써서 책을 내도록 하자는 출판사의 제의를 받고, 우창 부자가 다녀간 바로 그 광야를 찾아간다. 광야를 횡단하면서 그는 다음과 같은 사유를 펼쳐 보인다.

　　인위적인 모든 것은 인간의 욕망의 산물이다. 인간의 아무리 위대한 업적도 성스러운 떨림을 이끌어내지는 못한다. 경탄이라면 몰라도 성스러움은 아니다. 신이 거주하는 곳은, 인간의 가공물이 아니라, 그의 창조의 세계일 것이다. 유대 광야는 아무 말도 하지 않고 아무 사연도 붙이고 있지 않았지만, 그렇기 때문에 사람을 압도했다. 그곳의 성스러움은 통속화되지 않은 성스러움이었다. 나무도 풀도 없고 흙먼지 날리는 수천수만의 구릉들이 미로처럼 뒤엉켜 있는 유대 광야 한복판에 서서 나는 느꼈다. 가장 이상적인 종교의 모형을 보여 주는 예루살렘의 빛은 실은 유대 광야의 이 통속화되지 않은, 통속화될 수 없는 신성한 기운으로부터 나온 것이다. 유대 광야가 없다면 예루살렘도 없고, 유대 종교도, 야훼도 없었을 것이다. 광야는 그렇게 특별한 기운으로 충만해 있었다. 유대 광야는 예루살렘을 낳았다.[36]

일찍이 세례 요한은 스스로를 가리켜 광야에 외치는 자의 소리라고 했었다. 그렇다면 스스로 제2의 세례 요한이 되고자 했던 우창 아버지의 욕망은 광야로 나아가 광야에 외치는 자의 소리가 되고 궁극에는 광야 그 자체가 되고자 하는 욕망이었는지도 모른다. 하지만 그는 이런 욕망의 시험과 마주했을 때 그 시험을 통과하지 못했다. 그의 아들인 우창 역시 시험에 실패했다. 그 두 사람의 죽음에 대한 이야기는 시험에 실패한 과정의 기록에 해당한다.

그런데 앞서 인용된 대목에 제시되어 있는 화자의 사유를 따라가다 보면, 그것은 어쩌면 기독교의 핵심을 압축해서 설명해 주고 있는 것인지 모른다는 생각이 든다. 다음 두 가지 사실만 분명히 인식하면 기독교의 핵심을 파악한 것이 되는 셈 아닌가 하는 생각이 든다는 얘기다.

(1) 기독교는 광야의 종교이다.

(2) '통속화되지 않은 성스러움'을 온몸으로 구현하고 있는 광야가 없으면, '나무도 풀도 없고 흙먼지 날리는 수천수만의 구릉들이 미로

---

36 이승우, 『심인 광고』(문이당, 2005), pp.159~160.

처럼 뒤엉켜 있는 유대 광야'가 없으면, 기독교도 없다.

그렇다면, 기독교가 한국에 들어와서 아무리 많은 신자를 획득하고 아무리 많은 목사를 배출하고 아무리 많은 교회 건물을 지어도 여전히 뭔가 어색한 느낌, 잘 맞지 않는 옷과 같은 느낌, 남의 노래를 부르고 있는 형국이라는 느낌을 불식하지 못하는 것은, 근본적으로 한국 땅에 유대 광야와 같은 종류의 광야가 없다는 사실, 아니 한국의 자연은 그런 광야의 세계와 정반대의 극점에 놓이는 존재라 해도 과언이 아닐 정도라는 사실과 관련이 있는 것이 아닌가 하는 생각이 들기도 한다. 이 문제는 앞으로 좀 더 시간을 두고 신중하게 천착해 볼 만한 가치가 있다.

제4부

외국 소설에 나타난 기독교적 인간상

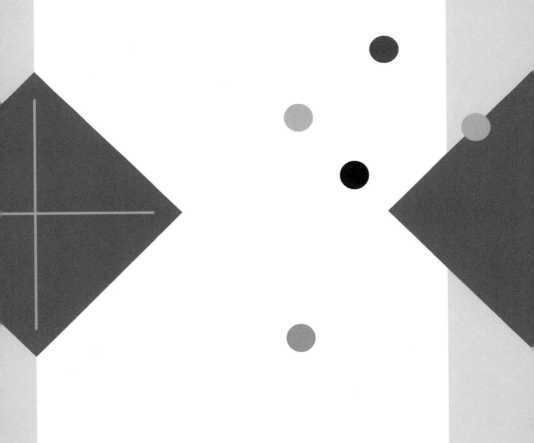

오래 기억해야 할
여성 설교자의 초상

―『아담 비드』의 다이나 모리스

복음서가 후대의 사람들에게 전해 주고 있는 바에 따르면, 예수는 그의 공생애(公生涯) 전체를 통해 단 한 번도 성차별의 혐의를 느끼게 할 만한 언행을 보여준 적이 없다. 남녀평등의 문제에 있어 예수는 훌륭한 모범이었다. 물론 그가 자신의 공식적인 제자를 남성만으로 한정한 것은 사실이지만, 그것 역시 성차별적 인식에 기인한 조치라고 보기는 어렵다. 지독한 남녀차별주의가 완강하게 자리 잡고 있던 당시의 상황을 고려해 볼 때 예수의 그러한 조치는, 공식적인 것은 남성에게, 비공식적인 것은 여성에게 분담시키는 방식으로 당대 관습의 압력에 대응해 나간 전략적 사고의 소산이었다고 보는 편이 타당할 것이다.

예수의 그처럼 진보적인 남녀평등주의는 때로 그의 남성 제자들을 당황하게 만들 정도였다. 「마태복음」 19장 10절을 보면 "제자들이 가로되 만일 사람이 아내에게 이같이 할진대 장가들지 않는 것이 좋삽나이다"라는 구절이 기록되어 있는데 이것은 남녀 문제에 관한 예수의 진보적 입장을 접하고서 놀라고 실망한 제자들이 "에이, 그럴 바엔

차라리 장가들지 않고 혼자 사는 것이 낫겠네요"라고 투덜거리는 모습을 보여준다. 다른 사람도 아닌 예수 자신의 제자들이 그런 불평을 늘어놓을 정도였다는 사실은 역으로 예수의 남녀평등사상이 얼마나 투철한 것이었는지를 인상적으로 확인시켜 준다.

그런데 이러한 예수의 남녀평등에 대한 가르침은 예수가 떠난 이후 금방 훼손되고 말았다. 맨 먼저 바울이 이러한 훼손 작업에 앞장섰다. 물론 바울은 "너희는 유대인이나 헬라인이나 종이나 자주자(自主者)나 남자나 여자 없이 다 그리스도 예수 안에서 하나이니라"라고 한 「갈라디아서」 3장 28절의 선언에서 보듯 가끔 가다가 멋있는 말을 남기기도 했지만, 그의 서신을 자세히 읽어보면, 예수와 다르게, 곳곳에서 성차별적 인식을 내보이고 있음이 확인된다. 그리고 바울 이후 기독교 정신의 전개 방향을 결정짓는 데 다대한 영향을 미친 이른바 거물들 가운데 대부분이 또한 노골적인 성차별주의자들이었다.[1]

이런 사람들과 비교해 보면, 퀘이커교를 창시한 조지 폭스라든가 감리교단을 만든 존 웨슬리와 같은 인물이 얼마나 탁월하고 열린 정신의 소유자들이었던가를 새삼 감동적으로 실감하게 된다. 그들에게 이르러서 비로소, 일체의 성차별을 배격하였던 예수의 정신이 되살아났다.

존 웨슬리가 여성에게 설교자의 지위를 인정하였던 것은 이러한 맥락에서 볼 때 의미 깊은 사건이 아닐 수 없다. 비록 그가 세상을 떠나고 12년이 흐른 후 감리교단 최고회의에서 여성의 설교를 금지하는

---

1 아우구스티누스, 토마스 아퀴나스, 마르틴 루터, 칼 바르트 등은 물론이고, 심지어 디트리히 본회퍼까지도 이 점에서는 예외가 되지 못했다. 메리 데일리, 『하나님 아버지를 넘어서』(황혜숙 역, 이화여자대학교 출판부, 1996), pp.50~52.

조치를 취하는 바람에 역사가 다시 후퇴하게 되기는 했지만 말이다.[2] 그리고 웨슬리에 의한 이와 같은 역사의 전진이 실제로 이룩된 바 있었기에, 조지 엘리엇이 그의 첫 장편소설 『아담 비드』(1859)에서 다이나 모리스라는 인상적인 여성 설교자를 창조하는 것이 가능하였다는 사실도 우리는 잊을 수 없다.

『아담 비드』를 거론하는 연구자들이 거의 일치해서 지적하듯, 그리고 이 작품을 읽어본 독자들이라면 대부분이 수긍하듯, 다이나 모리스는 세계 기독교 문학사 속에서 뚜렷하게 기억되고 조명될 필요가 있는 여성 인물이다. 윌라 캐더의 『대주교에게 죽음이 오다』(1927)에 나오는 라투르 신부에서부터 A. J. 크로닌의 『천국의 열쇠』(1941)에 나오는 치점 신부를 거쳐 카잔차키스의 『성 프란치스코』(1957)에 나오는 프란치스코에 이르기까지 실로 다채로운 모습으로 넓게 포진해 있는 '기억할 만한 남성 기독교 지도자들'의 군상(群像)과 나란히, 혹은 그보다 앞자리에, 사랑과 자비의 정신으로 가득 찬, "아무 거리낌 없이 너무나 당당한 모습"[3]을 한, 그리고 대중 앞에서 설교를 할 자격을 빼앗긴 후에도 구체적인 삶의 공간 곳곳에서 사랑과 자비의 실천을 중단하지 않고 살아간 이 여성이 서 있다는 사실을 우리는 잊지 말아야 하는 것이다.

---

2 이때 여성 설교 금지 조치에 승복하지 않은 사람들은 웨슬리안 감리교회가 아닌 다른 종파를 찾아 들어가서 설교를 계속했다. 이와 관련된 사태의 전개와 그 문제점은 『아담 비드』의 본문 속에서 아담 비드와 그 동생 세스 사이의 대화를 통해 언급되고 있다. 조지 엘리엇, 『아담 비드』 2(유종인 역, 현대문화, 2007), pp.444~445.

3 『아담 비드』 1, p.55.

자비의 빛으로
장 발장을 변화시킨 성직자

—『레 미제라블』의 미리엘 주교

    가난한 청년 장 발장은 과부가 된 누나와 함께 살았다. 누나에게는 일곱 명의 어린 자식이 딸려 있었다. 그는 닥치는 대로 일을 했으나 늘 굶주렸다. 자기가 굶주리는 것도 문제이지만 어린 일곱 조카들이 늘 굶주리는 것은 차마 못 볼 노릇이었다. 어느 날 그는 빵가게 앞을 지나다가 충동적으로 빵 한 개를 훔치려 했으나 실패했다. 경찰서로 넘겨진 그에게는 5년 징역형이 선고되었다. 징역을 살다가 탈옥을 시도했지만 다시 붙잡혔다. 형기만 늘어났다. 그렇게 하기를 네 차례. 결국 그는 19년 만에야 풀려날 수 있었다. 그는 걷고 걷다가 디뉴라는 곳에 이르러 밤을 맞이했다. 전과자라는 증명서를 의무적으로 지니고 다녀야 하는 그에게는 어떤 여관도, 어떤 민가도 문을 열어주지 않았다. 망연자실하고 있는 그에게 어떤 노부인이 주교의 관사로 가 보라고 일러 주었다. 당시 디뉴의 가톨릭 교회 주교는 미리엘 신부였다. 미리엘 주교는 장 발장을 진심으로 환영하고, 따뜻한 식사와 편안한 잠자리를 제공했다. 그러나 오랜 고난의 세월을 겪어 오면서 심사가 뒤틀릴 대로 뒤틀려 있던 장 발장은 한밤중에 주교의 은식기들을 훔

쳐서 도망친다. 그렇지만 곧 헌병들에게 걸려서 붙잡히고 만다. 헌병들은 장 발장을 끌고 가서 주교와 대면시킨다. 그런데 장 발장을 보자마자 주교가 내보이는 반응이 장 발장에게는 천만 뜻밖이었다.

> "아! 당신이구려!" 그는 장 발장을 바라보며 외쳤다. "당신을 보니 기쁩니다. 그런데 어찌 된 일이오? 나는 당신에게 촛대도 드렸는데. 그것도 다른 것과 마찬가지로 은이니, 200프랑은 능히 받을 수 있을 거요. 어째서 그것도 그 식기들과 함께 가져가지 않았소?"[4]

이런 식으로 순간적인 기지를 발휘하여 주교는 장 발장이 또다시 감옥으로 끌려가는 비극에 빠지지 않도록 배려해 주고 고가의 은촛대까지 덤으로 선사한다.

이처럼 놀라운 수준의 자비행(慈悲行)은, 알고 보면, 미리엘 주교에게는 늘 생활화되어 있는 것이었다. 그는 주교로 부임하자마자 그곳 자선병원의 사정이 열악한 것을 알고는 자선병원과 주교관을 바꾸어 쓰기로 결정한 사람이었다. 자신이 받는 1만 5천 프랑의 봉급에서 단 1천 프랑만 자신이 쓰고 나머지 전액을 각종 복지 사업에 기부하는 것을 원칙으로 삼고 살아오는 사람이었다. 그는 가난한 사람, 억울하게 핍박받는 사람, 세상의 그늘에 놓여 있는 사람의 아픔을 예민하게 느끼고, 그 아픔을 덜어 주기 위해 늘 가능한 최선의 노력을 기울여 온 사람이었다.

이런 사람과 만나 그 자비의 빛을 받아 본 경험이 장 발장을 변화시킨다. 세상에 대한 원망과 증오로 가득 차 있던 전과자가 의인(義人)으

---

4 빅토르 위고, 『레 미제라블』 1(정기수 역, 민음사, 2012), p.191.

로 바뀌는 것이다. 그리고 이렇게 해서 거듭난 장 발장을 주인공으로 하여 펼쳐지는 파란만장한 드라마가 『레 미제라블』(1862)이라는 위대한 소설의 뼈대를 이루게 된다.

흥미로운 것은, 세계문학의 역사를 두루 살펴보아도 비슷한 예를 찾기가 쉽지 않을 정도로 훌륭한 인품을 지닌 미리엘 주교라는 가톨릭 성직자를 창조한 작가인 빅토르 위고 자신은 가톨릭 신자가 아니었다는 사실이다. 데이비드 벨로스는 다음과 같이 말하고 있다.

> 『레 미제라블』이 일부 독자들에게 심어 줄지 모르는 인상과 달리 위고는 가톨릭 신자가 아니었다. 그 시대 대부분의 프랑스인들과 다르게 세례와 견진을 받지 않았으며, 영성체도 하지 않았다. 예배에 참석하거나 기도하기 위해 교회에 가는 일도 없었다. 그러나 기도는 했다.[5]

이런 위고가 미리엘 주교를 그처럼 훌륭한 인물로 설정하여 묘사한 데 대해서 무신론자였던 작가의 아들 샤를 위고는 매우 못마땅하게 여겼다. 샤를이 그런 입장에서 이의를 제기하자, 위고는 다음과 같이 대답했다: "나는 내 책의 순수하고 위대하고 참된 사제의 묘사가 오히려 오늘날 실존하는 사제들에 대해 상상할 수 있는 가장 신랄한 풍자라고 본다."[6] 감탄할 만큼 멋진 대답이라 하지 않을 수 없다.

---

5 데이비드 벨로스, 『세기의 소설, 레 미제라블』(정해영 역, 메멘토, 2017), p.149.
6 위의 책, p.151.

부정적 인물을 통해 개진되는
대담한 주장들

—『대주교에게 죽음이 오다』의 마티네즈 신부

　윌라 캐더가 1927년에 발표한 장편소설『대주교에게 죽음이 오다』에서 주인공으로 나오는 사람은 미국 뉴멕시코주의 가톨릭교회 전체를 책임지고 수십 년 동안 이끌어가는 프랑스 출신의 주교 라투르이다. 그를 중심으로 해서 이 소설에는 상당히 많은 인물이 등장한다. 그 많은 인물들 중 나에게 아주 인상적인 존재로 다가온 한 사람이 있다. 마티네즈가 그 사람이다.

　마티네즈는 어떤 인물인가? 그는 뉴멕시코주에 있는 여러 가톨릭 교구들 중 타오스라는 교구를 담당하고 있는 늙은 신부이다. 순시차 타오스를 찾아온 라투르 주교 앞에서 그는 정통 교리에 어긋나는 주장을 거침없이 개진한다. 그가 맨 먼저 내놓는 주장부터가 극도로 파격적이다. 신부는 성적인 면에서 금욕 생활을 해야 한다는 원칙을 그는 대놓고 거부하는 것이다.

　　"독신 생활이 프랑스 성직자들에게는 모두 아주 좋을지 모르지만, 우리 멕시코 성직자들에게는 그렇지 않습니다. (…) 금욕을 하는 사제들은 인지하는 감각을 잃게 되거든요. 자신이 죄를 져보지 않은 사제는 죄에 대한 참회와 용서를 제대로 경험할 수 없습니다. 색욕은 가장 보편적인 유혹의 형태이기 때문에 사제가 색욕에 대해 뭔가 아는 편이 더 좋지요. 영혼은 금식과 기도에 의해 겸허해질 수 없어요. 그것은 도덕적인 죄를 저지름으로써 죄에 대한 용서를 경험하고 은총의 상태로 올라설 수 있거든요."[7]

그런가 하면 그는 멕시코 토착민 출신 사제로서의 독립성을 강조한다. 로마 교황청을 정점으로 하는 가톨릭교회의 일사불란한 조직에 복종하기를 거절하는 것이다.

"우리 멕시코 원주민 사제들은 주교님 같은 예수교파 프랑스인 사제들보다 더 독실하다는 걸 아셔야 합니다. 우리는 죽은 유럽 성당의 지부가 아니라 여기서 살아 있는 성당이거든요. 우리의 종교는 이 땅에서 자라 나왔기에 이 땅에 그 뿌리를 갖고 있습니다. 우리는 성부님의 사람에게 자식으로서의 존경을 보이기는 하지만, 로마가 여기에 권위를 가질 수는 없습니다. 우리는 선교단의 지원은 필요치 않습니다. 우리는 로마 가톨릭교회의 간섭에 분개합니다."[8]

가톨릭교회 본부의 조직에 복종하기를 거절하는 태도는 교리나 의식면에서의 독자성을 주장하는 것으로 이어진다. 이 점은 앞에서 그가 신부의 성적 금욕 의무를 부정할 때 이미 시사되었던 것이기도 하다.

7 윌라 캐더, 『대주교에게 죽음이 오다』(윤명옥 역, 열린책들, 2010), p.166.
8 위의 책, p.167.

　　"주교님은 인디언이나 멕시코인에 대해 아무것도 모르시잖아요. 만
일 주교님이 유럽의 문명을 여기로 끌어들여 우리의 오래된 방식들을
바꾸려 하고, 인디언들의 비밀 춤 같은 것을 간섭하려 하거나, 예컨대
참회자의 피 흘리는 의식을 폐지하려 한다면, 주교님이 일찍 죽게 되리
라는 것을 예언할 수 있지요. 제가 충고하는데 주교님은 개혁을 단행하
시기 전에 우리 원주민 전통 의식을 먼저 공부하는 게 좋을 거예요. (…)
주교님의 로마 가톨릭교에 의해 금지된 그 어두운 일들은 인디언 종교
의 일부입니다. 주교님이 이곳에 프랑스 방식을 끌어들일 수는 없어
요."[9]

　　지금까지 소개한 바와 같은 주장을 펴고 자신의 삶 속에서 그것을
실천하는 마티네즈라는 인물이 그런데 이 소설 속에서는 상당히 부정
적인 인간으로 설정되어 있으며, 별다른 힘을 내보이지도 못한다. 그
는 결국 라투르 주교로부터 "성직자로서의 권한과 특권을 빼앗"[10]기는
징벌을 받는데, 이 소설의 세계를 지배하고 있는 내적 원칙과 규범에
입각해서 보면, 이러한 징벌은 정당한 것으로 간주된다. 게다가 그는
성직자로서의 권한을 박탈당한 지 얼마 안 되어 병사함으로써 소설의
무대로부터 아예 완전히 퇴장해 버리고 만다. 그가 개진했던 여러 가
지 주장들도 다 잊히게 된다.
　　작가인 캐더가 마티네즈를 이런 식으로 처리해 버린 것은 이 소설
이 창작된 시기가 지금으로부터 근 1백 년 전인 옛날이라는 사실을 감
안하면 충분히 이해가 간다. 하지만 21세기에 접어든 지도 20년이 다
되어 가는 시점에 이 작품을 읽는 독자의 입장은, 그 독자가 반드시

9　위의 책, p.168.
10　위의 책, p.183.

파격적이거나 전복적인 것을 즐기는 독자가 아니더라도, 작품 속에서
정당한 것으로 전제되고 있는 원칙이나 규범으로부터 상당한 거리를
가진 것이 될 가능성이 크다. 어떻게 보면, 작가가 마티네즈를 부정적
인 인간형으로 제시한 것이냐 아니냐 하는 문제보다 더욱 근본적이고
의미심장한 것은, 위에 인용된 여러 가지 파격적이고 전복적인 주장
들을 작가가 부정적인 인간형의 발언이라는 형태로나마 어쨌든 작품
속에 명료한 형태로 제시해 두었다는 사실 자체인지도 모른다.

진실한 인간의
나약함과 위대함

─『권력과 영광』의 위스키 신부

20세기의 영국이 낳은 가장 뛰어난 작가 가운데 하나로 널리 인정되고 있는 그레이엄 그린의 소설 가운데에는 영국과 유럽 이외의 지역을 배경으로 한 작품들이 많다. 1940년에 그가 발표한 장편『권력과 영광』은 그 중에서도 특히 유명한 예에 속한다.

이 작품의 무대는 멕시코의 타바스코주(州)이다. 작품 속에서 그 지역은 가톨릭이 혹독한 박해를 당하는 죽음과 공포의 땅으로 설정되어 있다. 이러한 공간을 무대로 해서 전개되는『권력과 영광』이라는 소설의 내용은 어떤 것인가? 간단히 요약해 보기로 한다.

타바스코주가 그와 같은 죽음과 공포의 땅으로 전락한 것은, 좌익 세력이 주의 정권을 장악한 후, 원래 이 지역에 널리 퍼져 있던 가톨릭 세력을 뿌리 뽑기로 작정했기 때문이다. 그 결과 이 지역에 있던 신부들은 대부분 망명하게 되며, 늙은 호세 신부 같은 사람은 권력자들에게 굴복하여 자기 하녀와 결혼하고 치욕 속에서 목숨을 부지해 간다. 그런데 이처럼 신앙의 명맥이 거의 완전하게 끊어진 땅에, 경찰의 눈을 피해 다니며 꾸준히 신자들을 만나고 그들에게 각종 의식(儀

式)을 베풀어 주는 단 한 사람의 신부가 있다. 그는 본명 대신 위스키 신부라는 별명으로 알려진 인물이다. 경찰은 당연히 그를 잡으려고 혈안이 된다. 추적을 피해 다니는 데 지친 위스키 신부는 마침내 주 경계선을 넘어 도피의 길에 오르는데, 현상금을 노리고 그를 따라 다니던 한 혼혈아가 그에게 와서, 제임스 칼버라는 미국인 갱이 죽음을 앞두고 신부를 만나고 싶어 한다는 이야기를 전한다. 신부는 이제 돌아가면 자신은 체포될 것이고, 이것이야말로 혼혈아가 노리는 바라는 사실을 알면서도, 두 말 없이 발걸음을 돌이킨다. 신부는 칼버를 만나 그의 임종을 지켜준 뒤, 잠복하고 있던 경찰에 체포되어 총살당한다. 그런데 그가 죽은 직후, 또 한 사람의 신부가 이 타바스코주로 잠입해 들어온다.

대략 이상과 같은 줄거리를 가지고 있는 『권력과 영광』은, 표면상 천주교 신앙의 문제를 다루고 있기는 하지만, 반드시 종교적인 소설로만 읽힐 필요는 없다. '인간의 내면적 자유'와 '억압적인 독재 권력' 사이의 대립이라는 유구하면서도 보편적인 문제가 이 작품의 테마이며, 그런 테마에 관심을 가지고 있는 독자라면 신앙 여부와 관계없이 이 작품을 감명 깊게 읽고 마음으로부터의 공감을 느낄 수 있는 것이다.

이 점을 염두에 두면서, 여기서는 이 작품의 의미를 이해하고자 할 때 특히 중요한 위치를 차지하는 한 부분을 집중적으로 짚어 보고자 한다. 그 중요한 부분이란, 주인공 위스키 신부의 인간상을 어떻게 이해할 것인가라는 물음과 관련된 부분이다.

그런데 이 문제를 효과적으로 풀어 나가기 위해서는 이 작품에 나오는 다른 몇몇 인물과 위스키 신부를 대조하여 그 차이를 밝혀 보는 방법이 좋을 것으로 생각된다. 이 방법을 취할 경우 특별히 선택할 만한 인물로는 호세 신부, 성(聖)후안(작중인물 가운데 하나인 루이스의 어머니가 아들에게 읽어 주는 성인전의 주인공), 그리고 신부를 체포하여 총살하는 경위 등 셋을 꼽을 수 있다. 차례로 살펴보기로 하자.

호세 신부는 앞서 언급된 바와 같이 권력자들에게 굴복하여 욕된 삶을 살아가고 있는 인물이다. 그는 경찰에 추적당하던 위스키 신부가 자기에게 찾아와 숨겨줄 것을 부탁하자 그를 쫓아내며, 죽음을 앞두고 마지막 고해성사를 받고 싶다는 위스키 신부의 소원을 경위가 전해 주었을 때, 그 일을 절대 비밀에 붙이고 처벌하지 않겠다는 보장을 경위가 해 주었음에도 불구하고 만일을 두려워하여 응하지 않는다. 이런 그의 모습은 나약하고 비겁한 인간의 전형으로 이해되는데, 바로 이처럼 비겁한 인간의 모습과 대조됨으로써, 만난(萬難)을 무릅쓰고 성직자의 길을 지켜 나가는 위스키 신부의 자태는 더욱 강인하고 자랑스러운 것으로 부각된다. 이렇게 본다면 호세 신부는 위스키 신부의 용기를 돋보이게 하기 위하여 마련된 하나의 장치로 간주될 수도 있다.

성 후안의 경우를 보자. 성인전에 그려진 그의 모습은 한마디로 말해 거룩하고 위대한 순교자의 이상형이다. 그는 신앙의 모범으로서 한 점의 흠도 없는 생애를 살았고, 순교에 임해서도 '완전한 동경과 행복의 표정'을 유지한다.

이런 인물에 비하면, 위스키 신부는 어떠한가? 위에서 나는 그를 호세 신부와 대조하면서, 호세 신부의 비겁한 모습과 비교할 때 그의 자태는 더욱 강인하고 자랑스러운 것으로 부각된다고 말하였다. 하지만 이런 위스키 신부도, 성 후안의 옆자리에 갖다 놓으면 일순간에 초라한 존재로 전락하고 만다. 성 후안의 완전무결한 삶과 죽음에 비하면 위스키 신부는 한 마디로 말해 형편없는 존재이다. 그는 그의 별명이 시사하는 바 그대로 술주정뱅이이며, 공포에 질리고 술에 취한 상태에서 그만 여자와 관계하여 딸을 낳은 일도 있는 사람이다. 그의 마음속은 언제나 체포와 처형에 대한 두려움으로 가득 차 있다. 죽음이 다가왔을 때 그는 겁에 질려서 체면도 잊고 경위에게 총을 맞으면 고통이 오래 지속되느냐고 묻기까지 한다.

어떤 독자는 위스키 신부의 이러한 모습에 실망을 느끼면서, 성 후안에게 동경과 흠모의 눈길을 던질지도 모른다. 그러나, 이러한 독자는 작가인 그린의 뜻을 오해하고 있는 것이다. 그린은 이 작품에서 성 후안을 신앙인의 모범으로 제시하고, 거기에 비추어 위스키 신부를 비판하고 있는 것이 아니다. 사실은 그 반대인 것이다.

그린이 보기에 성 후안에 대한 성인전의 기록 같은 것은 인간의 진실에 어긋나는 것이며, 신앙의 진실에도 어긋나는 것이다. 거기에는 산 인간의 피와 숨결이 없다. 그러면 성 후안의 이야기 속에 존재하지 않는 인간의 진실, 신앙의 진실, 살아 있는 피와 숨결을 우리는 어디에서 찾을 수 있는가? 위스키 신부에게서 찾을 수 있다는 것이 그린의 대답이다. 위스키 신부는 술을 마시고 간음을 하고 두려움에 떠는 초라한 인간이면서, 동시에, 만난을 무릅쓰고 성직자의 길을 지켜 나가는 강인하고 자랑스러운 인간이기도 하다. 이러한 점에서 그는 역설적인 인물이거니와, 바로 이처럼 역설적인 인물이기 때문에, 그는 인간의 진실과 신앙의 진실을 함께 지닌 산 존재로 우리에게 다가올 수 있는 것이다.

이제 마지막으로 경위를 살펴보기로 하자. 경위는 사회주의적인 이

상향을 건설하려는 꿈에 불타고 있는 인물로서, 종교 따위는 백해무
익한 아편에 불과하다고 확신한다. 그는 자기의 이상을 위해서라면
어느 누구라도 과감히 희생시킬 태세가 되어 있다. 신부를 체포한 후
그와 토론을 벌이는 자리에서 경위는 인민들이 괴로워하지 않도록 돌
봐 주어야 한다고 말하며, "그래도 그들이 고통 받기 원한다면?"이라
는 신부의 질문에 대해서는, "고통이란 나쁜 거요"라고 답한다. 그리
고 당신의 희망이 성취된 후에는 어떻게 되느냐라는 질문을 받고서
는, "그만이지. 죽음이란 사실이야. 우리는 사실을 바꿔 놓으려 하진
않지"라고 대답한다.[11]

이러한 그의 말에서 우리는 그의 가치와 한계를 동시에 알 수 있다.
그는 그 나름의 인간애에 불타고 있는 사람이다. 하지만 그에게는 분
명히 부정적인 문제점이 있다는 게 위의 대사에서 드러난다.

첫째로 그는 사회적인 혁명으로 해결되지 않는 내면적인 문제, 존
재론적인 문제, 영적인 문제가 있다는 사실을 아예 모르거나 아니면
일부러 회피하고 있다. 둘째로 그는 인민을 돌봐 주고 그들에게 무엇
인가를 베풀어 주는 존재, 즉 '권력'을 지닌 존재로서 자신의 힘과 우
월성을 확신하는 오만에 사로잡혀 있다. 이런 문제점들 때문에 그의
이념은 다분히 비인간적인 면모를 띠게 된다.

바로 이런 경위의 모습과 위스키 신부의 모습을 대조해 보자. 우선
경위는 그 나름의 인간애에 불타고 있는 사람이라고 위에서 말했는
데, 이 점에서 신부는 어떠한가? 이 물음에 대해서는, 신부의 인간애
도 경위의 그것에 못지않다고 답할 수 있다. "만일 이 주에 단 한 명이

---

11 그레이엄 그린, 『권력과 영광/사랑의 종말』(이정은 역, 학원사, 1982), p.207.

라도 지옥에 떨어지는 사람이 있다면 나도 역시 지옥에 떨어질 것"이라는 그의 말이나, 온갖 위험을 무릅쓰고 의식을 베풀며 다니는 그의 행동, 그 중에서도 특히 제임스 칼버의 영혼을 구하기 위해 스스로 함정 속으로 걸어 들어온 행동에서 그 점은 분명히 드러난다. 그러니까 인간애라는 측면에서 경위와 신부는 대등하며, 다만 그 방법론이 상이할 따름이라고 말할 수 있다.

그러면 위에서 경위의 문제점으로 지적된 두 가지에 관해서는 어떠한가? 이 점에 관해서는 단연 신부가 우월하다. 앞서 언급한 토론에서 확인되듯 신부는 경위와 달리 내면적·존재론적·영적 문제에 대해 깊은 인식을 지니고 있으며, 또한 그는 이 소설 속의 여러 장면에서 거듭거듭 자신이 지극히 겸손한 영혼의 소유자임을 입증해 주고 있기 때문이다.

이상으로 우리는 세 명의 다른 인물들과의 대조를 통해 위스키 신부의 인간상을 구명해 보는 작업을 마친 셈이다. 이러한 작업을 통해 우리는 신성과 세속의 문제, 인간성의 진실이라는 문제, 자유와 권력의 문제 등 다양한 측면에서 의미 있는 발견을 할 수 있었다고 생각된다. 그러나 우리의 작업이 이처럼 의미 있는 발견으로 나아갈 수 있었다고 해도, 다시 생각해 보면 그것은 결국 『권력과 영광』에 내포된 의미의 한 부분을 밝혀 본 데에 지나지 않는다. 이제까지의 논의에서 미처 언급되지 못한 다양한 의미들이 이 소설 속에는 또한 잠복해 있는 것이다. 우리는 『권력과 영광』을 반복해서 읽을 때마다 그 다양한 의미들을 조금씩 새롭게 찾아내는 즐거움을 누릴 수 있다.

게릴라가 된 신부의
신에 대한 생각

—『명예영사』의 리바스 신부

　그레이엄 그린은 1940년에 발표한 장편소설『권력과 영광』에서, 진지한 종교적 감수성을 가진 독자라면 절대로 잊어버릴 수 없을 만큼 인상적인 신부(神父)의 상을 창조한 바 있다. 본명은 나오지 않고 처음부터 끝까지 '위스키 신부'라는 별명으로만 지칭되는 인물이 그 사람이었다.

　그랬던 그린이,『권력과 영광』이후 33년이 지난 다음 발표한『명예영사(名譽領事)』라는 소설 속에서, 위스키 신부에 못지않게 인상적인 또 한 사람의 신부를 만들어내어 독자들에게 보여주고 있다. 리바스 신부가 그 사람이다.

　리바스 신부는 파라과이에서 아주 부유한 변호사의 아들로 태어났다. 가난한 민중의 권익을 옹호하는 정의의 사도인 양 행세하면서 실제로는 개인적인 이익만을 추구하는 위선자인 아버지에 대한 반감으로 그는 처음 선택했던 법학도의 길을 버리고 신학교에 들어가 신부가 된다. 하지만 가톨릭교회 역시 부패한 것을 알고 그는 교회를 뛰쳐나와 결혼을 하고, 더 나아가서는 게릴라 전선의 투사가 되기까지 한다. 하지만 그는 사실상 한 번도 교회를 떠난 적이 없다고 주장한다.
그는 자신의 친구인 의사 플라르에게 다음과 같은 말을 하는 것이다.

> "난 자네에게 내가 교회를 떠났다고 말한 적은 없네. 내가 어떻게 교
> 회를 떠나겠나? 교회는 이 세계야. 교회는 빈민지역이야. 바로 이 집이
> 야. 우리가 교회를 떠날 수 있는 것은 단 하나밖엔 없어. 그건 죽는 거
> 야. (…) 가끔 우리가 믿는 것이 사실이라면, 죽은 후에라도 신부는 교
> 회를 떠날 수 없는 거야."[12]

 이런 신념을 가진 게릴라 전사이자 신부로서 그는 예수에 대해서도
독특한 관점을 보여주지만, 무엇보다 인상적인 것은 신에 대한 그의
견해이다. 그는 정통파 기독교인들이 들으면 위험한 이단이라고 정죄
할 것이 틀림없는, 매우 특이한 신관(神觀)을 내세운다.
 그의 주장에 따르면, 신은 선과 악을 다 가지고 있다. 선과 악을 다
가진 존재로서의 신이 자신과 닮은 모습으로 인간을 창조했기에, 인
간 역시 선과 악을 다 가지고 있는 것이다. 그러니만큼 신은 이 세상
에 편만해 있는 악에 대해서 책임을 져야 한다. 신은 선하기만 한 존
재이고 악에 대한 책임은 인간이나 사탄이 져야 한다는 논리를 그는
거부한다. 그러면서 그는 진화론의 기본 발상을 이러한 자신의 신관
과 결합시킨다. 신은 어두운 면과 밝은 면을 함께 가지고 있으면서,
나름대로의 진화 과정을 밟아 나가고 있다는 것이다. 그것은 물론 순
탄한 과정이 아니다. 그는 플라르에게 다음과 같은 말도 한다.

---

12 그레이엄 그린, 『명예영사』(김성균 역, 한국학술정보), p.278.

"진화란 오랜 몸부림이며 고통이지. 신도 인간이 당하는 거와 꼭 같은 진화과정에서 고통을 당하고 있다고 나는 믿네. 아마 더 큰 괴로움을 느끼면서 말이야."[13]

그렇다면 신의 이러한 진화 과정에 대하여 인간은 어떤 방식으로 관계하는가? 이 문제에 대한 리바스의 설명은 다음과 같다.

"인간이 악행을 저지르는 대로 신의 암흑면이 커지고, 반대로 인간의 선행 하나하나는 신의 밝은 면을 확대시키는 것이지. 우리는 신에게 속해 있고, 신 또한 인간에게 속해 있어. (…) 내가 믿는 신은 우리가 고통받는 것만큼 고통을 받고, 그러는 동안 신은 내적 갈등을 일으키는 거야. 자신의 악한 면과 말이야."[14]

리바스는 위와 같은 신념을 가지고 있기에 신부이면서도 게릴라 활동에 뛰어들고, 감옥에 갇혀 있는 동지들을 구출하려는 목적에서 미국 대사를 납치하는 일에 나서기도 한다. 미국 대사를 납치하여 인질로 삼고 그의 석방과 동지들의 석방을 맞바꾸려는 것이 그의 계획이다. 하지만 착오로 말미암아 미국 대사 대신 아무런 정치적 무게도 없는 영국 명예영사를 납치하는 바람에 그의 계획은 실패로 돌아가고, 나중에는 그 자신이 죽음을 맞이하게 된다. 이런 납치 기도 사건의 전말이 『명예영사』의 소설적 골격을 이루고 있다. 그런데 이 사건의 전말도 중요하지만, 위에서 언급된 리바스의 독특한 종교적 관점 역시

13 위의 책, pp.317~318.
14 위의 책, p.318.

대단히 중요한 의미를 지닌다.

위에서 언급된 리바스의 견해는, "신이 존재한다면, 이 세상에 흘러 넘치고 있는 범죄와 폭력은 도대체 어떻게 된 것인가?"라는 질문에 대한 한 가지 답변의 유형을 제시한 것으로서 진지하게 검토될 만한 가치를 가지고 있다. 우리는 일찍이 도스토예프스키가 쓴 『카라마조프 가의 형제들』 속에서 이반 카라마조프가 이런 질문을 날카롭게 제기했었고 그 질문의 연장선상에서 신을 고발했으며 더 나아가 '그런 신이 나에게 천국의 입장권을 선사한다고 해도 나는 그것을 거절할 것이다'라는 유명한 선언을 내놓았던 사실을 기억하고 있거니와, 이런 질문을 다시 들고 나와 본격적으로 씨름하는 작중인물을 보여주었다는 점에서 『명예영사』는 『카라마조프 가의 형제들』에 곧바로 연결된다. 그리고 그 작중인물이 지니고 있는 문제의식의 진지함과 인간적인 호소력의 강렬함에 있어서도 『명예영사』는 『카라마조프 가의 형제들』을 연상시키는 바가 없지 않다.[15]

방금 언급된 '문제의식의 진지함과 인간적인 호소력의 강렬함'을 인정하기 위해서 우리가 작중인물의 관점 자체에 동의할 필요는 물론 없다. 작중인물의 관점 자체에 대한 동의 여부와 작품으로부터 느끼게 되는 감명의 강도 사이에는 아무런 상관관계가 없는 것이다. 이러한 이야기는 『명예영사』에 대해서나 『카라마조프 가의 형제들』에 대

---

15 신을 보는 리바스의 관점이 어떤 면에서 신에 대한 릴케의 견해를 연상시킨다는 점도 여기서 언급해 둘 필요가 있을 듯하다. 신에 대한 릴케의 견해는 『젊은 시인에게 보내는 편지』라는 제목으로 묶여 출간된, 프란츠 카푸스를 수신인으로 하는 서간집 중, 여섯 번째 편지 속에 특히 선명하게 나타나 있다. 이 편지는 1903년 12월 23일 로마에서 써진 것으로 되어 있다. 라이너 마리아 릴케/한스 카롯사, 『말테의 수기(외)/의사 기온』(강두식 역, 정음사, 1969), p.206 참조.

해서나 똑같이 성립한다. 이 작품들과 함께 거론될 만한 다른 소설작품이 있다면 그 작품에 대해서도 이런 이야기는 당연히 마찬가지로 성립할 것이다.

신은 하얀 옷을 입은
백인이 아니다

—『컬러 퍼플』의 슈그가 말하는 신

　미국의 흑인 여성 작가 앨리스 워커가 1982년에 발표한 장편『컬러
퍼플』은 몇 번을 다시 읽어 보아도 새로운 감동을 주는 명작이다. 이
작품 가운데서도 특히 오래 기억될 만한 대목의 하나로, 주인공인 흑
인 여성 씰리와 그의 친구로 역시 흑인 여성인 슈그가 신에 관해 대화
를 나누는 장면이 있다.[16]

　슈그가 먼저 씰리에게 말한다. "하나님이 어떻게 생겼는지 얘기해
봐요." 씰리가 머뭇거리다가 대답한다. "그는 몸집 크고, 나이 많고,
키도 크고, 수염이 하얗고 백인이죠. 그는 하얀 옷을 입었고, 맨발로
돌아다녀요." 슈그도 씰리의 말을 수긍한다. 자신이 기도를 할 때면,
나이 많은 백인의 모습을 한 신이 보이곤 했다고. 그러고는 덧붙인다.

16　아래에서 인용되는 소설의 문장들은 문법에 어긋난 곳이 많다. 그것은 교육을 전혀
　　받지 못한 채 독학으로 간신히 글쓰기를 익힌 씰리에 의해 기록된 글임을 실감 나게
　　보여주기 위해 작가가 의도적으로 그렇게 처리한 것이다.『컬러 퍼플』이라는 작품
　　전체를 놓고 보면, 그 첫 부분에서는 씰리의 글쓰기가 문법적으로 아주 엉망인 수준
　　에 머물러 있다가, 뒤로 갈수록 점점 더 개선되어, 끝 부분에 이르면 거의 완벽한
　　경지에 도달하게 된다. 여기서 인용되는 부분은 그 중간으로부터 조금 더 지난 지점
　　에 해당한다.

"교회에서 하나님 발견하려고 기다리면, 씰리, 그곳에서는 바로 그런 모습의 하나님 나타나게 마련이죠."

그러나 총명하고 생각이 깊은 슈그는 신을 그와 같은 존재로 인식하는 수준에서 멈추지 않는다. 그는 씰리에게 말해 준다 - 교회에서 사람들이 만나게 되는 신은 위에서 말한 바와 같은 존재로 나타나기 십상이지만, 자신은 혼자 깊이 생각해 본 결과 '진정한 신은 그런 존재가 아니다'라는 결론에 도달하게 되었다고. 그렇다면 신은 어떤 존재란 말인가? 이 물음에 대한 슈그의 답변을, 씰리의 문장을 통해 확인해 보면 다음과 같다.

난 이렇게 생각해요. 슈그가 말했어. 나 이렇게 믿어요. 하나님 당신 마음속과 다른 모든 사람 마음속에 살아요. 당신 하나님과 더불어 이 세상에 왔어요. 하지만 자기 내면에서 찾으려고 하는 사람들만 하나님 찾게 된답니다. 때로는 찾으려 하지도 않거나 무엇 찾는지 알지 못할 때 그것이 그냥 스스로 나타나기도 해요.

(…) 그것이 그냥 나타난다고요? 내가 물었어.

그래요. 그것이죠. 하나님은 남자도 아니고 여자도 아니며, 그러니까 그것이죠.

하지만 그것은 어떻게 생겼을까요? 내가 물었어.

어떻게 생기긴 어떻게 생겨요? 그녀가 말했어. 그건 영화 같은 데 나오는 그런 모습 아니에요. 그건 당신 자신 포함한 어떤 다른 무엇하고도 떼어놓고 생각하지 못해요. 나 하나님이 세상만물이라 생각해요. 슈그가 말했어. 지금 존재하거나 과거 언젠가 존재했거나 앞으로 언젠가 존재할 모든 세상만물요. 그리고 그것을 우리가 느끼며 그 느낌으로부터 기쁨 얻으면, 그럼 그것 발견한 셈이죠.[17]

위에 인용된 대목에 이어서 슈그가 더 설명해 주는 바에 따르면, "내가 만물의 한 부분이며 전혀 분리된 존재가 아니라는 느낌" 속에 신이 있다. 우리는 "도대체 어떻게 하나님이 만들었는지 모르겠는 옥수수잎 하나 그리고 어디에서 생겨났는지 모르겠는 자줏빛 들판"을 눈여겨보아야 하고, 바로 거기에서 신을 만나야 한다. 세상만물을 타락시키는 인간들보다도 차라리 "꽃들과 바람과 물과 커다란 바위" 같은 것들에서 신을 더 잘 만날 수 있다.

여기서 슈그가 말하는 신은 개념적으로 명확히 정리된 존재는 아니다. 하지만 그것은 과학의 시대이자 다문화의 시대인 현대에 이르러 전에 없던 시련에 봉착한 것으로 여겨지는 기독교가 새롭게 자신의 활로를 개척해 나갈 수 있는 한 가지 가능성을 열어 보여 주는 것임에 틀림없다. 진지하게 기독교의 미래를 걱정하고 신의 미래를 걱정하는 사람들이라면 워커가 위에 인용된 슈그의 대사를 통해 제시하고 있는 신의 개념을 숙고할 필요가 있을 것이다.

---

17 앨리스 워커, 『더 컬러 퍼플』(안정효 역, 한빛문화사, 2004), pp.222~223. 이 번역본 텍스트에서 역자 안정효는 신을 '하느님'으로 표기하고 있으나 나는 그것을 전부 '하나님'으로 바꾸어 인용한다. 이 작품에서 논의되고 있는 기독교는 어디까지나 개신교이지 가톨릭이 아니기 때문이다.

존경받던 한 여성 지식인의
죽음과 기독교

—『소설 히파티아』의 키릴루스 주교

　4세기 후반에서 5세기 초에 걸친 기간 동안, 히파티아라는 여성이 알렉산드리아에 살았다. 당시의 알렉산드리아는 로마 제국에 속한 대도시였다. 알렉산드리아에는 풍요로운 문화와 사상의 전통이 살아 있었다－적어도 키릴루스라는 주교가 새로 부임해 오기 이전까지는.

　알렉산드리아에 문화와 사상의 전통이 살아 있던 당시, 히파티아는 많은 사람들의 존경을 받으며 여러 뛰어난 제자들을 길러낸 수학자였고 철학자였다. 그는 당시에 자유롭고 개방적이며 유연한 정신의 아름다움을 세계적인 차원에서 대표한 사람의 하나였다. 그는 기독교 신앙을 갖고 있지 않았으나, 기독교에 대해 적대적이지도 않았다. 그에게 있어서 기독교란 '열린 대화'의 파트너였고, 그것으로 충분했다. 그런데 이런 히파티아가 살고 있던 알렉산드리아에, 콘스탄티누스 황제의 밀라노 칙령 이래 로마 제국의 국교로 자리 잡은 기독교의 정신과 권력을 대표하는 존재로 키릴루스 주교가 새로 부임해 왔다. 그가 오면서부터 알렉산드리아에는 어두운 먹구름이 깔리고, 사나운 폭풍이 불기 시작한다. 히파티아와 키릴루스는 불가피하게 서로 대립하는 사이가 된다. 여러 가지 사건이 벌어진다. 그리고 그 일련의 사건은 히파티아가 광신적인 한 무리의 기독교인들에게 납치되어 살해당하는 것으로 마감된다. 415년 부활절 직전의 일이었다. 5세기의 기독교 교회사를 저술한 학자인 소크라테스 스콜라스티쿠스가 기록한 바에 따르면 그 사건은 다음과 같은 방식으로 이루어졌다.

> 기독교인들 사이에서는 오레스테스(당시의 알렉산드리아 총독 – 인용자)가 주교와 우호적인 관계를 맺지 못하도록 방해한 사람이 바로 그녀이기라도 한 것처럼 그녀에 대한 중상모략이 일게 되었다. 실제로 페테르(그는 성서 낭독자로 일하고 있었다)라는 자가 광분하여 이러한 결론에 이른 많은 사람들을 이끌고 있었는데, 그들은 그 여자가 어디에선가 돌아오고 있었을 때 그녀를 감시하고 있었다. 그들은 그녀를 마차 밖으로 내던지고 캐서리온이라 불리는 교회로 그녀를 질질 끌고 갔다. 그들은 그녀의 옷을 벗기고 깨진 도자기 조각으로 그녀를 죽였다. 그녀의 사지를 찢어낸 후에 키나론이라는 곳으로 가져가서 불태워 버렸다.[18]

이 끔찍한 살인 사건에 키릴루스 자신이 어느 정도까지 관여되어 있는지는 밝혀지지 않았다. 아예 제대로 된 조사가 이루어지지 않았다. 살인자들이 그 범죄 행위의 정도에 합당한 처벌을 받지도 않았다. 그리고 이 사건을 결정적인 계기로 해서, 알렉산드리아가 그동안 간직해 왔던 풍요로운 문화와 사상의 전통은 종막을 고했다.

이렇게 살다 간 히파티아라는 인물은 근대로 접어들면서 많은 문학인들의 관심을 끌었고 그들의 지성과 상상력에 불을 붙였다. 그 결과

---

18 마르자 드스지엘스카, 『히파티아』(이미애 역, 우물이 있는 집, 2002), p.45. 이 책의 원서는 1995년에 출간되었다.

적지 않은 작품이 산출되었으며, 그 가운데에는 문학사 속에서 뚜렷한 자리를 차지하고 있는 문제작들도 여럿 있다. 마르자 드스지엘스카는 『히파티아』라는 저서 속에서 그 작품들의 충실한 목록을 제시하고 있다. 히파티아의 발화로 제시된 다음과 같은 구절을 포함하고 있는 프랑스 시인 르콩트 드 릴의 희곡 「히파티아와 키릴루스」(1857)도 그 목록 속에 들어 있다.

> 키릴루스, 당신은 잘못 알고 있습니다.
> 그들은 내 마음 속에 살아 있습니다.
> 당신이 보고 있는 대로 - 덧없는 옷을 걸치고
> 심지어 하늘에서도 인간의 열정에 얽매여서
> 오합지졸의 숭배를 받고 조롱받아 마땅한 존재가 아니라,
> 집이 없는 광활하고 별이 총총한 우주에서
> 숭고한 마음들이 보았던 대로
> 마음과 귀와 눈을 즐겁게 해주고
> 모든 현명한 인간이 도달할 수 있는 이상을 제시하고
> 아름다운 영혼에게 눈에 보이는 광휘를 부여하는
> 우주의 힘과 내면의 미덕,
> 땅과 하늘의 조화로운 합일,
> 이것이 나의 신입니다![19]

오늘날 한국의 일반 독자가 히파티아와 키릴루스에 대해 관심을 가지고 문학작품을 통해 그들을 만나 보고자 할 경우 쉽게 구해 볼 수 있는 작품은 드스지엘스카의 저서가 출간된 후에 발표되었기 때문에

---

19 위의 책, p.23.

그 책 속의 목록에는 들어 있지 않다. 그 작품은 미국의 SF 전문 작가인 브라이언 트렌트가 2005년에 *Remembering Hypatia*라는 제목으로 발표한 장편소설인데, 이 소설의 한국어 번역본은 『소설 히파티아』라는 제목을 달고 2007년에 출간되었다(전영택 역, 궁리출판). 이 소설의 문학적인 수준은 그렇게 높은 편이 아니어서 우리에게 일말의 아쉬움을 안겨준다. 하지만 히파티아와 키릴루스에 관련된 기본적인 사항을 실감 나게 이해하도록 만들어 주는 데에는 모자람이 없는 내용을 이 소설은 담고 있다.

위에서 나는 히파티아에게 가해진 잔인무도한 폭력에 키릴루스가 어느 정도까지 관여되어 있는지 끝내 밝혀지지 않았다는 사실을 언급한 바 있다. 그가 이 살인을 직접 기획하고 주도하였을 수도 있고, 그렇지 않을 수도 있는데, 진실이 어느 쪽인지는 영원히 알 수 없게 된 것이다. 트렌트의 소설에서도 이 점은 모호하게 처리하고 있다. 그러나 설령 방금 언급된 두 가지 가능성 가운데 후자 쪽이 진실이라 하더라도, 히파티아에 대한 증오심이 기독교인들 사이에서 광범하게 유포되도록 만든 근원이 키릴루스라는 사실만은 어느 누구도 부정할 수 없다.

히파티아에 대한 끔찍한 폭력이 가해진 것은, 기독교가 로마 제국의 국교로 공인된 지 불과 1백 년이 지난 시점이었다. 그 잔인한 폭력 행사는, 그 후 1천 5백 년이 넘는 세월 동안 기독교의 이름 아래 전 세계를 무대로 펼쳐지게 될 다종다양한 폭력 행사의 전조요, 압축된 상징이었는지 모른다.

이 점을 지적하면서, 또 한 가지 우리가 잊지 말아야 할 것이 있다. 히파티아가 여성, 그 중에서도 수많은 사람들의 존경을 받을 만큼 뛰

어난 여성이었다는 사실이 살인자들의 증오심에 불을 붙였을 가능성
이 그것이다. 1988년에 히파티아를 주인공으로 내세운 한 편의 소설
을 발표한 바 있는 아르눌프 치텔만이 이 사항에 관해 다음과 같이 언
급하고 있는 것은 그런 점에서 중요하다.

> 히파티아의 죽음은 훗날 마녀사냥에서 살기(殺氣)의 단계에까지 이
> 르게 되는 여성 증오가 초래한 최초의 피의 희생이기도 하다. 히파티아
> 는 이름 없이 죽어간 수십만 여성들의 원혼을 대변한다. 바로 그 때문에
> 히파티아라는 그의 이름은 역사에서 사라져서는 안 되는 것이다.[20]

---

20 Arnulf Zitelmann, *Hypatia*(Weinheim, 1988), p.277. 마리트 룰만 외, 『여성 철학
    자』(이한우 역, 푸른숲, 2005), p.82에서 재인용.

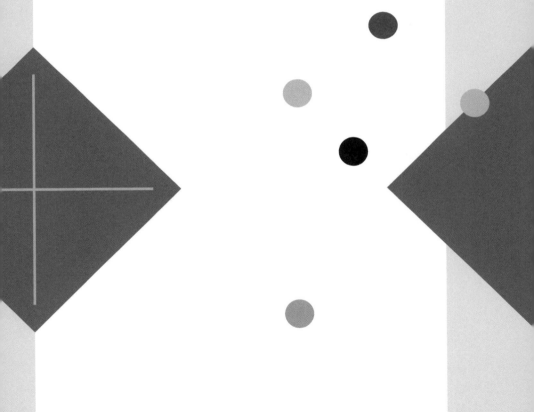

제5부

예수, 『성서』, 교회

연민의 사람,
기쁨의 사람

— 놀런의 『그리스도교 이전의 예수』

　세계사를 살펴보면, 종교가 격렬한 논쟁 혹은 물리적 충돌의 원인으로 작용하였던 사례를 숱하게 발견할 수 있다. 이러한 현상은 오늘날의 경우에도 예외가 아니다. 오늘날 범세계적으로 벌어지고 있는 폭력 사태의 많은 부분에는 종교의 문제가 작용하고 있다. 이때에 주로 문제가 되는 것은 대부분이 유일신(唯一神)을 믿는 종교들이다.

　우리 한국의 경우는 다른 많은 나라들에 비해 종교적 대립으로 인한 사회적 분열이나 충돌이 상대적으로 미미하며 그런 만큼 종교다원주의가 제대로 정착하고 있다는 평을 듣기도 한다. 그렇기는 하지만 종교의 문제가 사회적 긴장을 일으키는 면이 전혀 없지만은 않은 것도 사실이다. 여기에서도 주로 문제가 되는 것은 유일신교이다. 좀 더 명확하게 표현하자면 여러 유일신교들 중에서 우리 한국에 널리 퍼져 있는 특정 종교, 구체적으로 말해 기독교이다.

　이러한 상황은 개인적으로 종교적 신앙을 가지고 있는 사람에게든 그렇지 않은 사람에게든 여러 가지로 진지한 성찰을 요구하고 있는 것이라 하지 않을 수 없다. 그리고 이러한 성찰의 출발점으로 적절한 것은, 기독교인들에 의해 구세주로 숭앙되고 있는 예수라는 인물에 대해 허심탄회한 자세로 접근하여 살펴보는 일이다.

이와 같은 작업을 실제로 시도하고자 할 경우에는 무엇보다도 감정적 흥분이나 과장 혹은 독선에의 함몰을 가능한 한 배제하도록 노력하는 것이 필요하다. 그리고 예수에 대해 말해주고 있는 기본 자료인 복음서의 기록 가운데 신앙의 여부에 관계없이 그 개연성을 인정할 수 있는 내용들을 중심으로 해서 사유를 진행하는 것이 바람직하다.

이러한 판단에 입각하여 구체적으로 예수에 대한 허심탄회한 접근을 시도해 보고자 할 경우 우리에게 유익한 안내자의 역할을 담당해 줄 수 있는 책으로는 여러 가지가 있다. 남아프리카 공화국의 가톨릭 성직자인 앨버트 놀런이 쓴 『그리스도교 이전의 예수』도 그 중의 하나이다. 이 책이 처음 출간된 것은 1978년이니까 꽤 오래 되었다고 할 만하다. 그러나 처음 출간된 후 30년 이상의 세월이 지나는 동안 이 책이 계속해서 상당히 높은 신뢰도를 인정받아 왔고 지금도 꾸준히 읽히고 있다는 사실은 우리로 하여금 기대를 가지고 이 책을 다시 찾아보게 만드는 힘으로 작용한다.

이 책의 첫머리를 펼쳐 서문을 보면 거기에는 다음과 같은 말이 나온다.

이 책은 신앙 없이 읽을 수 있는 책이며 믿음과 상관없이 읽도록 쓴 책이다. 아예 이 책에는 예수에 관하여 미리 전제하고 들어가는 것이 없다. 독자는 초세기 팔레스티나에 살던 한 인간을 진지하고 정직하게 그리고 그의 동시대인의 눈을 통해서 바라보고자 애쓰기 바란다. 나의 관심사는 그가 그리스도교 신앙의 대상이 되기 전의, 있는 그대로의 사람이다.

> 예수를 믿음이 우리의 출발점은 아니나, 나로서는 그것이 우리의 결
> 론이 되기를 바란다. 그렇다고 이 책이 호교적(護敎的) 목적에서 쓰였다
> 는 말은 아니다. 단 한 번이라도 예수나 그리스도교를 '구해 내려는' 시
> 도는 없다.[21]

실제로 이 책의 본문을 읽어 보면 저자는 서문에서 공언한 위와 같
은 집필 자세를 상당히 충실하게 지킨 것으로 판단된다. 그는 복음서
의 내용 중에서 비신자(非信者)의 승인을 구하기 어려울 것으로 예상
되는 기적담(奇蹟譚) 같은 것은 전부 배제하고 현대의 과학적 시각으
로 충분히 수용 가능한 범위 내에 있는 것만 채택한 가운데 예수에 대
한 분석과 검토를 진행한다.

놀런이 이러한 태도에 입각한 분석과 검토의 작업을 통해서 우리에
게 설명하고 있는 바에 따르면 우선 예수는 "자기가 중류계급 출신이
며 이렇다 할 불리한 조건이 없는 데도 하류 중에도 최하류의 사람들
과 어울려 사귀고 또 그들과 같은 사람이 되었"던 인물이다. 그렇다면
예수는 왜 그런 선택을 했던가? 놀런은 말한다. "그 대답을 우리는 복
음서에서 아주 분명히 볼 수 있으니, 즉 연민(자비, 동정)이 그것이
다."[22] 그리고 또 덧붙이기를, 예수가 실제로 지녔던 심성을 제대로 표
현하기에는 연민이니 자비니 동정이니 하는 낱말들이 모두 턱없이 부
족하다고 한다.

> 연민, 자비, 동정 - 이런 말들은 실상 예수를 움직이고 있던 감정을

---

21 앨버트 놀런, 『그리스도교 이전의 예수』(정한교 역, 분도출판사, 1980), p.11.
22 위의 책, p.51.

표현하기에는 너무나 약하다. 위의 모든 구절에서 사용된 '스플랑크니소마이'라는 희랍어 동사는 '스플랑크논'이라는 명사에서 파생된 말인데, 이 말은 애(창자, 내장, 심장)를 뜻한다. 말하자면 강한 감정의 근원으로서의 인간의 내부를 의미한다. 위의 희랍어 동사가 뜻하는 것은 그러므로 바로 인간의 애간장에서 일어나는 반응이며, 그야말로 충심에서 우러나는 공감이요 착한 마음에서 솟아나는 충정이다. 번역을 하자니 '측은히 여겼다', '가엾은 마음이 들었다', '마음이 움직였다' 따위로 여러 표현들이 동원될 수밖에 없겠지만, 어떻든 어떤 말로도 본래 희랍어 동사의 구체적이면서도 감정이 풍부한 깊은 맛을 포착하기는 어렵다.

예수가 이런 감정에 의하여 움직여지고 있었다는 것은 어떠한 합리적인 의심의 여지도 없다.[23]

예수는 고통 받는 모든 사람들을 이와 같은 마음으로 보았고 그들의 아픔을 치유하는 일, 그들을 억압으로부터 해방시키는 일에 온 삶을 바쳤다. 그는 자진하여 '세리(稅吏)들과 죄인들의 친구'가 되었다(「마태복음」 11장 19절에 나오는 표현). 그리고 더 나아가 전 인류의 친구가 되고자 했다. 그가 지향한 하느님 나라는 "온 인류를 포괄하는 보편연대성에 입각하고 있"[24]는 것이었다. 그래서 예수는 말한 것이다: "네 이웃을 사랑하고 원수를 미워하라고 하신 말씀을 너희는 들었다. 그러나 나는 이렇게 말한다. 원수를 사랑하라"(「마태복음」 5장 43-44절)라고. 이러한 가르침을 베풀면서 예수는 '각자의 회개와 새로운 나라에 대한 믿음'[25]을 호소했고 그런 것을 통해서 이루어지는 '혁명적 변

---

23 위의 책, pp.52~53.
24 위의 책, p.103.
25 위의 책, p.180.

화'를 지향했다. "이보다 더 근본적이며 혁명적인 변화가 있을 수"[26] 없는 그러한 변화를 지향한 것이다.

그의 말과 삶을 통하여 많은 사람들은 고통이 기쁨으로 바뀌는 것을 경험했다. "예수는 두드러지게 명랑한 사람이었"으며 "그의 기쁨도 그의 믿음과 희망처럼 말하자면 전염성이 있었다."[27] 세례 요한이 단식을 하고 있는 시간에 잔치를 하고 있었던 사람이 예수이다. 그런 사람이 전파한 메시지가 고통받던 많은 사람들에게 기쁜 소식을 전하는 '복음'이 된 것은 당연한 일이었다.

그러나 이러한 '복음'의 전파자는 유대교의 기성 교회 권력과 불가피하게 충돌하게 되었다. 그 충돌이 격화되었을 때 예수는 "은신처에 머물러 죽음을 피할 것이냐 은신처에서 나와 죽음과 대결할 것이냐 하는 양자택일에 직면"했고 결국 후자를 택했다. "죽음만이 세계를 향하여 말을 할 수 있고, 그 나라에 대하여 증언을 할 수 있"는 이와 같은 상황에서는 "죽음이 인류에 대한 봉사를 계속하는 유일한 길"이라고 생각했기 때문이다.[28] 예수의 십자가 처형은 물론 기성 교회 권력과 로마 총독부 권력의 야합에 의해 그에게 강요된 것이지만 위와 같은 의미에서 보면 그가 자취(自取)한 것이기도 하다.

놀런은 최초의 활동 개시에서부터 십자가 위에서의 죽음에까지 이르는 기간 동안 예수가 보여준 행적의 의미를 위와 같은 방식으로 요약하면서, 한 가지 중요한 사실에 주목한다. 그것은 "나중에 교회가 예수에게 귀착시킨 존칭들 중의 어느 하나에 대해서도 일찍이 예수

26 위의 책, p.103.
27 위의 책, p.72.
28 위의 책, pp.189~190.

스스로 그것을 자처했다는 증거는 없다"[29]는 사실이다. 예수는 메시아를 자처한 적이 없었음은 물론이요 그 밖의 어떤 권위 있는 칭호도 자신에게 부여하지 않았던 것이다.

그러나 예수를 만나고 그로부터 치유를 받은 사람들, 고통이 기쁨으로 바뀌는 놀라운 경험을 한 사람들, 예수의 삶과 말에 의해 강렬한 감동을 받았던 사람들은 그 체험이 너무도 압도적이었기에 예수야말로 메시아라는 확신을 가지게 되었다. 한 번 그러한 확신이 생기고 나자 예수에 대한 추종자들의 '떠받들기'는 걷잡을 수 없이 강화되고 확대되었다.

> 예수에 대한 찬탄과 숭앙은 한계를 몰랐다. 단연 예수야말로 선·악과 진·위의 유일한 궁극적 판별기준이요 미래의 유일한 희망이며 세상을 변형시킨 유일한 힘이었다. 예수의 추종자들은 그를 하느님 오른편에로 받들어 올렸다. 아니, 하느님이 예수를 자기 오른편에 계신 분으로 평가하셨다고 믿고 있었다. (…) 예수는 인간 역사의 어디에나 파고들어 있는 존재로서 체험되고 있었다. 예수는 일찍이 존재한 모든 언행을 능가하는 분이었다. 그야말로 궁극의, 최후의 말씀이었다. 예수는 하느님과 동등한 지위에 있었다. 예수의 말씀은 하느님의 말씀이요 예수의 영은 하느님의 영이며 예수의 감정은 하느님의 감정이었다. 예수에게 해당하는 것은 꼭 그대로 하느님에게 해당하는 것이었다.[30]

위에 인용된 대목은 예수에 대한 추종자들의 열광된 감정이 그에게 어떤 지위를 부여하기에 이르렀는가를 놀런이 묘사한 것이다. 그런데

---

29 위의 책, p.197.
30 위의 책, p.225.

사실 여기에 제시된 예수의 '지위'야말로 후대의 기독교에서 일관하여 예수에게 부여하게 된 지위 바로 그것이다. 그러고 보면 후대의 기독교에서 예수에게 부여한 엄청난 지위의 연원은 결국 예수에게 열광한 추종자들의 심리상태라는 것이 된다. 사정이 이러한 것이라면, 예수가 그런 엄청난 지위를 갖고 있다는 생각이 정말로 사실과 부합하는지 그렇지 않은지를 궁극적으로 판정할 수 있는 객관적 준거나 척도는 없는 셈이다.

놀런은 예수에게 부여된 지위의 연원에 대하여 위와 같은 언급을 하고 나서, 의미심장한 한 마디를 덧붙인다. "오늘날 우리가 예수를 믿는다 함은 예수에 대한 이 같은 평가에 동의함을 뜻한다"[31]라는 말이 그것이다.

놀런 자신이 이 말을 하면서 분명하게 의식하고 있었는지는 모르지만 우리가 볼 때 이 말은 독자들이 '믿음과 상관없이 읽도록' 하겠다는 것을 의도적으로 강조하면서 시작된 책의 결론으로서 매우 적절한 것이라고 판단된다. 이 결론에 따르면 현대인들이, 그 중에서도 특히 이 책의 독자들이 예수를 믿느냐 믿지 않느냐 하는 것 역시 궁극적으로는 '심리상태'의 문제가 된다. 심리상태의 문제가 되기 때문에, 믿기로 선택한 사람이든, 믿지 않기로 선택한 사람이든 모두 자기의 정당성을 강하게 주장할 수 있다. 그리고 더 중요한 것은, 이처럼 각자 자기의 정당성을 강하게 주장하면서도 서로 싸우지 않을 수 있다는 점이다.

물론 논리가 이런 방향으로 전개되어 가는 것에 대해 불만을 표하

---

31 위의 책, p.226.

는 사람도 있을 수 있으며 그런 사람의 입장은 그것대로 존중되어야 하겠지만, 위와 같은 논리가 진지한 경청과 심사숙고를 요구할 만큼의 무게를 지니고 있는 것만은 틀림없다.

놀런의 저서『그리스도교 이전의 예수』에 대한 논의를 끝내면서 두 가지 덧붙여 두고 싶은 사항이 있다.

첫 번째는 이 책에서 예수와 기독교를 논의하는 가운데서 영성(靈性)의 문제가 비교적 소홀하게 취급되고 있다는 점이다. 그러나 이 점 때문에 놀런을 너무 심하게 비판할 필요는 없을 것이다. 놀런 자신이 나중에『오늘의 예수』(2006)라는 새로운 저서를 쓰면서 바로 이 영성의 문제를 집중적으로 다룬 바 있기 때문이다. 아마 놀런의 사상적 발전 과정 초기에는 비교적 미약하였던 영성에 대한 관심이 나중에 그의 정신적 성숙과 더불어 자연스럽게 강화되어 간 것이 이러한 새 저서의 출현으로 열매 맺게 된 것이리라.

두 번째로 언급하고 싶은 것은 "예수의 삶과 죽음이 기본적으로 이 책에서 정리된 바와 같은 것이라면, 복음서에는 상식인의 시각으로 도저히 수긍할 수 없는 비합리적, 아니 반(反)합리적 기적담이 왜 그렇게도 많으냐?"라는 물음과 관련된 사항이다. 실제로 복음서를 한 번이라도 읽어본 사람이라면 누구나 기억하고 있는 바와 같이 복음서 안에는 비합리적, 아니 반합리적인 기적담이 철철 넘쳐흐르고 있다고 표현해도 과언이 아닐 만큼 부지기수로 등장한다. 이광수는 장편소설『그의 자서전』속에서 이광수 자신을 투영하고 있는 주인공 남궁석으로 하여금 "나는 예수께서 세례를 받으신 뒤에 하늘이 쪼개지고 하나님의 신이 비둘기 같이 내려 왔다는 둥, 하늘에서 소리가 나며, 이는 내 사랑하는 아들이라고 했다는 둥 하는 말이 믿기지 아니하여서 픽 웃기까지 했"[32]다는 말을 하도록 만들고 있지만 복음서 속에는 실로 남궁석 같은 사람을 '픽 웃'게 만드는 수준의 기적담이 얼마나 많이 나오는지 모른다. 하나만 예를 들어 두자. 「마태복음」 27장 52~53절의 기록이다.

> 무덤들이 열리며 자던 성도의 몸이 많이 일어나되 예수의 부활 후에
> 저희가 무덤에서 나와서 거룩한 성에 들어가 많은 사람에게 보이니라

예수가 십자가 위에서 운명하던 바로 그 시각에 여러 무덤들이 열리고 이미 죽은 시신들이 그 무덤 안에서 많이 일어났다는 것이다. 그렇게 부활한 시신들이 나중에 거룩한 성(아마 예루살렘을 지칭하는 듯)에 들어가서 많은 주민들에게 모습을 보여주었다는 것이다. 이 무슨 황당한 이야기인가?

이런 황당한 이야기들이 복음서 안에 대량으로 등장하게 된 연원이 무엇일까라는 물음에 대한 답의 일부는 물론 위에서 열광적인 예수 추종자들의 심리상태를 말하는 가운데 어느 정도 제시된 바 있다고도 할 수 있지만 그것만으로는 부족하다. 그 이상의 명료하고 논리적인 답변이 필요한 것이다. 놀런은 바로 그런 명료하고 논리적인 답을 트로크메의 이론으로부터 찾아내고 『그리스도교 이전의 예수』 속에서 그것을 소개하고 있다. 그것을 아래에 옮겨 보기로 한다.

> 상당한 근거를 가진 한 이론에 따르면, 마르코는 당시에 교회 내에서
> 유행하던, 한 스승으로서의 예수상(像)에 불만을 가지게 되었다. 예수

---

32 이광수, 『그의 자서전』, 『이광수전집』 6(우신사, 1979), p.328.

의 생시에 그를 알지 못했던 사람들은 주로 그의 어록과 비유들을 통하여 그를 알게 되었는데, 마르코는 이 일방적인 예수상을 바로잡고 싶었고, 그래서 갈릴래아에서 예수를 알고 있던 단순하고 무식한 사람들과 직접 또는 간접으로 접촉을 했다. 아마 그리스도인이 된 일은 없었을 이 갈릴래아 이야기꾼들은 특히 가난하고 억눌린 사람들에게 크게 인상을 준 예수의 기적들을 기억해 내어 이야기해 주고 있었다. 설교나 현명한 말씀이나 참신하고 독창적인 종교사상보다는 기적이 더 재미있는 이야깃거리가 되는 법이다. 그 이야기들은 밤중에 모닥불 둘레에서 거듭 되풀이될 수 있었을 것이고, 다소 윤색되기도 하면서 언제나 청중을 매혹시키고야 말고는 했으리라.

그런 이야기꾼들에게서 마르코는 예수의 기적에 관한 그의 대부분의 자료를 얻었던 모양이다. 또 물론 베드로나 그 밖의 어떤 제자들에게서 전해져 내려온 다른 이야기들도 있었을 것이다. 어떻든 어느 경우에 대해서나 마르코는 현대의 역사가들처럼 비판적 판단을 구사하지는 않았다. 마르코는 자기의 자료들을 충실히 그대로 받아들였다. 그뿐 아니라 기적 이야기란 독자들을 설득시키기에 특별히 쉽고 편리한 방법이었다. 기적의 언어는 당시에 누구나가 이해하고 평가할 수 있는 언어였다. 마태오와 루가는 마르코를 따랐던 모양이고, 그러나 요한은 예수가 행한 '표징' 또는 '행적'에 대하여 독자적인 자료를 가지고 있었던 것 같다.

이렇게 볼 때, 복음서에 전해 내려온 기적 이야기들은 윤색되고 과장된 내용을 포함하고 있을 가능성이 매우 크다.[33]

이러한 설명은 물론 불충분하기 그지없는 것이다. 명료하고 논리적이기는 하지만, 너무나 단순하다. 「마가복음」을 비롯한 네 복음서의 각 편(篇)들이 각각 그 복음서의 명칭에 이름을 얹고 있는 한 사람씩

---

33 앨버트 놀런, 앞의 책, pp.62~63.

의 필자에 의해서 써진 것처럼 보는 발상 자체가 지나치게 단순한 것
이며, 「마가복음」의 집필 과정에 대한 상상도 소박하다고 할 만큼 단
순하다. 그렇기는 하지만 이처럼 단순한 설명도 한 번쯤 참고할 만한
가치는 충분히 있는 것으로 생각되어서 조금 길게 인용해 보았다.

복음서 속의 기적담들은
어떤 연유로 만들어졌는가?

복음서를 보면 참으로 많은 기적담(奇蹟譚)들이 등장한다. 그렇다면 이런 기적담들은 애초에 어떻게 해서 만들어졌던 것일까?

이 물음에 대해서는 오랜 세월에 걸쳐 갖가지 답이 제출된 바 있다. 그 중 하나만 예를 들어 보자면, 앨버트 놀런이 『그리스도교 이전의 예수』라는 책 속에서 긍정적으로 소개하고 있는 E. 트로크메의 견해가 있다.

그에 따르면, 복음서를 기록한 사람들은 "예수를 알고 있던 단순하고 무식한 시골사람들과 직접 또는 간접으로 접촉을" 하면서 자료를 수집했던 바, 그들에게는 "설교나 현명한 말씀이나 참신하고 독창적인 종교사상보다는 기적이 더 재미있는 이야깃거리가 되는 법"이었으니, "그 이야기들은 밤중에 모닥불 둘레에서 거듭 되풀이될 수 있었을 것이고, 다소 윤색되기도 하면서 언제나 청중을 매혹시키고야 말고는 했"던 것이었다. 복음서 기록자들은 그런 자료들에 대해 "현대의 역사가처럼 비판적 판단을 구사하지는 않"고, "충실히 그대로 받아들"여 기록했으며, 그렇게 한 결과로 복음서들에는 온통 기적담들이 가득

차게 되었다고 한다.[34]

이런 설명은 얼핏 보기에는 그럴 듯한 것 같기도 하다. 최소한, 맹목적으로 성서무오설(聖書無誤說)을 고집하는 사람들의 견해보다는 훨씬 진보된 것으로 보인다. 하지만 사실 이런 설명은 내가 「연민의 사람, 기쁨의 사람」에서 이미 지적했던 바와 같이 순전한 상상의 산물일 따름이며 아무런 근거도 없다. 게다가 그 상상이라는 것도 너무나 소박한 수준에서 그치고 있다.

그런데 시야를 넓혀서 광범위하게 살펴보면, 위와 같은 설명과 대조적으로, 각별히 강한 설득력을 가지고 다가오는 답이 하나 발견된다. 미국 성공회의 주교직을 지낸 바 있는 신학자 존 쉘비 스퐁의 설명이 그것에 해당한다. 그에 따르면, 복음서의 기록은 예수라는 인물의 가르침과 실천, 삶과 죽음에 의하여 강렬한 감동을 받은 한 무리의 유태인들 및 준(準)-유태인들[35]에 의해 이루어졌다. 그 유태인들 혹은 준-유태인들이 예수로부터 자기들에게 전해져 온 감동을 문자로 표현하고자 했을 때 그들이 가졌던 것은 유태적 문학 양식과 유태적 전례(典禮)의 전통이었다. 그들은 유태적 문학 양식을 활용하면서, 유태

---

34 앨버트 놀런, 『그리스도교 이전의 예수』(정한교 역, 분도출판사, 1980), p.63.
35 여기서 '유태인들'이라는 표현 다음에 또다시 '준-유태인들'이라는 표현을 덧붙인 것은 「누가복음」의 저자와 관련된 문제 때문이다. 「누가복음」의 저자(그는 또한 「사도행전」의 저자이기도 한데)는 스퐁에 따르면 '성서의 저자들 가운데 유일한 이방인 출신'이었다. 좀 더 구체적으로 말하면 그는 '유태교 하나님 예배와 유태 종교 관행에 너무나도 깊이 이끌렸던 이방인 가운데 한 사람'이며 결국 유태교로 개종하였다. 그 당시에는 유태교로 개종한 이방인들이 종종 있었는데 그들은 "유태교를 특징짓는 윤리적 유일신 신학 개념에 매혹 당"한 결과로 그러한 결단을 내린 것이었다. 존 쉘비 스퐁, 『2000년 동안의 오해로부터 예수를 해방시켜라』(최종수 역, 한국기독교연구소, 2004), p.61.

적 전례의 전통에 맞아들어가는 방식으로, 예수에 관한 수많은 이야기들을 지어냈다. 그런 이야기들을 지어낸 사람들은 '역사적 사실의 정확성' 같은 것에 대해서는 처음부터 전혀 관심이 없었다. 스퐁의 말을 직접 인용해 보자.

> 복음서들은 거룩한 유태 이야기꾼들의 **미드라쉬 스타일**로 기록되었다. 그러나 우리는 이 스타일이 무엇인지 파악하지 못한 채 지금도 남아 있는 것이다. 이 스타일은 역사적 사실의 정확성에 대해서는 관심이 없다. 그것은 오직 의미와 이해에 관심을 두고 있다.[36] (강조는 원저자)

이렇게 설명하면서 스퐁은 예수가 세례를 받을 때 하늘이 갈라졌다고 기록된 「마가복음」 1장 9절에서 11절까지의 내용[37]을 예로 들고 있다. 우선 스퐁은 『구약성서』에 여러 차례 등장하는 '물 가르기' 모티프에 대하여 언급하는 것으로써 그의 설명을 시작한다.

> 옛날 유태인 저자들은 모세가 죽은 뒤에 홍해의 물을 가르던 이야기를 반복함으로써(수 3장) 하나님이 여호수아와 함께하신다는 것을 해석한다. 홍해에서 하나님이 모세와 함께하셨다는 표지가 바로 물을 가르신 것이라는 것이다(출 14장). 여호수아가 요단강 물을 갈랐다는 이야기를 할 때, 그것은 역사사건을 문자적으로 다시 말한 것이 아니다. 오히려 그것은 여호수아와 모세를 미드라쉬적으로 관련시키려던 시도였던 것이다. 그렇게 함으로써 모세의 후계자 여호수아와 하나님이 함께

---

36 위의 책, p.69.
37 「마가복음」 1장 9절~11절에 수록되어 있는 내용은 「마태복음」 3장 13절~17절과 「누가복음」 3장 21절~22절에도 거의 동일하게 나타난다. 그리고 다소 변형된 내용이 「요한복음」 1장 32절~34절에 실려 있다.

하신다는 것을 보여주려는 것이다. 뒤에 엘리야(왕하 2:8)와 엘리사(왕하 2:14)도 요단강 물을 가르고 마른 땅 위를 걸어 건넜다는 이야기에서 똑같은 이야기 형태를 취하고 있다.

위와 같은 이야기를 한 다음에 그는 「마가복음」 1장 9절 이하의 내용에 대한 설명으로 넘어간다.

> 예수가 세례 받는 이야기를 할 때에도, 복음서 저자들은 예수가 요단강 물을 가르는 대신 하늘을 갈랐다고 하였다(막 1:9 이하). 그래서 이런 모세 주제가 다시 주의를 끌고 있고 같은 목적을 위해 사용되고 있다. 유태적 창조이야기에 따르면, 하늘이란 위에 있는 물과 밑에 있는 물을 갈라놓는 창공에 지나지 않는 것이다(창 1:6~8). 하늘 물을 가르는 예수로 묘사하는 것은 예수 안에서 만나는 거룩한 하나님의 현존은 모세나 여호수아, 엘리야, 엘리사에게서 볼 수 있는 하나님 현존보다 훨씬 능가한다는 것을 암시하는 유태적 서술방법이다. 즉 그것은 미드라쉬적 원리가 작용하는 방식인 것이다. 과거 유태인 영웅 이야기들은 현 순간의 영웅들에 대한 이야기를 하기 위해 고조되고 또 거듭 다시 이야기되는 것이다. 그것은 같은 사건이 계속 일어났기 때문이 아니라, 그 순간에 계시된 하나님의 실재가 과거의 알려진 하나님의 실재와 같은 것이기 때문이다.[38]

스퐁이 들려주고 있는 위와 같은 설명에 따르면, 복음서의 기록자는 예수에게서 강력한 '하나님의 현존'을 느꼈다. 그가 예수에게서 느낀 '하나님의 현존'은, 유태인들이 전통적으로 모세, 여호수아, 엘리야, 엘리사 등등 『구약성서』에 나오는 여러 유명한 등장인물들로부터

---

38 존 쉘비 스퐁, 앞의 책, pp.69~70.

느껴 왔던 '하나님의 현존'과 성질상 동궤에 놓이는 것이면서, 강도(强度)에 있어서는 그보다 더한 것이었다. 복음서 기록자는 바로 그러한 자기의 '느낌'을 효과적으로 표현하기 위하여, 모세, 여호수아, 엘리야, 엘리사 등등의 이야기에 공통적으로 나오는 '물이 갈라지는 이야기'를 끌어들이고, 다시 그것을 한 단계 업그레이드시켜서, 아예 '하늘이 갈라지는 이야기'로 바꾸었다. 그리고는 이렇게 업그레이드시킨 이야기를 예수의 세례 장면에 가져다 붙였다. 「마가복음」 1장 9절 이하의 이야기는 이렇게 해서 만들어진 것이다.

이런 식으로 이야기를 만들어내는 것이 유태적 문학 양식 창작의 전통이었다. '미드라쉬 스타일'의 전통이라는 게 바로 그런 것이다. 복음서에 나오는 수많은 기적담들은 다 이런 식으로 만들어졌다. 그것은 '역사적 사실'과는 아무런 관계도 없는 것이다.

기적담의 예를 하나만 더 들어 보기로 하자. 「마태복음」 27장 52~53절을 보면 다음과 같은 기록이 나온다.

> 무덤들이 열리며 자던 성도의 몸이 많이 일어나되 예수의 부활 후에 저희가 무덤에서 나와서 거룩한 성에 들어가 많은 사람에게 보이니라

이 대목은 예수가 십자가 위에서 운명하는 장면을 묘사한 직후에 나오는 것이다. 예수가 십자가 위에서 운명하던 바로 그 시각에 여러 무덤들이 열리고 이미 죽은 시신들이 그 무덤 안에서 많이 일어났다는 것이다. 그렇게 부활한 시신들이 나중에 거룩한 성(아마 예루살렘을 지칭하는 듯)에 들어가서 많은 주민들에게 모습을 보여주었다는 것이다.

이것은 얼핏 보기에도 너무나 황당한 이야기이기 때문에 성서무오설을 고집스럽게 주장하는 사람들조차도 이 대목에 대해 언급하는 것은 꺼려하는 경향이 있을 정도이다. 그러나 스퐁은 이 대목에 대해서도 설득력 있는 해명을 제공한다.[39] 그의 설명에 따르면 「마태복음」의 이 대목은 『구약성서』 중의 「다니엘」 12장 2절과 연관이 있는 것이다. 「다니엘」 12장 2절을 보면 장차 종말이 다가왔을 때에 일어날 사건 중의 한 가지로 다음과 같은 것이 언급되고 있다.

> 땅의 티끌 가운데서 자는 자 중에 많이 깨어 영생을 얻는 자도 있겠고

「마태복음」을 기록한 사람은 그의 기록 작업을 진행해 나가다가 마침내 십자가 위에서의 예수의 운명에 대해 언급할 시점에 이르렀을 때 바로 그 '예수의 운명'이라는 것이 얼마나 엄청난 의의를 갖는지를 어떻게 하면 효과적으로 강조할 수 있는지 곰곰이 궁리해 보았을 것이다. 그러던 중, 자기가 잘 알고 있는 「다니엘」 12장 2절의 기록에 생각이 미쳤을 것이다. 그래서 이 기록을 끌고 들어와 자기 나름으로 변형시킨 것이 「마태복음」 27장 52~53절의 내용이 된 것이다.

스퐁에 의하면, 복음서를 기록한 사람들은 기적담들을 다 이런 식으로 만들어냈기 때문에, "자기들이 쓴 이야기가 '목격자'의 이야기와 동일시할 수 있을 만큼 객관적인 것이라고 하는 주장"을 들으면 "아마 기겁을 하고 놀랄 것"이라고 한다.[40]

---

39 위의 책, p.366.
40 위의 책, p.91.

복음서를 기록한 사람들은 이처럼 유태적 문학 양식에 입각하여 수
많은 기적담들을 만들어냈는데, 그것은 모두 유태적 전례의 전통에
맞게끔 구성됨으로써, 전례가 실제로 베풀어질 때에 현장에서 활용될
수 있도록 마련된 것이었다. 또 그것은 유태교 특유의 예배력(禮拜曆)
에도 부합되도록 배려되었다. 그러한 배려의 결과로 발생한 현상 가
운데 하나가, 이른바 공관복음서(共觀福音書)라고 불리는 「마가복음」,
「마태복음」, 「누가복음」의 세 복음서에서 모두 예수의 활동이 일 년
동안 지속된 것으로 기록되어 있다는 사실이다. 그것은 예수의 활동
이 실제로 얼마 동안 지속되었는가 하는 점과는 아무 관련이 없으며,
"일 년에 걸친 예배력에 따라 예수의 생애를 경축하기 위하여 복음서
를 편찬"[41]하다 보니 그렇게 된 것일 따름이다.

앞에서도 언급했듯 스퐁의 이러한 설명은 매우 강한 설득력을 가지
는 것으로 생각되거니와, 만약 그의 설명이 타당한 것이라면, 복음서
에 기록된 사건들이 문자 그대로 실제 일어난 사실이라고 하는 근본
주의자들의 주장은 복음서의 성격 자체를 심각하게 왜곡시키는 것이
요 복음서를 기록한 사람들의 생각으로부터도 멀리 동떨어진 것으로
서 단호히 폐기되지 않으면 안 된다.[42]

----

41 위의 책, p.372.
42 이 지점에서 한 가지 질문이 제기될 수 있다. '스퐁이 설명하고 있는 바와 같은 방식
으로 복음서를 이해할 경우, 기독교 신앙을 유지할 수 있는가?'라는 질문이 그것이
다. 스퐁은 이러한 질문에 대하여 단호하게 '그렇다'라고 답한다. 바로 스퐁 자신이,
이러한 답변이 가능하다는 사실을 말해 주는 증거이다. 그는 복음서의 성격을 위에
서 설명된 바와 같은 방식으로 파악하게 된 이후에도 그 전과 똑같이 독실한 기독교
인으로 남아 있다. 스퐁은 복음서에 대한 자신의 새로운 관점에도 불구하고 어떻게
해서 자신이 그처럼 '독실한 기독교인'으로 남아 있을 수 있는가 하는 점과 그가 가
지고 있는 '기독교 신앙'의 내용을 『2000년 동안의 오해로부터 예수를 해방시켜라』

그러나 실제에 있어서 그와 같은 근본주의 노선의 주장은 참으로 장구한 세월 동안 독점적인 지배력을 행사해 왔다. 오강남은 미국의 경우 그러한 주장을 지지하는 사람이 기독교 신자들 가운데 20 내지 40퍼센트를 차지하는 반면 한국의 기독교 신자 가운데서는 90 내지 95퍼센트를 차지한다고 말하는데[43] 그 수치의 정확성에는 다소 의문이 있지만 어쨌든 그런 근본주의 신봉자들의 비율이 어느 정도로나마 분명하게 줄어든 것도 사실 현대에 접어든 이후의 일이요 그 이전에야 어느 나라의 경우이거나를 막론하고 기독교가 지배적인 종교로 군림하고 있는 지역에서는 근본주의 노선을 제외한 다른 입장이 거의 용납되지 않았던 터이다.

스퐁에 따르면 사태가 이 지경으로 나빠진 것은 기독교가 그 초기 단계를 벗어나면서 유태인들과 완전히 절연되고 유태인이 아닌 사람

이후에 써진 그의 또 하나의 중요한 저서인 『만들어진 예수 참 사람 예수』(이계준 역, 한국기독교연구소, 2009)에서 자세하게 설명하고 있다. 그런데 시야를 넓혀서 보면 스퐁과 정반대의 경우에 해당하는 사람도 발견되는 것이 사실이다. 『2000년 동안의 오해로부터 예수를 해방시켜라』의 서문을 보면 바로 그러한 경우에 해당하는 사람의 사례가 언급되어 있다. 그 사람은 스퐁보다 앞서서 복음서를 유태교의 전통과 관련시켜 읽어내는 작업을 시작함으로써 스퐁에게 많은 영향을 준 영국의 학자 마이클 고울더이다. 고울더는 원래 영국 성공회의 신부였으나 자신의 그와 같은 학문적 연구를 계속하는 동안 신앙을 버리게 되었다. 스퐁이 전해주고 있는 바에 따르면 고울더는 "그의 신부직을 반납하고 자기는 이제 더 이상 크리스천이 아니라고 하면서, 비공격적인 무신론자(non-aggressive atheist)로 자처하"게 되었다(『2000년 동안의 오해로부터 예수를 해방시켜라』, p.19). 고울더와 스퐁은 우정으로 맺어져 있으며 복음서를 함께 읽고 연구하기도 하였으나 신앙의 문제와 관련된 상호 간의 입장 차이는 좁혀지지 않았다. 스퐁은 이 점과 관련하여 "마이클과 나는 둘 다, 마이클을 위해서는 진리의 단서, 나를 위해서는 하나님의 단서가 될 만한 성서 파고들기를 좋아하였고, 전에 발견할 수 없었던 것을 발견하였을 때 둘 다 기뻐하였다"라는 인상적인 표현을 하고 있다(p.20).

43 오강남, 『예수는 없다』(현암사, 2001), pp.27~28.

들, 즉 이른바 이방인들의 독점물이 된 사실과 관계가 있다. 그들은
유태적 문학 양식, 유태적 전례, 유태적 예배력 등을 전혀 모르는 사
람들이었고 알려 하지도 않은 사람들이었다. 이런 사람들이 복음서에
대한 해석의 권리를 독점하게 되면서, 심각한 왜곡이 발생하게 되었
다는 것이다. 그 왜곡의 내용은 "거기 기술된 사건들은 문자주의적 역
사 속에서 발생한 문자적 사건으로 생각하게 되었고, 따라서 거기 기
록된 사건들은 객관적 사실이라고 믿게 되었다"[44]는 말로 요약될 수
있다.

　이러한 왜곡의 역사는 그 후 참으로 오랜 세월 동안 끈질기게 이어
졌다. 그러다가 근대에 이르러서야 비로소 조금씩 교정될 기미를 보
이기 시작한 셈이다.[45] 하지만 아직도 갈 길은 아득히 멀다. 특히 한국

---

44 존 쉘비 스퐁, 앞의 책, pp.90~91.

45 근대에 이르기 이전까지 '근본주의적' 혹은 '문자주의적'인 사고방식이 요지부동의
　권위를 가지고 이어진 이유에 대해서는 다양한 분석이 가능하다. 정신분석 전문가
　인 최병건은 그의 한 저서 속에서 다음과 같은 말을 하고 있는데 이러한 그의 말에
　서 시사되고 있는 내용도 그 '다양한 분석'의 목록에 포함시킬 수 있다고 나는 생각
　한다.
　"지금의 기준에서 보면 허황된 것들을 실제라 믿는 사람들이 대다수였던, 그런 때
　가 있었다. 어떻게 그럴 수 있었을까? 그때의 사람들이 바보여서? '우리'는 똑똑해
　서 그런 어리석은 믿음에서 자유로워진 것일까?
　그들이 그런 것을 믿었던 가장 큰 이유는 물론 '우리'가 세상을 해석하는 시각인
　자연과학이 발달하지 않았기 때문일 것이다.
　(…) 하지만 그것이 해석의 문제만은 아닐 것이라는 가설을 나는 갖고 있다. 그들에
　게 '실제'로 신비한 일들이 일어났을 거라고 나는 상상한다. '우리'에게보다 훨씬
　많이.
　우리가 감당할 수 없을 정도의 충격을 받았을 때, 마음이 통상적인 방법(동화나 조
　정)으로 적응하지 못하고 와해되는 현상을 정신분석에서는 외상(Trauma)이라 부른
　다. 외상은 생명의 위험을 느낄 정도의 위험에 처하거나, 직접 겪지는 않더라도 끔
　찍한 일을 목격했을 때 일어난다.
　(…) 다행스럽게도 21세기 대한민국에서 외상은 드문 일이다. 하지만 인간이 늘 이

의 경우에 그러하다. 오강남에 의하면 한국의 기독교 신자 가운데 90
내지 95퍼센트에 해당하는 사람들이 아직도 근본주의적 신앙의 포로
가 되어 있다는 것이 아닌가?

렇게 살았던 것은 아니다. 걸핏하면 인간들은 세상을 지옥으로 만들었다. 백년전쟁
이 말해주듯 살상과 폭력과 파괴가 일상인 적도 있었다. 그 와중에 유럽 인구의 80
퍼센트가 페스트로 죽기도 하고, 마녀사냥이란 허울로 사람을 불에 태워 죽이는 것
이 구경거리가 된 적도 있다. 그런 세상에서도 지금 '우리'가 외상이라 부르는 것이
드문 현상이었을까? 그렇지 않았을 것이다. 어쩌면 일상에 가까웠을지도 모른다.
이인증(離人症, Depersonalization)과 플래시백(Flashback) 같은 현상도 보편적인
경험이었을 수 있다. 만일 그랬다면 그때의 사람들은 마음이 만들어내는 것과 현실
을 명확히 구분하지 못했을 것이다. 당연히 신비한 일이 많았을 것이다. 그런 사람
들끼리 모여 살았다면 '우리'에게는 말도 안 되는 것들이 충분히 가능하지 않았을
까?"(『당신은 마음에게 속고 있다』(푸른숲, 2011), pp.270~272)

『성서』텍스트를
베껴 쓰는 과정에서
들어온 대목들

「요한복음」7장 53절부터 8장 11절까지에 걸쳐서 실려 있는 '간음한 여인에 대한 정죄(定罪)' 이야기는 『성서』에 나오는 수많은 이야기들 가운데서도 각별히 인상 깊은 것의 하나이다. 웬만한 사람들은 아마 다 알고 있으리라 짐작되는 이 이야기의 내용을 정리하면 다음과 같다. 한 무리의 서기관들과 바리새인들이 간음을 하다가 현장에서 붙잡힌 여인을 끌고 예수 앞에 와서 묻는다. "모세의 율법에 따르면 이런 여인에게는 돌로 쳐서 죽이는 형벌을 가하는 것이 마땅하오. 당신의 생각은 어떻소?" 이러한 그들의 질문은 예수를 곤경에 빠뜨리려는 악의에서 나온 것이다. 모세의 율법대로 처리해야 한다고 답한다면 예수는 여태까지 그가 강조해 온 사랑과 자비의 가르침을 스스로 포기하는 것이 된다. 반면에 사랑과 자비의 정신으로 대응해야 한다고 답한다면 예수는 모세의 율법을 파괴한 자라는 비난에 직면하게 된다. 예수로서는 참으로 난감한 처지에 빠진 셈이라고 할 수 있을 것이다. 그런데 이러한 그들의 질문에 대해 예수가 실제로 내놓은 답변은 아무도 생각하지 못한 것이었다. "너희들 가운데 죄 없는 자가 먼

저 돌로 치라"는 것이 예수의 대답이었던 것이다. 이 말을 듣고 양심
이 찔리는 것을 느낀 서기관과 바리새인들은 말없이 하나 둘 현장을
떠나 도망쳐 버린다. 그들이 다 떠난 후, 예수는 여인에게 묻는다. "당
신을 정죄하려던 그들이 여기에 있소, 없소?" 여인이 답한다. "없습니
다." 이에 예수가 다시 말한다. "나도 당신을 정죄하지 않을 것이오.
그러니 가시오. 앞으로는 다시 죄를 짓지 마시오."

　이 이야기에 담겨 있는 메시지가 어떤 것인지에 대해서는 새삼 긴
설명을 붙일 필요가 없으리라. 그 메시지가 워낙 분명하게 드러나 있
으니까. 지금으로서는 그저, 이 이야기가 참으로 인상 깊은, 매력적인
것이라는 점을 한 번 더 강조하는 것만으로 충분하지 않을까?

　그런데 여기서 나는 그 점을 강조하는 데서 한 걸음 더 나아가, 한
가지 흥미로운 사실을 굳이 언급해 두고 넘어가고 싶은 충동을 느끼
지 않을 수가 없다. 그 사실이란, 위의 이야기가 원래의 「요한복음」
텍스트에는 실려 있지 않았다는 것이다. 그것은, 알고 보면, 「요한복
음」의 텍스트가 오랜 세월 동안 수많은 필사자(筆寫者)들에 의해 다시
쓰이고 다시 쓰이는 과정을 반복하던 중 누군지 알 수 없는 어느 필사
자에 의해 슬며시 삽입되어 들어온 것이다.[46]

　하지만 이런 사실 때문에 위의 이야기에 내재된 가치가 반드시 손
상되는 것은 아니라고 생각된다. 비록 위의 이야기가 태생적으로「요
한복음」이라는 권위 있는 텍스트의 당당한 일부분이라는 자격을 갖고
있지는 못하지만, 기독교라는 종교가 이 세상에 존재해 온 장구한 기
간 동안, 이 이야기가 많은 사람들에게 용서를 가르치고 구원의 가능

46　바트 어만, 『성경 왜곡의 역사』(민경식 역, 청림출판, 2006), pp.131~132.

성을 열어주는 등불의 하나로 기능해 왔다는 것은 엄연한 진실이기 때문이다.

누군지 알 수 없는 필사자가 『성서』의 어떤 텍스트를 다시 베껴 쓰는 과정에서 이런 식으로 슬며시 집어넣은 대목들은 지금까지 살펴본 '간음한 여인에 대한 정죄' 이야기 말고도 숱하게 존재한다. 그런데 이런 대목들이 그 후 기독교라는 종교의 역사적 전개 과정 속에서 실제로 행하게 되는 기능이, 언제나 위의 경우처럼 긍정적인 방향으로 나타나는 것은 아니다. 정반대의 경우가 더 많다. 불행한 일이 아닐 수 없다.

'가난한 자'와
'심령이 가난한 자'

「누가복음」 6장 20절을 보면 다음과 같은 예수의 발언이 나온다.

　　가난한 자는 복이 있나니 하나님의 나라가 너희 것임이요

　그런데 「마태복음」 5장 3절을 보면, 위의 구절에 대응되는 대목이 다음과 같은 문장으로 되어 있다.

　　심령이 가난한 자는 복이 있나니 천국이 저희 것임이요

　방금 내가 인용한 두 개의 『성경』 구절은 동일한 기원을 가지고 있는 것들임에 틀림없다. 그리고 그 기원의 형태를 좀 더 충실하게 보여주고 있는 것은 아무래도 「누가복음」 6장 20절일 가능성이 높다. 만약 그렇다면, 「누가복음」 6장 20절이 기원의 형태를 비교적 충실하게 재현하고 있는 반면, 「마태복음」 5장 3절은 그 기원에 해당하는 문장에 들어 있었던 "가난한 자"라는 표현을 굳이 애를 써서 "심령이 가난한 자"로 바꾼 것이 된다. 「마태복음」을 쓴 사람은 왜 그런 수고를 했

을까? 위의 물음에 대한 흥미로운 답이 서중석의 『복음서해석』에 들어 있다.

서중석이 위의 물음에 대해 구체적으로 어떤 답을 제시하고 있는지를 말하기 전에, 그가 『복음서해석』이라는 책 전체를 통하여 일관되게 견지하고 있는 『성서』 연구의 방법론에 대해 먼저 언급해 두는 것이 필요할 듯하다. 그에 따르면, 초기 기독교 공동체들 가운데에는, 「마태복음」을 자신들의 소의경전(所依經典)으로 삼는 집단도 있었고, 「누가복음」을 소의경전으로 삼는 집단도 있었다. 물론 「마가복음」을 소의경전으로 삼는 집단도, 「요한복음」을 소의경전으로 삼는 집단도 있었다. 편의상 이들을 각각 마태공동체, 누가공동체, 마가공동체, 요한공동체라고 부를 수 있을 것이다. 각각의 공동체는 그 공동체 나름의 특징을 가지고 있었다. 그리고 그 공동체 나름의 특징에 부합하는 내용으로 복음서를 기록·편집하고, 그렇게 기록·편집된 복음서를 자신들의 소의경전으로 삼았다. 사정이 이러하였던 만큼, 복음서를 연구하는 사람은, 그 복음서를 자신의 소의경전으로 삼았던 집단의 특징이 어떤 것이었으며 그런 특징이 해당 복음서의 텍스트에 어떤 식으로 투영되어 있는가를 밝히는 데에 노력을 기울일 필요가 있다.

이러한 기본적 연구방법론을 앞에서 제기되었던 물음에 적용하여 그 해답을 찾아본다면 어떤 이야기가 가능할까? 『복음서해석』에는 두 가지 종류의 답이 제시되고 있다. 각각의 핵심부분을 차례로 인용해 보이기로 한다.

> 누가 6장 20절의 "가난한 자"에 비해 마태 5장 3절은 "심령이 가난한 자"를 이야기한다. 이것 역시 마태공동체 내의 부유한 멤버들을 염두에

둔 변경이라 할 수 있다. 곧 그러한 변경은 그들의 입장을 충분히 고려해야 했던 마태공동체의 내부 분위기를 반영해 준다. "가난한 자"(ptōxos)는 마가와 마태에 각각 5번씩 나온다. 마태의 경우 그 중 세 번은 마가 자료로부터, 두 번은 큐(Q)자료로부터 취한 것이다. 곧 마태 특수자료에는 그 단어가 한 차례도 나타나지 않는다. 가난한 과부의 헌금 이야기(막 12:41~44, 눅 21:1~4)를 마태가 생략한 것도 비슷한 사정을 보여준다.[47]

위의 인용문이 이야기해 주고 있는 바에 따르면, 마태공동체는 마가공동체나 누가공동체와 같은 다른 공동체에 비해 좀 더 부유한 사람들을 주된 구성원으로 하고 있었다. 공동체의 성격이 이러하였던지라, 잡담 제하고 "가난한 자는 복이 있나니"라고 단언하는 저 '기원의 형태'를 「누가복음」의 기록자처럼 아무런 수정 없이 재생하기가 좀 곤란했다. 이런 난감한 처지에서 안출된 것이, "가난한 자"를 "심령이 가난한 자"로 바꾸어버리는 묘책이 아니었을까? 서중석은 위의 인용문에서 결국 이런 추측을 우리에게 제시해 주고 있는 셈이다.

이것은 실제로 일어났던 일과 부합할 가능성이 상당히 높은 추측임에 틀림없다. 하지만 그것이 어디까지나 추측의 범위를 넘어서지 못한다. 그런 만큼, 다른 가능성도 생각해 볼 수 있다. 그 다른 가능성의 하나를 서중석은 다시 다음의 인용문에서 보여주고 있다.

"심령이(tō pneumati: [영에 있어서]) 가난한 자는 복이 있나니 천국이 저희 것임이요"라는 구절(5:3)에서 「누가복음」 6장 20절의 병행에는 없는 "영에 있어서"가 팔복의 첫째 항목에 부가된 것은 영적인 부(일종

의 카리스마)를 자랑하는 자들이 마태공동체 내에서 왕성히 활동하고 있었던 분위기를 보여준다. 그러한 활동이 공동체의 질서를 위협하고 있었다. 영에 있어서 가난한 자에게 주어지는 보상은 "하늘나라"로 되어 있다(5:3). 이 구절을 "주여 주여 하는 자마다 하늘나라에 다 들어갈 수 있는 것이 아니라"는 구절(7:21)과 관련시켜 보면, 영에 있어서 부유한 자(카리스마)는 주여 주여 하고 행하지 않는 자처럼 하늘나라에 들어갈 수 없다는 뜻이 된다. (…) 마태는 이런 종류의 거짓 카리스마적 활동을 비판하면서 다른 종류의 카리스마적 활동은 고무시킨다.[48]

위에 인용된 대목에서 서중석이 제시하고 있는 '다른 가능성'을 한 문장으로 요약하면 대략 다음과 같은 것이 될 법하다. "「마태복음」의 기록자가 굳이 '심령이 가난한 자'에게 내려지는 축복을 강조한 것은, 당시의 마태공동체 내에 자신이 '부요한 심령'을 가지고 있노라고 으스대며 설치는 자들이 있었던바, 그런 자들을 비판하고 견제할 필요성이 제기되었기 때문이다." 이런 추측 또한 실제로 일어났던 일과 부합할 가능성이 상당히 높은 추측이라고 보아야 할 것이다.

하지만 확실한 정답이 무엇인지는 물론 알 수 없다. 아마 영원히 알 수 없으리라. 그리고 이처럼 '영원히 정답을 알 수 없다'는 사정은, "「마태복음」을 기록한 사람은 왜 '가난한 자'라는 표현 대신 '심령이 가난한 자'라는 표현을 사용했을까?"라는 물음 하나에만 해당되는 것이 아니다. 『복음서해석』에서 검토하고 있는 모든 문제에 다 해당되는 것이다.

그와 같은 한계를 지니고 있기는 하지만, 『복음서해석』에서 서중석

이 채택하여 여러 가지 문제들에 적용해 보이고 있는 연구방법론이 상당히 매력적인 것임에는 틀림없다. 그는 이러한 방법론에 '사회학적 전망'이라는 명칭을 붙이고 있는데, 나로서는 이러한 방법론에 의거하여 써진 이 책의 수록 논문들 가운데 흥미롭지 않은 것이 하나도 없었다.

가톨릭의 교리와
「요한복음」

　　존 쉘비 스퐁이 1996년에 출간한 『2000년 동안의 오해로부터 예수를 해방시켜라』는 2004년에 한국어로 번역되었다. 나는 이 책을 여러 번 반복해 읽으면서 많은 것을 배웠다. 내가 이 책에서 배운 중요한 새 지식 가운데 하나로, 가톨릭의 교리와 관련된 것이 있다. 아래에 그것을 간단히 요약하여 정리해 보고자 한다.

　　가톨릭 교단에서는 개신교의 경우와 달리 한 번도 『성서』를 자기들이 주장하는 권위의 중요한 근거로 삼은 적이 없다. "로마 가톨릭을 위한 권위는 교회의 공식 가르침 가운데 있고, 가톨릭 교도권(敎導權, magisterium) 안에 있으며, 교황무오설(無誤說, infallibility) 밑에서 운영되는 교황청에 자리 잡고 있기 때문이다."[49]

　　그러니 만큼, "『성서』에 기록되어 있는 온갖 내용들이 정말 실제로 일어났던 일을 충실하게 기록한 것이냐?"라는 물음 앞에서 누구나 주저 없이 "그렇다!"라고 대답할 수 있었던 시대가 가고, 근대에 이르러

---

49 존 쉘비 스퐁, 『2000년 동안의 오해로부터 예수를 해방시켜라』(최종수 역, 한국기독교연구소, 2004), p.41.

『성서』 내용의 사실적 신빙성이 땅바닥에 떨어지게 된 변화는, 『성서』를 그 종교적 권위의 중심으로 삼아 온 개신교 교단에게는 엄청난 당혹감과 혼란을 불러일으켰지만, 가톨릭은 상대적으로 당혹감이나 혼란을 덜 겪은 편이었다.

그러나, 좀 더 자세히 살펴보면, 가톨리시즘의 교리도 사실은 그 나름으로 『성서』 내용에 대한 문자적 이해에 기초를 두고 거기에 의존해서 만들어진 것이며, 그렇기 때문에, 『성서』 내용의 신빙성이 땅바닥에 떨어지게 되었다는 사실을 가톨릭 교단이라고 해서 결코 태연하게 남의 일 보듯 바라볼 수만은 없다.

구체적으로 이야기하자면, 서기(西紀)의 처음 몇 세기에 걸쳐 가톨릭 교리가 형성되는 과정은 전적으로 『성서』 내용에 대한 문자적 이해에 바탕을 두고 진행되었다. 대표적인 경우로, 서기 4세기와 5세기에 걸쳐 성육신 교리와 삼위일체 교리가 다듬어졌는데, 그것은 주로 「요한복음」의 내용을 문자 그대로 사실에 대한 기록이라고 믿는 가운데 그것에 의지하면서 다듬어진 것이다. 그런데 이처럼 「요한복음」의 문자 그대로의 내용에 자기들 신학의 토대를 둔 것은, 스퐁의 표현에 의하면, "가장 부서지기 쉬운 건조물을 세운 것과 마찬가지이다." 왜 그런가? 『성서』 내용의 신빙성 여부를 따지는 연구는 근대에 이르러 엄청나게 발전했는데, 그 연구의 성과에 입각해서 보면, "도대체 「요한복음」 안에는 그보다 앞서서 기록된 다른 복음서들보다도 예수가 직접 한 말이라고 볼 수 있는 것이 한 마디도 없기 때문이다. 「요한복음」에 있는 말씀들은 극히 뒤에 기록된 것이고, 그렇기 때문에 분명히 본래의 것이 아니다."[50]

여기서 스퐁은 "지난 10여 년 동안 미국 가톨릭과 개신교 양쪽 성서

학자들이 '예수 세미나(Jesus Seminar)'로 모여서 여러 복음 전승들 가운데 진정한 예수의 말씀이 어떤 것인지 찾아보려고 애"쓴 결과「요한복음」에 대해서 최종적으로 어떤 결론에 도달하게 되었던가를 소개한다. 그들은 예수의 목소리를 정확하게 반영해 주는 대목은 '붉은색 범주'로, "예수가 아마 어쩌면 이 말씀과 비슷한 말씀을 했을 것이지만, 예수의 입에서 나온 문자적인 말씀은 아"닌 것은 '분홍색 범주'로, "예수가 한 말씀은 아니지만 예수의 생각에 가까운 것을 담고 있는" 것은 '회색 범주'로, "예수가 이 말씀들을 말하지 아니하였고 또 말할 수도 없었다는 것을 확신"할 수 있는 것은 '검은색 범주'로 각각 설정하고「요한복음」의 텍스트를 분석해 보았다. 그랬더니 붉은색 범주에 드는 것은 하나도 없었고, 분홍색 범주에 드는 것과 회색 범주에 드는 것이 각각 하나씩 있었으며, 나머지는 모두 검은색 범주에 해당하였다.[51]

「요한복음」의 내용을 문자 그대로 실제 있었던 사실의 기록으로 믿는 것이 얼마나 잘못된 것인지는 위에서 보는 바와 같이 명백하다.

어쨌든 가톨릭 교단은『성서』의 텍스트에 대한 이처럼 잘못된 믿음에 바탕을 두고 자신들의 기본 교리를 만들었으며 거기에 다시 교황 무오설과 같은 여러 가지 사제(私製) 이론을 보태어 자신들의 교리를 완성해 놓고 그것을 지금까지 모든 가톨릭 신자들에게 가르쳐 온 것이다.

그러다가, 위에서 말한 것처럼 근대에 이르러『성서』내용의 사실

---

50 위의 책, 같은 페이지.
51 위의 책, pp.41~42.

적 신빙성이 땅바닥에 떨어지게 되자, 가톨릭 교단에서는 대략 세 가
지 반응이 나타났다.

　첫째는, 그냥 옛날식으로 딴 소리 하지 말고 가자는 태도를 고수하
는 것이다. 이것은 주로 가톨릭 지도부의 당국자들이 취하는 입장이
다. 둘째는, 진리 추구의 정신에 입각하여 문제와 정면으로 대결하면
서 지도부에 대해 이의를 제기하는 것이다. 이러한 입장을 선택한 학
자들은 전문적인 학술연구논문만 쓰는 것으로 시종하는 경우에는 무
시당했고 대중적인 교양서를 쓰는 데로 나아갔을 경우에는 핍박을 당
해야 하는 처지로 떨어졌다. 한스 큉 같은 경우가 대표적이다. 셋째
는, 조심스러운 타협적 노선을 걸어가면서 "진리추구보다 교회기관의
필요 요구에 봉사하는 것을 주 업무로 삼는"[52] 것이다.

　대략 이상과 같은 것이, 가톨릭의 교리와 관련하여 내가 스퐁의 저
서로부터 새롭게 배운 내용이다. 이러한 내용이 나에게는 참으로 흥
미롭다. 바라건대는 나의 이 글을 읽는 독자들에게도 그것이 흥미로
운 것으로 느껴졌으면 한다.

　마지막으로, 앞에서 스퐁이 소개한 '예수 세미나'의 과정을 진행하
였던 미국의 학자들이 「요한복음」을 분석하면서 발견한 '분홍색 범주
에 드는 것'과 '회색 범주에 드는 것'이 각각 무엇인지를 확인해 보기
로 하자.

　분홍색 범주에 드는 것, 즉 '예수가 아마 어쩌면 이 말씀과 비슷한
말씀을 했을 것이지만, 예수의 입에서 나온 문자적인 말씀은 아닌 것'
으로 판정된 구절은 4장 43절이라고 한다. 국역된 「요한복음」의 텍스

---

52 위의 책, p.43.

트를 찾아보니, 4장 43절은 "이틀이 지나매 예수께서 거기를 떠나 갈릴리로 가시며"라는 구절이다. 그렇다면 아마 거기에 이어지는 4장 44절, 즉 "친히 증거하시기를 선지자가 고향에서는 높임을 받지 못한다 하시고"라는 구절 중의 "선지자가 고향에서는 높임을 받지 못한다"는 대목이 분홍색 범주에 드는 것이 아닌가 한다.

회색 범주에 드는 것, 즉 '예수가 한 말씀은 아니지만 예수의 생각에 가까운 것을 담고 있는 것'은 13장 20절이다. 그것을 그대로 옮겨 적으면 이러하다. "내가 진실로 진실로 너희에게 이르노니 나의 보낸 자를 영접하는 자는 나를 영접하는 것이요 나를 영접하는 자는 나를 보내신 이를 영접하는 것이니라."

19세기 미국의
노예제도와 『성서』

　19세기의 미국에서는 노예제도를 폐지하자고 주장하는 북부 사람들과 그것을 존속시켜야 한다고 주장하는 남부 사람들 사이에서 격렬한 논쟁과 세력 다툼이 전개되었다. 그 논쟁과 세력 다툼은, 노예제도 폐지론자인 링컨이 미국 연방의 대통령으로 당선되자 남부 사람들이 연방으로부터 탈퇴하여 다른 나라를 세우는 데까지 나아갔다. 이러한 사태가 남북전쟁을 낳았던 바, 4년간 계속된 이 전쟁에서 북부 군인 36만 명, 남부 군인 26만 명의 전사자가 나왔다. 이런 어마어마한 희생을 치른 전쟁에서 결국 북부가 승리하였고, 그 결과 노예제도는 폐지되었다.

　역사가 이런 식으로 전개되어 가는 동안, 노예제도의 폐지를 주장하는 기독교 지도자들과 그 제도의 존속을 주장하는 기독교 지도자들 사이에서도 뜨거운 논쟁이 지속되었다. 양쪽 다 기독교라는 종교의 지도자들인 만큼 그들의 논쟁은 『성서』의 텍스트를 가장 권위 있는 논거로 제시하면서 진행되었다. 김형인이 쓴 『두 얼굴을 가진 하나님: 『성서』로 보는 미국 노예제』라는 책을 읽어보면, 그 논쟁의 실상에 대한 구체적인 설명이 잘 나와 있다.

　김형인의 설명에 따르면, 그 당시 노예제도의 존속을 주장한 사람들은 『성서』에서 자못 풍부한 논거를 찾아내어 이용할 수 있었던 반면, 노예제도의 폐지를 주장한 사람들은 「마태복음」 7장 12절에 기록되어 있는 이른바 '황금률(黃金律)'의 가르침, 즉 "무엇이든지 남에게 대접을 받고자 하는 대로 너희도 남을 대접하라"라는 구절 이외에 별반 뚜렷한 논거를 발견할 수가 없었다고 한다.

　노예제도의 존속을 주장한 사람들이 찾아내어 이용할 수 있었던 '풍부한 논거'는 대부분 『구약성서』에 속하는 것들이었다. 그러나 『신약성서』에 속하는 텍스트가 없지는 않았다. 김형인은 그 대표적인 예로 두 개를 들고 있다.[53] 그 중 하나는 「베드로전서」 2장 18~20절에 실려 있는 다음과 같은 가르침이다.

　　사환(使喚)들아 범사(凡事)에 두려워함으로 주인들에게 순복(順服)하되 선하고 관용하는 자들에게만 아니라 또한 까다로운 자들에게도 그리하라 애매히 고난을 받아도 하나님을 생각함으로 슬픔을 참으면 이는 아름다우나 죄가 있어 매를 맞고 참으면 무슨 칭찬이 있으리요 오직 선을 행함으로 고난을 받고 참으면 이는 하나님 앞에 아름다우니라

　다른 하나는 다음과 같은 「디모데전서」 6장 1~2절의 교훈이다.

　　무릇 멍에 아래 있는 종들은 자기 상전들을 범사에 마땅히 공경할 자로 알지니 이는 하나님의 이름과 교훈으로 훼방을 받지 않게 하려 함이

53　김형인, 『두 얼굴을 가진 하나님: 『성서』로 보는 미국 노예제』(살림, 2003), pp.84~85.

라 믿는 상전이 있는 자들은 그 상전을 형제라고 경(輕)히 여기지 말고 더 잘 섬기게 하라 이는 유익을 받는 자들이 믿는 자요 사랑을 받는 자임이니라 너는 이것들을 가르치고 권하라

"「베드로전서」의 필자인 사도 베드로나 「디모데전서」의 필자인 사도 바울과 같은 위대한 스승이 위와 같은 말로써 노예제도의 정당성을 보증해 주고 있는데 왜 폐지론자들은 이제 와서 엉뚱한 소리들을 하고 있느냐?"-대략 이런 논리를 노예제도 옹호론자들은 폈던 셈이다.

물론 오늘에 와서 크게 발전한 『성서』 연구의 성과에 입각해서 보면 그들이 한 치의 의심도 없이 의존했던 『신약성서』로부터의 보증이라는 것은 아주 허약했던 것임이 판명된다. 「베드로전서」는 누구인지 알 수 없는 필자가 베드로의 명의를 참칭해서 쓴 것이고 「디모데전서」역시 누구인지 알 수 없는 필자가 바울의 이름을 도용해서 쓴 것임이 밝혀진 지 오래이기 때문이다. 말하자면 위의 두 대목은 모두 정전(正典)으로서의 권위를 주장할 수 없는 대목들인 것이다.

그러나 노예제도의 존속을 주장한 사람들이 든든한 뒷받침으로 삼았을 만한 대목이 정전으로 공인받고 있는 『신약성서』의 텍스트들 가운데 전무한 것은 아니다. 예를 들어, 「누가복음」 17장 7~9절에 예수의 말로 기록되어 있는 문장을 생각해 보자.

너희 중에 뉘게 밭을 갈거나 양을 치거나 하는 종이 있어 밭에서 돌아오면 저더러 곧 와 앉아서 먹으라 할 자가 있느냐 도리어 저더러 내 먹을 것을 예비하고 띠를 띠고 나의 먹고 마시는 동안에 수종(隨從)들고 너는 그 후에 먹고 마시라 하지 않겠느냐 명한 대로 하였다고 종에게

사례하겠느냐

위에 인용된 문장의 앞뒤 맥락을 좀 더 폭넓게 살펴보면, 위의 문장은 예수가 제자들에게 '겸손한 마음으로 너희들의 사명을 이행하라'고 가르치면서 설명의 효과를 기하기 위해 비유를 드는 과정에서 나온 것임을 알 수 있다. 그러니까 노예제도의 정당성을 명시적으로 주장하는 내용이 여기에 나타나 있는 것은 아니다. 그렇기는 하지만, 아무리 설명의 효과를 위한 수단으로 제시된 문장이라 하더라도, 위의 문장 속에 담겨 있는 기본적인 태도가, '노예제도는 자연스러운 것이며, 상전이 노예를 냉혹하게 부리는 것에는 아무런 문제도 없다'라는 것임은 누구도 부정할 수 없으리라. 김형인은 위의 문장에 대해 언급하지 않았지만, 19세기 미국의 노예제도 옹호론자들이 그들의 논지를 펼쳐나가는 과정에서 동원한 『성서』로부터의 인용 가운데에는 위의 문장이 틀림없이 포함되었을 것이다.

『월남망국사』와
천주교도들

1905년 중국의 상하이에서 출간된 『월남망국사(越南亡國史)』라는 책이 있다. 당대의 대사상가이자 정치가였던 량치차오(梁啓超)가 낸 책이다. 이 책의 서문을 보면, 량치차오는 자신을 찾아온 베트남 출신의 망명객 판 보이 차오(潘佩珠)를 맞아 긴 대화를 나눈 일이 있었고, 그것이 계기가 되어, 이 책을 내기에 이르렀다고 써져 있다. 그때 두 사람이 나눈 대화의 주제는 프랑스의 침략으로 인해 멸망에 이른 베트남 현대사의 비극적인 내막이었다.

책의 내용을 구성하고 있는 대화의 주제가 그런 것이었던 만큼, 그 당시의 한국 지식인들은 이 책에 대해 강한 관심을 보였다. 책이 나온 이듬해에 번역본이 출간되었고 그 다음 해에 다시 두 종류의 번역본이 더 출간되었다는 사실만 보더라도 그 관심의 강도를 짐작할 만하다.

그런데 이 책을 읽어나가다 보면, 프랑스가 베트남을 공략해 들어올 때마다 '천주교도들'이 앞장을 섰다는 사실에 저절로 주의가 가는 것을 막을 수 없다. 이를테면 다음과 같은 식이다.

프랑스가 백 년 전에 천주교도를 서공(西貢)과 하선(河仙) 등지에 보내어 전도하기를 청하니 이때는 가륭(嘉隆) 초년이었다. 이때에 프랑스 사람이 벌써 월남을 엿볼 뜻이 있었으나 월남의 군신이 화목하여 정사에 빈틈이 없는 것을 보고 또한 월남 국내의 허실을 알지 못하여 감히 행동하지 못하였다. 그러다가 사덕(嗣德) 황제 초년에 이르러 월남의 정사가 더욱 잘못되고 백성의 권리가 날마다 더 꺾여 공론이 서지 못하는 상황을 보고 월남이 망할 때가 된 줄 알아 프랑스가 천주교도를 보내어 월남 정부에 통상하기를 요청하고 대량의 상선을 서공으로 많이 모아들이고 불의에 군함으로 타양(沱瀁, 월남의 제일 중요한 항구)으로 쳐들어왔다.[54]

프랑스가 제국주의로 무장하여 대대적인 침략과 정복의 행군에 나설 때, 그 선두에는 바로 천주교도들이 자리하고 있었던 것이다. 그 가운데서도 가장 중요한 역할을 담당한 것은 프랑스에서 온 신부들이었다. 안정효가 쓴 『지압 장군을 찾아서』를 보면 그 가운데 대표적인 사람 두 명의 이름이 나온다. "선교사의 신분으로 베트남에 와서, 엉뚱하게도 돈벌이로 눈을 돌"리고, 급기야는 "군사 3천을 동원하여 다낭에 상륙해서 내륙으로 침공하자고 프랑스의 왕을 설득하"[55]는 데까지 나아갔으나 궁극적으로 실패하고 말았던 피에르 푸아브르라는 인물이 그 하나다. 혁명군에게 밀려 위기에 봉착한 베트남 왕 응웬푹아잉(阮福映)의 요청에 응해 프랑스 왕이 1천6백5십 명의 군인을 파병하도록 주선함으로써 "결과적으로 베트남을 프랑스의 식민지로 만드는"[56] 과정의 단초를 만들어낸 피뇨 드 베아인이라는 신부가 다른 하

---

54 량치차오, 『월남망국사』(안명철·송엽휘 역, 태학사), pp.34~35.
55 안정효, 『지압 장군을 찾아서』(들녘, 2005), pp.246~247.

나다.

　이처럼 신부들을 필두로 한 일군의 천주교도들이 베트남을 겨냥한 프랑스의 제국주의적 침탈에서 향도(嚮導)의 역할을 담당했다는 사실을 담고 있는『월남망국사』는, 흥미롭게도, 그 책의 번역본이 출간되던 당시의 한국에서 천주교와 경쟁하는 관계에 놓여 있었던 개신교인들에 의해, 천주교에 대한 비난의 근거로 활용되기도 했다. 다음에 인용하는『경향신문』의 기사를 보면 그 점을 알 수 있다. 현대 표기로 바꾸어서 제시한다.

　　　근래에 예수교인들이 여러 지방에서 전도할 때에 제일 그 책을 풀어 찬미하여 극구 칭도하기를 이 책에 있는 말은 다 참말이라 하니 (…) 우리나라에 천주교사들이 법국인인즉 안남의 법국사람을 미워하게 하는 것이 우리나라 천주교를 미워하게 하는 것인 줄을 알겠고 또 그 책을 예수교 회장들이 팔게 하고 찬미하도다[57]

　주지하다시피 당시의『경향신문』은 천주교회에서 내던 신문이었다. 위에 인용된 대목은, 당시의 한국 개신교인들(위의 인용문에서 '예수교인'으로 지칭되고 있는 사람들)이 '마침 잘 됐다'는 듯이『월남망국사』를 선전하고 다니는 현상이 있다는 점을 불만 섞인 어조로 지적하고, 거기에 맞서서 천주교를, 그리고 프랑스를 옹호하는 내용으로 되어 있는, 상당히 긴 연재 기사의 첫 부분이다. 그런데 이 부분 다음에 계

56　위의 책, p.249.
57　「근래 나는 책을 평론:『월남망국사』」(1),『경향신문』1908.4.10; 신광철,『천주교와 개신교: 만남과 갈등의 역사』(한국기독교역사연구소, 1998), p.159에서 재인용.

속 이어지는 내용들을 읽어가다 보면, 우리는 착잡한 느낌에 사로잡히지 않을 수가 없게 된다. 이 기사를 쓴 사람이, 프랑스를 위해서 변명의 논리를 마련해 주는 데에 열을 쏟은 나머지, 상당히 듣기 거북한 제국주의 옹호론으로까지 나아가고 있음을 발견하게 되기 때문이다. 한국의 천주교를 깎아내리려는 의도로 『월남망국사』를 선전하고 다니는 사람이나, 거기에 맞서서 천주교와 프랑스를 위한 변명의 말을 나열하다가 제국주의 옹호론으로까지 나아가 버리는 사람이나, 다 문제가 있다.

1920년대의
한국 기독교계에
일어난 변화

    야소(耶蘇)기독(基督)은 그 성부(聖父)인 상제(上帝)를 빼쏘듯한, 간휼 험악한 성질을 골고루 가지신 성자(聖子)이었겠다. 그 출생 후에 성부의 도를 펴려다가 겨우 30이 넘어 예루살렘에서 유태인의 흉수(兇手)에 걸리었었다. 그러나 그때의 유태인은 너무 얼된 백성이었던 때문에 다 잡히었던 야소를 다시 놓쳐 십자가를 진 채로 도망하여 '부활'한다 자칭하고, 구주(歐洲) 인민을 속이시사 모두 그 교기하(教旗下)에 들게 하셨다. 십자군 그 뒤에 '십자군 동정(東征)' '30년 전쟁' 같은 대전쟁을 유발하여 일반 민중에게 사람이 사람 잡는 술법을 가르쳐 주셨으며, 늘 '고통자가 복받는다, 핍박자가 복받는다'는 거짓말로 망국민중과 무산민중을 거룩하게 속이사 실제의 적을 잊고 허망한 천국을 꿈꾸게 하며 모든 강권자와 지배자의 편의를 주셨으니 그 성덕신공(聖德神功)은 만고역사에 쓰고도 남을 것이다.[58]

    위에 인용한 것은 신채호의 소설 「용과 용의 대격전」(1928)에서 예수에 대해 언급하고 있는 유명한 대목의 일부분이다. 여기에 나타나

---

58 『단재신채호전집』 별집(형설출판사, 1977), p.283.

있는 신채호의 예수를 보는 시각은 누구나 금방 실감할 수 있는 바와 같이 극도로 부정적이다. 이러한 사실은 곧 그가 당대의 한국 기독교계에 대해 극도로 부정적인 시각을 지니고 있었음을 말해 주는 증거에 다름 아닐 것이다.

그런데 이 문제와 관련된 박정신의 설명을 들어보면, 신채호가 원래부터 기독교에 대하여 이처럼 부정적인 태도를 일관되게 견지해 왔던 것은 아니라고 한다. 그가 1910년에 발표했던 「20세기 신국민」 같은 글을 보면, 당시의 그는 종교 자체를 무척이나 싫어하면서도 유독 기독교만은 긍정적으로 평가하는 입장을 취하고 있었다는 것이다. 그랬던 그가 위에 인용된 「용과 용의 대격전」의 본문을 통해 알 수 있듯 1920년대에 이르러 뚜렷이 반기독교적인 입장으로 옮겨가게 된 것은 무엇 때문인가? 이 물음에 대한 답을 박정신은, 3.1운동 무렵까지는 "기독교와 반일독립운동 세력이 떼려야 뗄 수 없을 만큼 깊이 물려 있었"[59]던 반면 3.1운동 이후부터는 한국 기독교계의 주류가 "이전과는 달리 민족 공동체의 사회, 정치적 문제를 외면하기 시작"하였으며 "교회는 이 세상 문제를 논의하는 곳이 아니라 '저 세상'을 바라다보는 곳이 되어 갔다"[60]는 사실에서 찾는다. 한국 기독교계의 이러한 변화는 수많은 지식인, 독립운동가, 사회운동가들의 광범위한 반발을 불러일으켰으며 예수와 기독교를 보는 신채호의 시각이 부정적인 방향으로 바뀐 것은 그러한 반발의 한 대표적인 예에 다름 아니라는 것이다.

---

59 박정신, 『한국 기독교사 인식』(혜안, 2004), p.158.
60 위의 책, p.168.

그런데 이 문제와 관련된 박정신의 설명 가운데 나에게 특히 흥미로운 것은 신채호를 포함한 많은 지식인, 독립운동가, 사회운동가들로부터 그처럼 광범위한 반발을 불러일으킨 그 시대 한국 기독교의 변질을 '지식 봉급쟁이'의 성장과 관련시켜서 설명하고 있는 부분이다. 1920년대로 들어서면서부터, 기독교 공동체의 대대적인 확장과 더불어, 그 공동체 내에서 '근무'하고 '봉급'을 받는 성직자니 행정요원이니 하는 사람들이 엄청나게 늘어났으며 그들은 그들에게 밥벌이할 자리를 제공해주는 기독교 공동체가 정치 문제니 사회 문제니 하는 것들에 얽혀들어 위험을 겪지 말고 안전하게 유지되기를 소망했고 그것이 그들로 하여금 기독교를 탈정치의 노선으로, 현실안주의 노선으로, '저 세상' 지향의 노선으로 이끌어가게끔 만들었다는 것이다.

박정신의 이러한 지적은 위에서 말한 것처럼 직접적으로는 1920년대의 한국 기독교계에 나타났던 변화의 원인에 대한 설명으로 제시된 것이지만, 시야를 더 넓혀서 생각해보면, 다른 시대의 한국 기독교를 생각하는 자리에서도 상당히 의미 있는 시사를 제공해 줄 수 있는 것으로 여겨진다. 어쩌면 그것은 한국이 아닌 다른 여러 나라의 기독교를 논의하는 자리에서도 역시 유용한 설명틀로 참조될 수 있을지 모른다.

일제 말기의 한국 기독교와
『구약성서』

강성호의 『한국 기독교 흑역사』에서 일제 말기 한국 기독교계의 친일을 다루고 있는 부분을 보면, 그 당시 친일로 나아간 한국 기독교계에서, 친일의 자연스러운 귀결로, 『구약성서』를 경시하거나 아예 무시하고자 하는 경향이 나타났다는 이야기가 나온다. 이와 관련된 강성호의 설명을 아래에 요약해 보기로 한다.

원래 한국의 기독교계에는 『구약성서』를 중시하는 경향이 뚜렷했다. 『구약성서』에 담겨 있는 이스라엘 민족의 고난과 구원 이야기를 읽으면서 우리 민족의 고난과 구원을 생각하지 않을 수 없었다는 사정이 여기에 작용하였다. 말하자면 『구약성서』는 한국의 많은 기독교인들에게 민족적 저항의 정신을 일깨워주는 텍스트로 기능하였던 것이다. 바로 이런 사정이, 일제 당국자들로 하여금, 『구약성서』를, 혹은 『구약성서』에 대한 한국 기독교인들의 적극적 관심을, 식민 지배에 대한 방해물로 간주하도록 만들었다. 그들은 이런 판단에 입각하여, 「기독교에 대한 지도방침」이라는 문건을 만드는 데로 나아갔다. 1940년에 작성된 그 문건은 "『구약성서』를 폐기하거나 식민 지배를 정당화하도록 해석하는 지침서"로 마련된 것이었다. 사태가 이런 방향으로 진행되자, 당시 이미 친일의 길로 접어들었던 한국 기독교계의 주요 세력들은, 지배자들의 정책에 호응하는 모습을 보이기 시작하였다. 일례로 감리교회는 1942년 12월에 『구약성서』의 폐기를 선언하였다. 1943년이 되자 장로교회의 친일 그룹은 "『구약성서』에 나타난 유대인의 사상을 없애기 위해 『구약성서』의 새로운 해석교본을 제정할 것을 결의"하였다. 1943년 10월에는 "설교 시간에 『구약성서』와 「요한계시록」을 사용하지 않고 4복음서만을 사용할 것을 지시"하는 조치가 일본기독교 조선감리교단에 의해 취해지기도 했다.[61]

　일제 말기 친일 기독교계의 위와 같은 행태에 대한 강성호의 설명을 접하면서, 나는 자못 착잡한 느낌에 빠져들지 않을 수가 없다. 왜 그런가? 두 가지 항목으로 그 '착잡함'을 요약할 수 있다.

　(1) 일제 말기의 친일 기독교계가 식민 지배자들의 강요에 순응하여 저처럼 본래의 신념을 버리는 방향으로 나아간 것은 비판받아야 마땅한 태도임에 틀림없다. 그 점에 대해 나는 아무런 이의를 갖고 있지 않다.

　(2) 그러나, 특정 시기의 특정 기독교인들이 『구약성서』에 대해 어떤 태도를 취했던가 하는 문제와 별도로, 『구약성서』의 텍스트 자체는, 기독교가 바람직한 종교로 살아남기 위해서는, 정말로 경전의 지위에서 추방되어야 한다는 것이 나의 확신이다. 한 마디로 말하자면, 나는 영국의 역사가 존 B. 베리가 『구약성서』에 대해 다음과 같이 말해 놓은 것을 지지하는 사람이다.

61　강성호, 『한국 기독교 흑역사』(짓다, 2016), p.61.

불행하게도 초기의 기독교도는, 저급한 문명 단계에 속하는 관념을 반영하고 있어서 만행(蠻行)의 기록으로 가득 차 있는 유태 문서를 『성서』 속에 넣었던 것이다. 『구약』에 실려 있는 잔인하고 포학하고 괴팍한 명령과 실례들은, 『성서』의 계시를 맹신하는 경건한 독자라면 인정하지 않을 수 없게 마련이니, 그 때문에 인간 도덕을 타락시키는 데 얼마나 큰 해독을 끼쳤는지 알 수가 없다. (…) 만일 기독교도가 그 신앙 목록에서 '여호와'를 없애버리고, 『신약』만으로 만족하여 『구약』의 계시를 버렸더라면, 역사가 (달라졌을 것은 확실하나) 얼마나 달라졌을까 하는 의문이 사람들의 머리에 떠오를 만한 것이다.[62]

사정이 이러하니, 내가 어떻게 착잡한 느낌에 빠져들지 않을 수가 있겠는가?

이야기가 여기까지 온 김에, 개인적인 회상에 해당하는 말을 간단히 덧붙여 놓고 이 글을 마칠까 한다.

내가 『구약성서』의 텍스트를 처음으로 완독한 것은 지금으로부터 약 40년 전의 일이다. 그 당시 내가 『구약성서』의 텍스트로부터, 그 중에서도 특히 「창세기」로부터 「역대(歷代) 하(下)」에까지 이르는 13편의 문서들(총 14편이지만 「사사기(士師記)」와 「사무엘 상(上)」 사이에 배치되어 있는 짧은 문서인 「룻기(記)」를 제외하면 13편이다)로부터 받은 어두운 충격을 제대로 표현할 말이 나에게는 없다.

그 후로 혹시 신중하게 한 대목 한 대목을 음미하며 다시 읽으면 최초의 인상을 개선할 수 있을지 모른다는 희망을 안고 몇 차례나 『구약성서』의 텍스트로 돌아가 보곤 했지만 그 희망은 끝내 실현되지

---

62 존 B. 베리, 『사상의 자유의 역사』(양병우 역, 박영사, 1975), pp. 45~46.

않았다. 그 몇 차례의 재독(再讀)이 나에게 남긴 것이 있다면 『구약성
서』를 비판하는 짧은 글 몇 편[63]을 쓸 수 있게 해준 것 정도이다. 그
짧은 글들에서 내가 일관되게 견지한 주장의 요지는 다음의 인용 속
에 들어 있다.

　　의심할 여지 없이 잔인하고 이기적인 부족신의 면모를 뚜렷하게 지
　닌 존재로 야웨를 그려 보이고 있는 수많은 텍스트들을 기독교가 『구약』
　이라는 이름 아래 신성한 경전의 일부로 계속 받들어 모셔 오고 있는
　것은 분명 심각한 문제점이 아닐 수 없다.[64]

63　이 글들은 나의 책 『한국 현대소설과 종교의 관련 양상』(푸른사상, 2005), 『한국소
　　설 속의 신앙과 이성』(역락, 2007), 『한국소설과 예수 그리고 유다』(역락, 2011)에
　　나뉘어 실려 있다.
64　이동하, 「『구약성서』에 관한 오강남의 견해를 논함」, 『한국 현대소설과 종교의 관
　　련 양상』, p.288.

교회에서 들려주는 것과
신학대학원에서 가르치는 것

— 조성기의『회색 신학교』와 성경무오설

　　조성기는 1988년에『야훼의 밤』연작의 네 번째 작품으로『회색 신학교』를 출간한다. 이 작품은 1992년에 그가 네 권으로 이루어졌던 『야훼의 밤』연작을 일곱 권의 분량을 지닌『에덴의 불칼』연작으로 새롭게 편성할 때 그 연작의 제5부에 해당하는 존재로 새롭게 위치가 정해진다.

　　이 작품은 목회자가 되고자 하는 목표를 세우고 신학대학원에 입학하여 공부하는 젊은이들의 이런저런 사연들을 상당히 흥미로운 이야기 전개 속에서 담아내고 있다. 이 젊은이들은 말할 나위도 없이 전부 독실한 기독교 신자들이다. 기독교 신자로서, 신학대학원에 입학하기 훨씬 전부터 각자 자신이 선택한 교회에 정기적으로 출석하여 목사의 설교를 경청해 온 이력을 가지고 있다.

　　그런데 그들이 그동안 들어 온 설교는 대부분 성경무오설(聖經無誤說)에 입각한 것이었다.『성서』의 구절 하나하나는 전부 신의 영감에 의해 써진 것으로 일점일획도 오류에 해당하는 것이 없다는 신념에 바탕을 두고 설교하는 목사들의 이야기를 그들은 주로 들어 온 것이다. 그들 자신도 신학대학원에 입학하기 전까지는 대부분 성경무오설을 절대적인 진리로 믿어 왔다.

그런데 신학대학원에 들어와 보니, 그동안 교회에서 들어 왔던 설교와는 아주 다른 이야기가 교수의 강의를 통하여 그들에게 연속적으로 쏟아진다. 그 강의의 요체는 성경무오설이 엉터리라는 것이다. 이러한 내용의 강의를 듣고 또 그것과 관련된 과제물을 작성하면서 학생들의 생각이 변화해 가는 양상을 소설은 다음과 같이 서술하고 있다.

> 이런 교수의 강의 앞에서 학생들은 어안이 벙벙할 뿐이었다. 성경의 무오설을 철석같이 믿고 있는 학생들도 당장은 반박할 말을 찾지 못하고 꿀 먹은 벙어리가 되기 십상이었다. 많은 학생들이 교수의 강의에 세뇌당하여 가면서, 학교 들어올 당시에 가졌던 소위 건전한 성경관에 회의를 가지게 되었다.
> (…) 리포트들을 준비하는 과정에서 그 교수가 주장하는 문서설의 이론이 더욱 학생들의 의식을 점령해 나갔다. (…) 이런 식으로 성경을 보아가니 창세기로부터 신명기까지의 오경을 모세가 썼다는 주장은 아무 근거 없는 것이 되고 말았다.[65]

이런 식으로 달라져 간 그들의 사고는 급기야는 예수에 대한 그들의 생각까지도 바꾸어 놓는다. 그리고 이와 같은 변화는 그들에게 전에는 몰랐던 자유의 감각을 제공한다.

> 슬그머니 예수에 대한 생각도 바뀔 지경이 되었다. 예수의 지식의 한

---

65 조성기, 『에덴의 불칼 제5부 - 회색 신학교』(민음사, 1992), pp.151~152.

계가 지리학적·천문학적·병리학적 차원에만 머무르는 것이 아니라 신
학적인 차원으로도 확대되어, 예수의 성경관에도 오류가 있었음이 거의
확실시되지 않을 수 없었다. 예수가 그 당시에 아메리카 대륙이 존재한
다는 것을 모르고 지구가 태양 주위를 돌고 있다는 사실을 몰랐던 것처
럼, 성경이 여러 자료의 집합이라는 사실도 몰랐을 것이었다.

이쯤 되면 성경의 일점일획에 매여 꺽꺽거리던 마음이 어느 정도 숨
통이 트이면서 자유를 얻게 되는데, 과연 이 자유를 누려도 되는 건지
황송스러워지기도 했다.[66]

지금까지 나는 조성기의 소설『회색 신학교』에 나오는 신학대학원
생들의 경험담 가운데 성경무오설의 문제와 관련된 부분을 간략하게
소개해 본 셈이다. 그런데 위와 같은 식으로 전개되는 소설을 읽어 나
가다 보면, 한 가지 의문에 사로잡히지 않을 수 없게 된다. 그 의문의
내용을 항목화해서 제시해 보기로 한다.

(1) 그 신학대학원생들이 과거에 출석했던 교회에서 설교를 했던 목
사들도 따지고 보면 다 신학대학이나 신학대학원을 졸업한 사람들
이다.

(2) 그들 역시 신학대학이나 신학대학원에서 성경무오설이 순전한
엉터리라는 사실을 배웠을 것이다. 교수의 강의를 듣고 과제물을 작
성하면서 당황하기도 했고, 그러한 경험이 반복되는 동안 자신의 생
각이 서서히 달라져 가는 것을 실감하기도 했을 것이다.

(3) 그런 그들이 신학대학이나 신학대학원을 졸업하고 목사가 되어
교회 강단에 서서 행한 설교를 듣고 감동한 젊은이들이, 자기들도 목

---

66 위의 책, p.153.

사가 되겠다는 뜻을 품고, 그들이 졸업한 학교에 입학하게 된 것
이다.

(4) 그런데 이런 젊은이들이 신학대학원에 입학할 때까지 대부분 성
경무오설을 의심할 줄 몰랐다는 것은, 그들에게 설교를 들려준 목사
들, 즉 그들의 선배들이, 신학대학이나 신학대학원에서 배운 지식을
모두 숨기고, 자기들도 이미 믿지 않게 된 성경무오설을 전파하는 내
용의 설교만을 반복적으로 해 왔다는 사실을 말해 주는 것이 아닌가?

이상 네 개의 항목으로 정리해 본 것이, 『회색 신학교』를 읽어나가
는 동안 우리를 사로잡게 되는 '한 가지 의문'의 내용이다.

이런 의문을 품은 채로 소설을 더 읽어 나가노라면, 또 다음과 같은
의문도 들게 된다. '소설 속의 시점에서 신학대학원에 다니고 있는 젊
은이들은 어떨까? 그들 역시 나중에 졸업을 하고 목사가 되면, 자기
들도 믿지 않는 성경무오설을 전파하는 내용의 설교만을 하면서 살게
될 것인가?'

위의 물음에 대한 제일 개연성이 높은 답은, '아마 대부분의 경우
그렇게 할 것이다'라는 것이다. 뻔하지 않은가?

실제에 있어, 매주 설교를 하는 목사들은 성경무오설이 엉터리라는
사실을 잘 알고 있으되, 착실하게 교회에 출석하여 목사의 설교를 듣
는 다수의 평신도들은 성경무오설만 배우고 있는, 이런 이중적 평행
구조가, 많은 한국 교회의 현실로 되어 있다.

한국의 교회만 그런 것이 아니다. 아래에 인용하는 미국 신학자 바
트 어만의 경험담을 한 번 음미해 보라.

노스캐롤라이나에 있는 한 장로교회 목사가 내게 '역사 속의 예수'를

주제로 4주 동안 강연을 해 달라고 부탁했다. (…) 내 강의에는 새로운 것이 하나도 없었다. 모두 학문적으로 인정된 것, 달리 말하면 50년 전부터 신학교에서 가르쳐 온 내용이었다.

　(…) 강연이 끝난 후, 점잖게 차려입은 초로의 부인이 내게 다가와 안타까운 표정으로 "왜 이런 이야기를 전에는 듣지 못했을까요?"라고 물었다. 내 강연 때문에 괴로워하는 게 아니었다. 그녀의 목사가 그런 이야기를 전혀 해 주지 않은 것에 실망한 것이었다.

　(…) 그도 프린스턴 신학교를 다녔고, 나와 똑같은 것을 배웠으며, 그 교회에서 벌써 5년째 성인교육반을 가르치고 있었다. (…) 내 경험에 따르면, 그 교회가 성인교육을 제대로 시행하지 않는 예외적인 곳은 아니었다.[67]

위에 인용된 예로 미루어 보건대, 많은 미국 교회의 현실도 한국 교회의 현실과 별로 다르지 않은 것으로 판단된다. 성경무오설을 문자 그대로 믿는 '순진한' 기독교인이 한국의 기독교인 중에서는 90 내지 95퍼센트를 차지하는 반면 미국의 기독교인 중에서는 20 내지 40퍼센트밖에 안 된다고 하는 오강남의 단언[68]을 내가 불신하는 것에는 이유가 없지 않은 것이다.

---

67 바트 어만, 『예수 왜곡의 역사』(강주헌 역, 청림출판, 2010), pp.31~32.
68 오강남, 『예수는 없다』(현암사, 2001), pp.27~28.

찾아보기

| 인명 |

저자 이동하(李東夏)

1955년생
서울대 법학과 졸업
서울대 국문과 및 동 대학원 졸업(문학박사)
현재 서울시립대 국문과 교수
『한국소설과 기독교』, 『재미한인문학연구』(정효구와 공저),
『한국문학과 인간해방의 정신』, 『한국현대소설과 종교의 관련 양상』,
『한국문학 속의 사회주의와 자본주의』, 『한국소설 속의 신앙과 이성』,
『한국소설과 예수 그리고 유다』, 『현대소설과 불교의 세계』 등 저서 다수

현대소설과 기독교의 만남

2019년 1월 28일 초판 1쇄 펴냄

지은이 이동하
발행인 김흥국
발행처 보고사

책임편집 김하놀
표지디자인 오동준

등록 1990년 12월 13일 제6-0429호
주소 경기도 파주시 회동길 337-15 보고사 2층
전화 031-955-9797(대표), 02-922-5120~1(편집), 02-922-2246(영업)
팩스 02-922-6990
메일 kanapub3@naver.com / bogosabooks@naver.com
http://www.bogosabooks.co.kr

ISBN 979-11-5516-860-8 93810
ⓒ 이동하, 2019

정가 17,000원